W0365152

Blutmond

THOMAS VAUCHER

BLUTMOND

WINTERS ZWEITER FALL

Riverfield

MIX
Papier aus verantwortungsvollen Quellen
FSC® C083411

1. Auflage 2018

Alle Rechte vorbehalten
© copyright by
Riverfield Verlag, Basel
www.riverfield-verlag.ch

Lektorat, Korrektorat & Satz
ihleo verlagsbüro – Dr. Oliver Ihle, Husum (D)

Umschlaggestaltung
JARZINA Kommunikations-Design, Holzkirchen

Druck und Bindung
CPI Ebner & Spiegel, Ulm (D)

Printed in Germany

ISBN 978-3-9524906-0-0

Alle in diesem Buch geschilderten Handlungen und Personen sind frei erfunden. Ähnlichkeiten mit lebenden oder verstorbenen Personen sind rein zufällig und nicht beabsichtigt.

Prolog

Julia schoss hoch. Kalter Schweiß stand ihr auf der Stirn und ihr Atem beschleunigte sich. Sie strich sich die langen, braunen Haare aus dem Gesicht und lauschte.

Da war es wieder!

Ein Geräusch, als ob jemand mit einem großen, metallenen Gegenstand an eines der Fenster im Erdgeschoss klopfen würde!

Ein kalter Schauer fuhr ihr über den Rücken, als sich das Klopfen wiederholte, und sie realisierte, dass sie das Geräusch diese Nacht bereits einmal wahrgenommen, sich aber geweigert hatte, es als real hinzunehmen. Ein Traum im Halbschlaf. Doch nun …

Sie drehte sich zu ihrem Mann um, der leise neben ihr schnarchte.

»Thomas«, wisperte sie und rüttelte ihn leicht am Arm. »Thomas, hast du das auch gehört?«

Die Schnarchgeräusche hörten augenblicklich auf. Doch statt aufzuwachen, schüttelte Thomas ihre Hand grummelnd ab und drehte sich auf die andere Seite.

»Thomas«, wisperte sie eindringlich. Sie packte ihn am Arm und rüttelte hart daran. Ihr Mann stöhnte, öffnete die Augen und drehte sich zu ihr um.

»Was ist?«, fragte er unwillig.

»Pst! Hör zu!«

Einen Moment lang geschah nichts und Julia glaubte schon, doch alles nur geträumt zu haben.

»Was denn? Da ist nichts.« Thomas drehte sich wieder auf die andere Seite. Aber dann erstarrte er: Das Klopfen ertönte erneut!

Bumm, bumm, bumm.

Bumm, bumm, bumm.

Thomas richtete sich auf und legte den Kopf schief, als könnte er das Geräusch so besser orten oder einordnen.

»Was ist das?«, fragte er beunruhigt.

»Keine Ahnung, deshalb hab ich dich ja geweckt.«

»Ich sehe mal nach.« Thomas stand auf. »Bleib du hier, aber mach kein Licht an, hast du verstanden?«

»Spinnst du? Ich komme mit!«

Er sah sie noch einen Moment lang unschlüssig an, doch dann nickte er und sie verließen langsam das Schlafzimmer.

Bumm, bumm, bumm.

»Das kommt aus dem Wohnzimmer«, flüsterte Julia ängstlich.

Thomas nickte und stieg ihr voran die Stufen zum Erdgeschoss hinab. Dort blieb er verwundert stehen.

»Wieso brennt das Licht nicht?«, murmelte Thomas.

Julia war es nicht gleich aufgefallen, doch nun realisierte sie es ebenfalls: Der Bewegungsmelder auf der Terrasse war nicht angesprungen. Das große, doppelflügelige Fenster ihres Wohnzimmers führte direkt auf den Sitzplatz in ihrem Garten hinaus. Das Geräusch kam eindeutig von dort! Doch wenn jemand vor ihrem Fenster stand, dann hätte das Licht auf der Terrasse brennen müssen …

»Wir sollten die Polizei rufen«, flüsterte sie verstört.

Doch Thomas schüttelte den Kopf, ergriff seinen Hockeystock, den er zu Julias Ärger stets in der Ecke des

Wohnzimmers deponierte, und hielt ihn schützend vor sich. Dann schlich er auf Zehenspitzen zur Wand neben dem Fenster und betätigte den Schalter, mit dem man das Licht auf der Terrasse einschalten konnte.

Augenblicklich traf sie die gleißende Helligkeit der Halogenlampen und blendete sie. Julia hielt den Atem an.

Aber die Terrasse war leer. Wer auch immer dort gewesen sein mochte, war verschwunden.

Julia atmete erleichtert aus, doch dann kniff sie die Augen zusammen. ›Was zur Hölle …?‹ Vorsichtig näherte sie sich dem großen Fenster und erstarrte, als sie sah, was der Ruhestörer ihnen hinterlassen hatte: Auf Augenhöhe befand sich auf dem Fensterglas ein Dutzend roter Flecken. Unförmige, verzogene Schlieren dickflüssiger Farbe.

»Ist das … Blut?«, fragte Thomas hinter ihr entsetzt.

Julia antwortete nicht. Unverwandt starrte sie das verschmierte Fenster an, beobachtete fassungslos, wie sich aus einem der Flecken ein einzelner roter Tropfen löste, langsam herabrinnend eine Spur auf dem Glas hinterließ und schließlich auf dem Terrassenboden aufkam.

Dann begann sie zu schreien.

1

»Wann werde ich sterben?«

Die Stimme von Frau Schneider zitterte. Angstschweiß perlte auf ihrer von zahlreichen Falten gezeichneten, blassen Stirn. Sie hatte kurze, graue Haare und trug eine Brille mit dicken Gläsern. Lachfalten um ihre Mundwinkel ließen sie als gutmütige und fröhliche Person erscheinen, doch nun hingen ihre Mundwinkel herunter. Ihre Augen waren weit geöffnet und auf das umgedrehte Glas in der Mitte des Tisches gerichtet, auf dem ihre Zeigefinger ruhten.

Ihr gegenüber saß Frau Wittkowski. Winter schätzte sie etwa gleichaltrig wie Frau Schneider. Sechzig vielleicht. Doch im Gegensatz zu Frau Schneider schien sie viel mehr Wert auf ihr Äußeres zu legen, denn ihre Haare waren braun getönt und sie war stark geschminkt, so dass es schwer war, ihr wirkliches Alter zu erraten.

›Vermutlich ist sie doch älter, als ich sie geschätzt habe‹, dachte Winter, als er sie genauer musterte und die vielen Falten bemerkte, welche die Schminke zu überdecken versuchte. Eine Dunstwolke aus zwei verschiedenen Parfumgerüchen hing in dem abgedunkelten, nur von Kerzen erleuchteten Wohnzimmer und nahm Winter im Zusammenspiel mit den widerlichen Räucherstäbchen, die Frau Wittkowski angezündet hatte, beinahe den Atem. Das eine Parfum roch blumig, das andere jedoch cremig – nach Vanille. Richard Winter atmete tief aus und fokussierte sich gespannt auf den Zeigefinger von Frau Wittkowski. Die ältere Dame war ruhig, konzentriert und gefasst.

Plötzlich bewegte sich das Glas. Langsam, etwas holprig fuhr es zunächst zum N, anschließend weiter zum A, als Nächstes zum E, dann hintereinander zu den Buchstaben C, H, S, T, E, W, O, C, H und hielt schließlich vor dem E inne.

»Sehen Sie, Herr Winter?«, keuchte Frau Schneider entsetzt, »genau wie beim letzten Mal! Ich …«

»Ruhig, Frau Schneider«, erwiderte Winter, »fahren Sie fort, wie abgemacht!«

Frau Schneider nickte bemüht ruhig. Dann fragte sie: »Wie … Wie werde ich … sterben?«

M, O, R, D.

Tränen traten Frau Schneider in die Augen. »Ich kann das nicht mehr«, schluchzte sie, »ich …«

»Noch eine Frage, Frau Schneider, dann haben Sie es geschafft«, drängte Winter. Einmal noch, dann würde er Klarheit haben.

»Also gut.« Frau Schneider schluckte und wischte sich mit der linken Hand die Tränen aus den Augen. »Wer … wird mich töten?«

I, C, H.

Frau Schneider schrie auf, riss ihren Zeigefinger vom Glas, sprang auf, so dass der Stuhl polternd zu Boden fiel, und schlug die Hände vor den Mund.

»Ute!«, sagte Frau Wittkowski vorwurfsvoll: »Wir müssen uns noch vom Geist verabschieden!«

Doch Frau Schneider stürmte bereits aus dem Raum.

»Ich glaube, es ist besser, wenn Sie das machen«, meinte Winter und fügte mit hochgezogenen Augenbrauen hinzu:

»Grüßen Sie ihn von uns.« Er schoss hoch und beeilte sich, seiner Klientin zu folgen.

Frau Schneider hatte ihn am Morgen angerufen und seine Hilfe als Geisterjäger in Anspruch nehmen wollen, um den Geist ihres toten Ehemannes zu vertreiben. Er erklärte ihr schmunzelnd, dass er kein Geisterjäger, sondern Privatdetektiv sei.

»Aber Sie haben doch diesen Harlekin zu Fall gebracht?«, hatte sie geantwortet. »Ich habe in der Zeitung davon gelesen. Geister, die aus Bildern gestiegen sind und ihre Angehörigen umgebracht haben … Sie haben alle zur Strecke gebracht!«

›Ja und genau deshalb werde ich nun mit vermeintlich okkulten Aufträgen überschwemmt‹, dachte er säuerlich. ›Und meistens stellen sie sich als Humbug heraus.‹

Erst kürzlich war ein älterer Herr bei ihm vorbeigekommen und hatte ihm ein selbst geschossenes Foto gezeigt, auf dem er eine Geisterscheinung gesehen haben wollte, eine mysteriöse, transparente Lichtkugel. Er hatte gemeint, es sei sein verstorbenes Enkelkind, das ihm etwas mitteilen wollte, und hatte von Winter hören wollen, wie er mit ihm kommunizieren könnte. Tatsächlich hatte Winter den Fall innerhalb weniger Sekunden gelöst: Staub auf dem Objektiv! Das Blitzlicht war sehr nah an der Linse, so dass Reflexionen von kleinen Staubpartikeln auf dem Foto mit abgebildet wurden. Keine Geisterscheinung.

Dann war da noch der sich für sehr clever haltende Herr gewesen, der ihn absichtlich hatte an der Nase herumführen wollen, um ihn zu testen. Er hatte in seinem Haus diverse technische Installationen getätigt, mithilfe derer er per Zeitschaltuhr poltergeistliche Aktivitäten durchführen konnte: Lampen, die plötzlich ausgingen, Geschirr, das vom Tisch fiel und zerbrach und dergleichen. Winter war dem vermeintlichen Spuk rasch auf die Schliche gekommen und der Mann hatte sein Honorar mit einem Lächeln und den Worten »Das war es mir wert« bezahlt.

»Worum geht es denn?«, hatte er Frau Schneider schließlich skeptisch gefragt.

»Mein toter Ehemann will mich umbringen!« Sie erzählte ihm von einer Gläserrücken-Séance, die sie mit ihrer Nachbarin durchgeführt hatte und in der ihr ihr Ehemann erschienen sei, der ihr mit dem Tod gedroht habe. »Er war schon immer sehr eifersüchtig und nun erträgt er es selbst im Tod nicht, dass ich einen neuen Freund habe«, hatte sie gejammert.

Winter hatte ihr den Vorschlag gemacht, die Séance in seiner Gegenwart zu wiederholen, so dass er sich selbst ein Bild des geisterhaften Ehemannes machen könnte, und sie war einverstanden gewesen.

Jetzt durchquerte er das Wohnzimmer mit wenigen Schritten, öffnete die Tür und folgte Frau Schneider in die Küche. Erleichtert atmete er auf, als er sie am Küchentisch sitzen sah. Er schloss die Türe hinter sich und setzte sich ihr gegenüber.

»Können Sie ihn aufhalten?« Sie kaute nervös an ihren Fingernägeln herum und sah ihn erwartungsvoll an.

Winter nickte. »Absolut.«

Ihre Augen weiteten sich. »Wirklich? Wie …?«

»Was Sie da drin erlebt haben, hat nichts mit Geistern zu tun, Frau Schneider. Ich habe in meinem Leben schon viele Séancen mitgemacht, doch in Ihrem Wohnzimmer war weit und breit kein Geist und schon gar nicht derjenige Ihres Ehemannes.«

»Was? Aber …«

»Ihre Nachbarin, Frau Wittkowski, bewegte das Glas. Da ich bereits diesen Verdacht hegte, habe ich mich voll und ganz auf sie konzentriert. Ich konnte spüren, wie sie ganz leicht dagegen gedrückt hat, und sehen, wie ihre Augen bereits den nächsten Buchstaben fixiert haben, ehe sich das Glas dorthin bewegte. Ich weiß nicht, warum sie es tat. Ob sie Ihnen einen Schreck einjagen wollte oder ob sie sich einfach einen makabren Spaß erlaubt hat … Das herauszufinden liegt nun an Ihnen.«

Die Tür hinter Winter ging auf und Frau Wittkowski trat in die Küche. Frau Schneider fuhr wie von der Tarantel gestochen auf und rauschte auf sie zu.

»Du hast das Glas bewegt!«, schrie sie Frau Wittkowski an. »Das war gar nicht mein Mann! Warum hast du das getan?«

Sie schlug mit ihren Fäusten nach Frau Wittkowski und diese wich erschrocken einen Schritt zurück.

»Ich … nein, ich …«, versuchte sie sich zu wehren, doch Frau Schneider setzte ihr nach und schlug ein weiteres Mal nach ihr. Diesmal traf sie sie.

»Lüg mich nicht an!«, schrie Frau Schneider.

»Ja, ist ja gut, hör auf, ich gebe es ja zu«, wimmerte Frau Wittkowski und hielt beide Hände schützend vors Gesicht.

Winter stand auf und betrachtete noch einen Moment lang stirnrunzelnd die beiden streitenden Frauen. Dann zog er einen Einzahlungsschein aus seinem Portemonnaie, legte ihn auf den Tisch und ging durch die offene Tür in den Flur, wo er sich seinen Mantel überstreifte, ehe er die Wohnung verließ.

›Wieder ein vermeintlich okkulter Fall, der sich als Scherz entpuppt. Egal – solange sie mir mein Honorar bezahlt …‹

Er zog eine Packung Kaugummis aus der Tasche und steckte sich einen in den Mund. Big Red – der Kaugummi mit feuerscharfem Zimtgeschmack. Winter schmunzelte. Genau das Richtige für diesen verregneten Nachmittag.

Er stieg in seinen Nissan Micra und fuhr los.

2

Nervös sah Winter auf seine Uhr, die er für zehn Euro in einem Supermarkt gekauft hatte, und schüttelte genervt den Kopf. Sie war wieder einmal stehen geblieben. Seit einigen Wochen hatte er sich immer wieder vorgenommen, die Batterien ersetzen zu lassen. Doch meistens hatte sie kurz danach wieder funktioniert, als hätte sie gespürt, dass ihr ein operativer Eingriff bevorstehen würde, wenn sie zu lange nicht liefe.

Der Gedanke ließ Richard Winter schmunzeln, und beinahe vergaß er, dass Sabine seit einigen Minuten überfällig war. Als er das letzte Mal auf die Uhr gesehen hatte (und da hatte sie noch funktioniert), war sie bereits fünf Minuten in Verzug gewesen.

Ob sie ihn sitzen ließ?

Winter schüttelte den Kopf. Das konnte er sich nicht vorstellen. Es war schließlich ihr Vorschlag gewesen, sich mit ihm zum Mittagessen zu treffen. Zudem waren sie bereits die Woche zuvor zusammen im Kino gewesen und er hatte den Eindruck gehabt, dass ihr der Abend gefallen hätte. Sie hatten seit Jahren nicht mehr so miteinander gelacht. Nicht seit …

Winter verdrängte den Gedanken und zog sein Smartphone hervor. Er strich den Sperrbildschirm mit dem Zeigefinger weg, doch die Sonne schien so stark, dass er nur sein Spiegelbild in dem Display sah statt der ihm vertrauten Apps auf dem Startbildschirm.

›Toller Spiegel‹, dachte Winter schmunzelnd, als er bemerkte, dass die Spiegelung die grauen Strähnen in seinen kurzen, schwarzen Haaren verschluckte. Auch sein Dreitagebart fiel nicht sonderlich auf. ›Ich sollte meinen Badezimmerspiegel durch so eine Scheibe ersetzen.‹ Er erhöhte die Helligkeit des Bildschirms, bis er endlich die Zeitanzeige erkennen konnte. ›Sechzehn Minuten Verspätung.‹

Er steckte das Telefon zurück in die Tasche seines knielangen, grauen Wollmantels und ließ seinen Blick auf der Suche nach Sabine zum wiederholten Male über den Bremer Marktplatz schweifen, der mit seinen imposanten, historischen Gebäuden seit unzähligen Jahren ein Touristenmagnet war. Auf der anderen Seite des Platzes, direkt ihm gegenüber, ragten die beiden quadratischen Haupttürme des Bremer Doms gut neunzig Meter in die Höhe. Links davon befand sich das über sechshundertjährige Rathaus mit der Renaissancefassade und dem grünen, kupfergedeckten Walmdach und rechts der Schütting, der Sitz der Handelskammer, ein Gebäude, das den Renaissancebauten Flanderns ähnlich sah und aus dem 16. Jahrhundert stammte. Hinter Winter standen eine Handvoll Giebelhäuser, die ebenfalls aus der Renaissancezeit stammten. Vor diesen Giebelhäusern befanden sich zahlreiche Gartenterrassen, die selbst zu dieser Jahreszeit noch gut besetzt waren. Winter musterte die Gäste, um sicherzugehen, dass sich Sabine nicht versehentlich an einen anderen Tisch gesetzt hatte, ohne ihn zu bemerken. Aber sie war nirgendwo zu sehen.

Die Sonne strahlte an diesem Oktobertag intensiv, und Winter genoss es, den Mittag noch einmal im Freien verbringen zu können. Bald würden die warmen Tage der

Vergangenheit angehören und von trüben, grauen Regentagen abgelöst werden. Er ließ seinen Blick zum Bremer Dom schweifen, der stolz vor ihm in den Himmel ragte. Sofort kehrte die Erinnerung zurück: der Clown, der versucht hatte, ihn auf ebenjenem Platz umzubringen ... Er wischte die unliebsamen Gedanken beiseite, nahm die Getränkekarte des Bistros zur Hand und besah sich zum gefühlten hundertsten Mal ihren Inhalt.

»Hallo Richard.«

Winter drehte sich auf seinem Gartenstuhl um und lächelte. Sabine erschien ihm blendend schön, wie immer: Sie trug die Haare offen. Lange, braune Locken fielen ihr bis über die Schultern und umrahmten ihr schmales, attraktives Gesicht, dessen Schönheit auch ungeschminkt zur Geltung kam. Ihre grünen Augen, die von feinen Lachfältchen eingefasst wurden, strahlten. Er erhob sich und begrüßte sie.

»Tut mir leid wegen der Verspätung«, sagte sie und setzte sich ihm gegenüber hin, »die Vernehmung hat länger gedauert als gedacht.«

»Was hattest du denn für eine Vernehmung?«

»Ach, nichts Besonderes.« Sabine winkte ab. »Ein Jugendlicher, den wir im Verdacht hatten, als Drogenkurier zu arbeiten. Ist aber vermutlich unschuldig. Was gibt's bei dir Neues?«

Winter erzählte ihr von der gestrigen Séance und dem vermeintlichen Geist, der Frau Schneider erschienen war, und Sabine konnte sich ein Grinsen nicht verkneifen.

»Du bist also nun so was wie ein Ghostbuster, was?«

»Du kannst dir gar nicht vorstellen, was ich für Telefonanrufe erhalte. Neulich rief mich jemand an, der der

Meinung war, seine Katze wäre besessen. Er fragte mich, ob ich an ihr einen Exorzismus ausüben könne.« Winter schnaubte und Sabine lachte. Es war ein schöner Laut und Winter konnte sich ein Lächeln ebenfalls nicht verkneifen. Sein Handy klingelte, doch er ignorierte es.

»Du glaubst immer noch nicht an diese Dinge, was?«, fragte er stattdessen und sah Sabine gespannt an.

Sabine schüttelte erst den Kopf, dann hielt sie inne und wiegte ihn unentschlossen hin und her.

»Ich weiß nicht so recht. Eigentlich nicht, aber nach dem, was alles passiert ist … weiß ich selbst nicht mehr, was ich glauben soll und was nicht. Ich meine – ich habe die Geister nie gesehen und doch …«

»Und obschon du nicht daran glaubtest, hast du mich da mit reingezogen? Als ›externen Berater und Fachmann für Okkultes‹? Warum?«

»Na ja, einerseits weil ich – auch wenn ich nicht an Geister glaubte – deine Fachkompetenz in diesem Bereich gebrauchen konnte und andererseits …« Sie hielt inne. »Hast du schon bestellt?«

»Und andererseits?«

Sie seufzte.

»Andererseits dachte ich, dass ich dich mit diesem Fall vielleicht aus deiner Lethargie reißen und zurück ins Geschäft bringen kann. Was mir ja auch ganz gut gelungen ist.« Sie lächelte wieder. Es war ein warmes Lächeln.

Winter nickte.

»Und dafür bin ich dir dankbar. Seit dem Harlekin-Fall habe ich auch wieder häufiger normale Aufträge, so dass ich mich mittlerweile ganz gut über Wasser halten kann. Was möchtest du trinken?«

»Willst du da nicht rangehen?« Sie deutete auf seine Manteltasche, in der es erneut zu klingeln begonnen hatte.

Winter schüttelte den Kopf. »Das kann warten. Also?«

»Einen Martini Orange.«

»Gute Wahl.« Winter winkte den Kellner heran und bestellte einen Martini Orange und eine Cola.

Kaum war der Kellner wieder verschwunden, biss sich Sabine auf die Lippen und legte Winter die Hand auf den Arm. »Mist, tut mir leid, Richard, wie unsensibel von mir. Ich habe nicht daran gedacht, dass du keinen Alkohol mehr trinkst. Ist mir erst jetzt wieder eingefallen, als du eine Cola bestellt hast.«

»Das macht doch nichts.«

»Bist du denn mittlerweile ganz trocken? Trinkst du wirklich gar nichts mehr?«

Winter schüttelte den Kopf: »Keinen Tropfen.«

Sabine nahm seine Hand und drückte sie. »Ich bin stolz auf dich.«

Winter wurde rot. Da er nicht wusste, was er sagen sollte, verzog er nur lächelnd das Gesicht und reichte ihr die Mittagskarte.

Er bestellte sich eine asiatische Nudelpfanne mit Hähnchenstreifen und sie Penne mit Spinat und Kirschtomaten in cremiger Käsesoße.

»Wie geht es Sydney?«, wollte sie wissen, nachdem der Kellner ihre Bestellung aufgenommen hatte und wieder gegangen war.

»Sie kommt ganz gut zurecht. Mittlerweile springt und tobt sie schon fast wieder wie früher herum. Es scheint beinahe, als ob sie schon ihr ganzes Leben lang nur drei Pfoten gehabt hätte.«

Wieder klingelte Winters Telefon. Winter nahm es aus der Manteltasche, blickte kurz darauf – eine unbekannte Nummer – und stellte es dann auf lautlos, ehe er es mit einem entschuldigenden Schulterzucken in Richtung Sabine wieder im Mantel verschwinden ließ.

»Und, an was für einen Fall bist du gerade dran – abgesehen von dem vermeintlichen jugendlichen Drogenkurier?«, fragte er und nahm einen Schluck Cola.

»Gestern«, Sabine seufzte, »haben wir eine Diebesbande dingfest gemacht. Fünf junge Männer, keiner älter als achtzehn! Drei sind geständig, die anderen beiden leugnen hartnäckig alles, was wir ihnen vorwerfen, obschon die Beweise gegen sie sprechen. Und das Verrückte ist: Obschon ich weiß, dass sie es getan haben, weil ich Videomaterial habe, das sie belastet, habe ich gestern bei der ersten Befragung für einen kurzen Moment daran gezweifelt. Sie waren so überzeugend! Wenn ich es nicht besser gewusst hätte, hätte ich wirklich geglaubt, sie wären unschuldig.«

Winter lächelte. »Du warst schon immer zu gutgläubig.«

»Ach ja?«, schnaubte sie gespielt empört. »Wie war das damals mit der jungen Frau, die Drogen vertickt hat und dir weisgemacht hat, sie seien ihr in die Handtasche geschmuggelt worden?«

Winter grinste. »Die hatte eben zwei überzeugende Argumente.«

Sie hatten gerade fertig gegessen und sich einen Kaffee bestellt, als ein großer, muskulöser Mann, der das Haar kurz und mit einem Seitenscheitel trug, hinter Sabine an ihren Tisch trat. Winter seufzte und machte eine Kopfbewegung zu ihm hin. Sabine drehte sich um und runzelte die Stirn, als sie Brunner, ihren Partner bei der Kriminalpolizei Bremen, erkannte.

»Sabine«, sagte Brunner, »Herr Winter«, nickte er ihm kurz zu.

Winter erwiderte den Gruß stumm.

»Ich muss dich leider entführen. Wir haben einen Notfall.«

»Kann das nicht noch zehn Minuten warten? Wir haben gerade den Kaffee bestellt«, sagte Sabine verärgert, doch ihr Tonfall verriet, dass sie die Antwort bereits kannte.

Brunner schüttelte denn auch nur den Kopf.

»Was denn für ein Notfall?«, erkundigte sich Winter ungeniert, obschon er wusste, dass ihm Brunner wohl kaum Auskunft darüber erteilen würde.

»Das darf ich leider nicht sagen«, bestätigte der Kommissar Winters Vermutung.

»Tut mir leid, Richard«, sagte Sabine, zog ihr Portemonnaie hervor und stand auf. Winter winkte ab.

»Nicht nötig. Du bist eingeladen.«

Sabine hielt inne und sah ihn überrascht an.

»Wirklich? Dann muss deine Detektei ja wirklich gut laufen. Danke! Ich melde mich.«

Kurz nachdem sie gegangen waren, kamen die beiden Kaffees. Winter nahm den ersten in Angriff und schlürfte an dem heißen Getränk. Gedankenverloren zückte er sein Smartphone und wollte die neusten News durchgehen, als er die Meldung über die verpassten Anrufe auf dem Display sah. Er seufzte und rief die Nummer zurück.

»Herr Winter? Vielen Dank, dass Sie zurückrufen! Mein Name ist Felix Krause, ich bin der Bürgermeister von Dorum.«

»Freut mich, Herr Krause.« ›Der Bürgermeister von …?‹ Winter hatte die Ortschaft schon wieder vergessen. Was wollte ein Bürgermeister von ihm?

»Ganz meinerseits. Hören Sie, Herr Winter, laut meinen Informationen sind Sie Privatdetektiv, ist das richtig?«

»Das stimmt, ja.«

»Und Sie sind der Richard Winter, der kürzlich den Spieluhr-Serienmordfall gelöst hat?«

»Ja …?«

»Ich würde gerne Ihre Dienste in Anspruch nehmen, Herr Winter. Sind Sie zurzeit frei oder arbeiten Sie an einem Fall?«

»Ich … Nein, zurzeit bin ich frei.«

»Gut, dann kommen Sie doch morgen gegen vierzehn Uhr zum Rathaus an der Westerbüttel dreizehn in Dorum, ja?«

»Moment … Worum geht's denn überhaupt?«

»Das kann ich Ihnen leider nicht am Telefon sagen, Herr Winter. Nur so viel: Ich suche jemanden mit genau Ihren Fähigkeiten und ich bezahle gut. Sind Sie interessiert?«

»Definieren Sie *gut.*«

Krause lachte verhalten.

»Nun … ehrlich gesagt, habe ich mir noch keine Gedanken über konkrete Zahlen gemacht. Aber ich bin mir sicher, wir werden uns einig.«

»Und von welchen Fähigkeiten haben Sie zuvor gesprochen?«

»Nun, die Mischung aus Ihren kriminalistischen sowie Ihren paranormalen Erfahrungen.«

Winter schluckte und überlegte. Das Ganze versprach, interessant zu werden, und was hatte er schon zu verlieren?

»Ich werde morgen vorbeikommen und mir anhören, worum's geht, Herr Krause.«

»Wunderbar. Vielen Dank und bis morgen, Herr Winter!«

Winter nahm das Telefon vom Ohr und legte es vor sich auf den Tisch. Dann nahm er einen tiefen Schluck vom Kaffee und lehnte sich entspannt zurück.

Ich bezahle gut.

So ließ sich's leben.

3

Als Winter mit seinem Auto die kreisfreie Stadt Bremerhaven passierte und weiter nördlich in den Landkreis Cuxhaven hineinfuhr, wurde das Land immer flacher. Je mehr er sich von der Stadt entfernte, desto mehr Äcker und Felder zogen zu beiden Seiten vorbei.

Ein Wegweiser mit der Aufschrift »Dorumer Moor« zeigte ihm bald an, dass er seinem Reiseziel immer näher kam. Nach einer guten Stunde Autofahrt, seit er am frühen Morgen in Bremen losgefahren war, ließ er schließlich auch das Ortsschild von Dorum hinter sich und parkte seinen Wagen vor dem Rathaus. Dieses war ein zweistöckiges, rotes Ziegelsteingebäude mit großen Bogenfenstern, das auf Winter abweisend wie ein altes Amtsgebäude wirkte.

Er betrat das Gebäude durch die große Eingangstüre, die ebenfalls in einen Bogen eingepasst war. Dahinter befand sich ein kleiner Raum, von dem zwei Türen abzweigten und der in der rechten Ecke mit drei schlichten Stühlen ausgestattet war. Linkerhand befand sich ein Tresen, der oben mit einem undurchsichtigen Schiebeglas versehen war, vor dem eine Klingel stand. Winter betätigte sie und kurz darauf wurde das Glas zur Seite geschoben und eine Dame mittleren Alters mit kurzen, grauen Haaren und einer Brille fragte ihn, wie sie helfen könne.

»Ich habe einen Termin bei Herrn Krause. Richard Winter ist mein Name.«

»Ah, Sie sind das!« Das Gesicht der Dame hellte sich auf. Sie drehte sich um und rief: »Alma!« Gleich darauf erschien das Gesicht einer bedeutend jüngeren Frau mit Pferdeschwanz und einem Gebiss, das zu ihrer Frisur passte. Sie nickte ihm grüßend zu und verschwand wieder.

»Einen Moment bitte!«, sagte die Dame und schob das Glas zu. Er konnte hören, wie sie aufgeregt mit Alma zu tuscheln begann. Kurz darauf erschien sie in der Türe zu seiner Linken und bedeutete ihm, ihr zu folgen. »Wir haben alle schon ganz gespannt auf Sie gewartet«, gab sie preis, als sie ihn durch den Flur zu einem kleinen Büro geleitete. »Um ehrlich zu sein haben Alma und ich über ihr Aussehen und ihr Alter gewettet.« Sie grinste entschuldigend, was ihrem Gesicht einen jugendlichen Touch verlieh, der so gar nicht zu ihrem Äußeren passte.

»Und? Wer hat gewonnen?«

»Ich. Alma meinte, Sie wären vermutlich kaum dreißig, muskulös, gut aussehend und …« Sie verstummte und sah ihn betroffen an.

»Und was war Ihre Vermutung?« Winter konnte sich ein Grinsen nicht verkneifen, als er sah, wie die Frau einen Kopf kleiner zu werden schien.

»Ich … Also, ich meinte, Sie wären vermutlich eher so um die vierzig, fünfzig, vom Typ her eher ungepflegt, Dreitagebart und so …«

»Na, da bin ich ja froh, dass ich helfen konnte.«

»Ich … also, nun ja, ich … Ich lag mit dem Alter sicherlich näher als Alma und den Dreitagebart können Sie auch nicht leugnen, Herr Winter, aber keine Angst, ich finde Männer mit Dreitagebart sehr attraktiv und … also jedenfalls … Ach, vergessen Sie's. Da wären wir. Herr Krause wird jeden Moment kommen.« Sie lächelte ihm noch einmal entschuldigend zu und ging.

›Vom Typ her eher ungepflegt?‹

Winter konnte ein Kopfschütteln nicht unterdrücken und wusste nicht so recht, ob er gekränkt oder belustigt sein sollte. Er entschied sich für Letzteres und sah sich schmunzelnd in dem Büro um. An der Wand hinter dem Schreibtisch hing ein Foto, das vier Kinder zeigte, die in Daltons-Manier hintereinanderstanden. Das hintere Kind war jeweils einen Kopf größer als das vordere. Daneben befand sich das Porträt einer geschminkten Frau mittleren Alters mit langen, schwarzen Haaren. Sie lächelte, doch ihre oberen Zähne waren leicht schief, was ihrem Lächeln etwas die Wirkung nahm. Sie hatte ein etwas zu langes Kinn und stark hervorstehende Wangenknochen. Links von Winter hing eine große Uhr an der Wand, während die rechte Seite des Büros von Regalen, die mit Aktenordnern gefüllt waren, eingenommen wurde. Der Bürotisch war bis auf einen Computer, ein Telefon, einen Notizblock und einen Kugelschreiber leer.

Es dauerte nicht lange, bis die Türe erneut aufging und ein untersetzter Mann mittleren Alters hereinkam. Er hatte kurze, graue Haare, die sich bereits weit nach hinten zurückgezogen hatten, und einen schwarz-grauen Vollbart. Die braunen Augen waren von feinen Lachfältchen umgeben und wurden von buschigen Augenbrauen umrahmt.

»Herr Winter!« Krause kam lächelnd auf ihn zu und reichte ihm die Hand. »Schön, dass Sie so schnell kommen konnten. Darf ich Ihnen etwas zu trinken anbieten?«

Winter bat um ein Glas Wasser und der Bürgermeister drehte sich zu einem kleinen Teetischchen neben dem Schreibtisch, auf dem Flaschen und Gläser standen, schenkte ihm Mineralwasser ein und reichte ihm das Glas. Dann setzte er sich ihm gegenüber an den Schreibtisch. Er begann mit etwas Small Talk, fragte Winter, ob er Dorum gut gefunden habe und wie die Fahrt gewesen sei, ehe er schließlich auf den Punkt kam.

»Der Grund, warum ich Sie engagieren möchte, Herr Winter, ist, wie Sie sich sicher denken können, ein … ganz besonderer.« Winter hatte das Gefühl, dass er erst etwas anderes hatte sagen wollen. »Seit drei Monaten … spukt es in unserer Gemeinde.« Krause schaute erwartungsvoll zu Winter.

Dieser lehnte sich zurück und sah Krause skeptisch an. Seine Gedanken mussten sich deutlich auf seinem Gesicht widergespiegelt haben, denn Herr Krause hob beschwichtigend die Hände.

»Ich kann mir vorstellen, wie Sie sich fühlen, Herr Winter. Vermutlich haben Sie seit dem Spieluhr-Serienmordfall dutzende Aufträge von irgendwelchen Spinnern gekriegt, die meinen, bei ihnen würde es spuken, aber in diesem Falle … Ich muss Ihnen gestehen, dass ich selbst bis vor Kurzem nicht an Geister geglaubt habe, aber was im Moment in unserer Gemeinde abgeht, hat mein Weltbild von Grund auf erschüttert.«

»Sie haben Recht, Herr Krause«, antwortete Winter lächelnd, »tatsächlich kriege ich in jüngster Zeit haufenweise Ghostbuster-Aufträge, die sich als Irrtümer herausstellen, doch in jedem Fall nehme ich mir die Zeit, den Klienten anzuhören und die Sache zu prüfen, ehe ich urteile.«

»Sie wissen gar nicht, wie froh ich bin, das zu hören. Ich habe mir ja halbwegs schon ausgemalt, dass Sie mich als

Spinner bezeichnen und mir davonlaufen würden, wenn ich die Wörter *Geist* oder *spuken* in den Mund nähme.« Krause atmete tief durch und fuhr sich mit der Hand über den fast kahlen Schädel, ehe er fortfuhr. »Es geschieht immer bei Vollmond und nur in der Hagenorder Straße.«

»Und wie manifestiert sich der Spuk?«

»Die Einwohner hören in der Nacht seltsame Geräusche. Als ob jemand mit einer Metallstange an die Fenster ihrer Häuser klopfen würde. Wenn sie nachsehen, finden sie blutige Handabdrücke an den Fenstern und …« Krause brach ab, suchte sichtlich nach Worten.

»Und …?«

»Am Morgen darauf wurde jeweils eine Leiche vorgefunden. Die Toten sahen schrecklich malträtiert aus, als ob sie … als ob sie mit einer Metallstange zu Tode geprügelt worden wären.« Krause war sichtlich erleichtert darüber, es endlich ausgesprochen zu haben, und sah Winter erwartungsvoll an.

»Das …« Winter war selbst etwas sprachlos. »Das klingt tatsächlich sehr beunruhigend. Was sagen die Gerichtsmediziner über die Todesursache?«

»Zu Tode geprügelt. Mit einem stumpfen, metallenen Gegenstand.«

Winter seufzte. »Und was meint die Polizei dazu?«

»Die ist ratlos. Deshalb wende ich mich ja auch an Sie!«

»Und weshalb glauben Sie, dass es sich beim Täter um einen Geist handelt? Könnte es denn nicht auch einfach ein geisteskranker Mörder sein, der Ihr Dorf terrorisiert?«

Krause ließ sich mit der Antwort Zeit. Als er schließlich antwortete, zitterte seine Stimme. »Ich habe mit den Leuten gesprochen, die in der betroffenen Straße leben. Sie sagen alle dasselbe: Sie hörten ein Geräusch und standen auf, um nachzusehen, was es verursachte. Sie fanden die blutigen Male, doch es war niemand zu sehen, und es geschah bei allen Betroffenen um dieselbe Zeit – kurz nach Mitternacht. Wie könnte jemand, und sei er noch so geistesgestört, gleichzeitig an über einem Dutzend Orten sein?«

Winter nickte nachdenklich. »Polylokation.«

»Was?«

»Das nennt sich Polylokation – die Fähigkeit einer Person, gleichzeitig an mehreren Orten zu sein. Es gibt Geschichten über Heilige, die die Gabe der Bilokation besaßen, also die Fähigkeit, gleichzeitig an zwei Orten zu sein. Pater Pio zum Beispiel. Er soll durch Bilokation einem Armeeoffizier das Leben gerettet haben. Als dieser sich auf dem Schlachtfeld befand, sah er einen Ordensmann, den er später als Pater Pio identifizierte. Pater Pio rief ihm zu, er solle sich von der Stelle, wo er sich gerade befand, wegbewegen. Als der Offizier auf den Ordensmann zuging, explodierte eben dort, wo er zuvor noch gestanden hatte, eine Granate. Als der Staub sich lichtete, war der Ordensmann verschwunden.«

»Aber dieser Pater Pio war ein lebender Mensch wie Sie und ich? Kein Geist?«

»Genau. Doch es gibt auch Theorien, die besagen, dass Geister ebenfalls die Fähigkeit der Bilokation oder gar der Polylokation besitzen würden. Wie oft ist das denn schon aufgetreten?«

»Drei Mal, Herr Winter. In den letzten drei Vollmondnächten. Das letzte Mal vor gut dreieinhalb Wochen.«

»Vor dreieinhalb Wochen?« Winter war einen Moment sprachlos. »Dann haben Sie sich aber ganz schön Zeit gelassen seither. Das würde ja bedeuten, dass … dass der nächste Vollmond kurz bevorsteht.«

»In fünf Tagen«, sagte Krause und sah ihn gespannt an. »Werden Sie uns helfen, Herr Winter?«

Winter verzog die Lippen und dachte nach.

›Fünf Tage, um so einen Fall zu lösen? Unmöglich. Andererseits … Wenn ein Bürgermeister ruft, das klingt zumindest nach einem seriösen Auftrag mit garantierter Bezahlung.‹ Er seufzte und nickte schließlich. »Also gut. Ich werde mal mit den Leuten reden und sehen, was ich herausfinden kann.«

»Vielen Dank! Sie wissen gar nicht, wie viel mir das bedeutet! Ich meine, die Polizei untersucht den Fall auch, aber die will natürlich nichts von einem Geist wissen. Sie sind der Einzige, mit dem ich so offen sprechen kann, und womöglich der Einzige, der mir glaubt und uns vielleicht helfen kann.«

»Wir werden sehen. Ich brauche Zugang zu allen relevanten Akten. Können Sie mir die Autopsieberichte sowie die Berichte der Polizei beschaffen?«

»Selbstverständlich – das heißt, ich werde Ihnen das nur inoffiziell zukommen lassen können. Das dann aber gleich morgen.«

4

Die Hagenorder Straße lag am südöstlichen Rand der 3500-Seelen-Gemeinde Dorum. Siebzehn Häuser flankierten die kleine Straße auf beiden Seiten, so dass es Winter nicht schwerfiel, das Haus von Emily Roth zu finden, der Witwe des vor fast drei Monaten ermordeten Lukas Roth. Es war ein – für diese Gegend typisches – aus roten Ziegelsteinen erbautes Einfamilienhaus mit kleinem Vorgarten und Veranda.

Als Winter seinen Nissan davor parkte und ausstieg, meinte er, das nur fünf Kilometer entfernte Meer riechen zu können. Er wusste nicht, ob er es sich einbildete, aber da war ein leicht salziger Geruch in der Luft, der ihn beinahe in Ferienstimmung versetzte. Die Wärme des Herbsttages tat ihr Übriges dazu. Er schüttelte schmunzelnd den Kopf und führte sich wieder vor Augen, weshalb er hier war, ging auf den Eingang zu und klingelte.

Etwas polterte, dann hörte er kreischende Kinderstimmen und schließlich wurde die Türe unsanft aufgerissen. Ein vielleicht vierjähriger Knabe, dem die blonden Haare bis in die Augen fielen, und ein halb so altes Mädchen mit dunklem, lockigem Haar standen dahinter und hatten sich offenbar darum gestritten, wer die Türe hatte aufmachen dürfen, denn die Kleine weinte und schlug mit ihren winzigen Fäustchen auf ihren großen Bruder ein.

»Finn!«, hörte er eine Frau rufen, »ich sagte doch, du sollst sie die Türe aufmachen lassen!«

»Hallo«, sagte der Junge und sah mit zusammengekniffenen Augen misstrauisch zu Winter hoch.

»Hallo Finn«, sagte Winter lächelnd, »tolles T-Shirt!« Er zeigte auf den Tyrannosaurus-Rex, der auf Finns Brust gierig den Rachen aufriss.

»Das ist ein Tylannosaulus-Lex«, sagte Finn wichtigtuerisch.

»Wer ist …?«, hörte Winter die Frau sagen, dann erschien sie hinter ihren beiden Kindern, einen Säugling auf dem Arm. Sie hatte lange, fettige Haare, die dunkelrot gefärbt waren. Am Ansatz erkannte man jedoch das natürliche Blond, das langsam wieder zum Vorschein kam. Ihrem Körper sah man die zurückliegende Schwangerschaft noch deutlich an.

»Guten Tag, Frau Roth«, sagte er, »ich bin Richard Winter. Ich bin auf Geheiß ihres Bürgermeisters, Herrn Krause, hier. Er bat mich, die mysteriösen Umstände, die zum … zum Verschwinden ihres … Gatten geführt haben, zu untersuchen. Dürfte ich Ihnen diesbezüglich ein paar Fragen stellen?«

Frau Roth verdrehte genervt die Augen und Winter sah, dass sie nach einer Ausrede suchte, um ihn abzuweisen.

»Das ist leider kein guter Zeitpunkt«, sagte sie und deutete mit einem Nicken auf den Säugling in ihrem Arm, »ich muss ihn gleich stillen, zudem war die Polizei schon mehrmals hier und hat alles, was ich gesagt habe, aufgeschrieben. Sehen Sie doch einfach die Protokolle der Vernehmungen durch. Danke.« Sie streckte ihre freie Hand nach dem Türgriff aus, doch Winter machte wie zufällig einen halben Schritt nach vorne und platzierte seinen rechten Fuß im Türrahmen.

»Bitte, Frau Roth, es dauert auch nicht lange. Wissen Sie, der Polizei fehlt es manchmal etwas an … Feingefühl und Vorstellungsvermögen, um die … richtigen Fragen zu stellen. Darf ich?« Er deutete mit dem Kopf ins Innere.

Frau Roth kniff die Augen zusammen, ganz so, wie zuvor ihr Sohn Finn. Ihr Blick fuhr hinab zu seinem Fuß, der den Türrahmen blockierte und dann wieder hoch zu seinem Gesicht.

»Und was sind Sie dann, wenn Sie kein Polizist sind?«

»Ich bin Privatdetektiv, Frau Roth. Vielleicht haben Sie vom Harlekin gehört? Der Fall hat kürzlich in Bremen für Furore gesorgt und ich …«

»Harlekin? Nie gehört. Was soll das sein?«, unterbrach sie ihn unfreundlich.

»Willst du meine Dinosammlung sehen?«, fragte Finn, was ihm einen weiteren ärgerlichen Blick seiner Mutter einbrachte.

»Liebend gerne«, antwortete Winter, »ich liebe Dinos! Hast du den Parasaurolophus? Der mit dem …«

»Mit dem Holn auf dem Kopf?« Der Junge nickte eifrig, fuhr auf dem Absatz herum und sauste davon.

»Dino-Sammlung«, sagte das kleine Mädchen bedeutungsvoll und folgte ihrem Bruder.

Die Mutter seufzte, gab schließlich den Weg frei und bedeutete ihm einzutreten.

»Na schön, aber fassen Sie sich kurz.«

Sie ging ihm voraus ins Wohnzimmer und setzte sich auf eine abgewetzte Couch. Sofort sprangen ihr zwei Katzen auf den Schoss und schmiegten sich an den Säugling. Frau Roth verjagte sie, schob ihre Bluse auf der rechten Seite hoch und setzte den Säugling ungeniert an ihre Brust.

Winter wandte peinlich berührt den Blick ab und musterte das Wohnzimmer. Am Boden lagen allerlei Spielsachen herum: Puppen, Autos, Bauklötze, Playmobil-Figuren und Tiere. In der offenen Wohnküche stapelte sich das Geschirr und der Esstisch war noch nicht abgeräumt. Die Frau war offensichtlich mit der plötzlichen Situation, alleinerziehende Mutter von drei kleinen Kindern zu sein, überfordert und mit einem Mal tat sie Winter leid.

»Also?«, riss sie ihn ungeduldig aus seinen Gedanken. »Was wollen Sie wissen?«

»Ja, also, ich … ähm …« Er sah sie an und sein Blick schweifte ungewollt zu ihrer rechten entblößten Brust, an welcher der Säugling wie ein überdimensionierter Putzerfisch klebte und saugte. Winter war plötzlich sehr froh, dass der Kleine die Brust fast zur Gänze verdeckte. Er zwang sich, den Blick wieder zu heben und der Frau in die Augen zu schauen, was gar nicht so einfach war. ›Denk nicht an einen Elefanten‹, ging es ihm durch den Kopf und sein Blick glitt schon wieder nach unten und … Er räusperte sich und sah wieder hoch.

»Also, Frau Roth, erst einmal möchte ich Ihnen mein herzlichstes Beileid für Ihren Verlust aussprechen. Was Sie erleben mussten, tut mir wirklich ausgesprochen leid.«

Frau Roth nickte und wandte den Blick ab. Sie fuhr sich mit der freien Hand über die Augen, schniefte und sah dann mit wässrigen Augen wieder zu Winter hin.

»Herr Krause hat mir von den … seltsamen Vorkommnissen erzählt, die sich in den letzten drei Vollmondnächten hier in der Straße abgespielt haben«, begann Winter vorsichtig. »Könnten Sie mir vielleicht erzählen, was in der Nacht genau passiert ist, als Ihr Ehemann gestorben ist?«

»Palasaulolophus!« Finn kam triumphierend angerannt, einen Dino in den Händen und seine Schwester im Schlepptau.

»Palaofus«, brabbelte die Kleine und hielt Winter einen Brachiosaurus vor die Nase.

»Nein, das ist ein Blachiosaulus«, wies Finn sie zurecht, drückte sie weg und zeigte Winter seinen Parasaurolophus.

»Finn! Hannah! Geht in euer Zimmer, ich muss einen Moment alleine mit dem Herrn sprechen«, sagte Frau Roth.

»Aber ich will ...«, begann Finn.

»Auf dein Zimmer!«, herrschte ihn seine Mutter an, »du darfst ihm den Saurier nachher zeigen.«

»Ich will aber nicht auf mein Zimmer!«

Ehe Frau Roth etwas antworten konnte, sagte Winter: »Weißt du was, Finn? Wie wäre es, wenn du mit Hannah schon mal vorgehst und alle deine Dinos in deinem Zimmer hervornimmst und sie in Reih und Glied aufstellst? Ich komme dann nach und dann kannst du mir deine Dinosammlung zeigen und mir alle Dinos mit Namen vorstellen. Was meinst du?«

Finns Augen begannen zu leuchten. »Alle Dinos?«

Winter nickte. »Alle Dinos.«

»Ja!« Finn drehte sich auf dem Absatz herum und stürmte die Treppe hoch, die in den ersten Stock und vermutlich in sein Zimmer führte. Hannah folgte ihm kichernd.

»Danke«, sagte Frau Roth und seufzte, »der Junge hört einfach nicht auf mich und seit ... seit Lukas' Tod wird es nur noch schlimmer. Ich weiß bald nicht mehr, was ich noch machen soll.«

»Das tut mir leid, Frau Roth. Wie hat es sich denn nun zugetragen in jener Nacht?«

Frau Roth schluckte, öffnete den Mund und schloss ihn wieder. Dann suchte sie mit den Augen das Zimmer ab, als gäbe es irgendwo etwas, das ihr helfen könnte. Winter sah sie nur schweigend an, so dass sie schließlich tief Luft holte und zu sprechen begann.

»Mein Mann ist an jenem Abend spät nach Hause gekommen. Es muss bereits nach Mitternacht gewesen sein. Ich war schon im Bett und erwachte, als er die Türe hinter sich schloss. Ich hörte, wie er in die Küche ging, wie er den Kühlschrank öffnete, wie er ihn wieder schloss, wie ein Stuhl zurückgezogen wurde und dann war da plötzlich ein anderes Geräusch, das so gar nicht dazu passte. Es … es klang, als ob jemand mit einem schweren Gegenstand gegen eine Scheibe klopfen würde, und ich fragte mich, was zur Hölle Lukas da unten trieb.« Sie verstummte und ihr Blick verlor sich irgendwo hinter Winter an der Wand.

»Was ist dann passiert?«

»Ich …«, sie schien Mühe zu haben, in die Gegenwart zurückzufinden, doch schließlich riss sie ihren Blick von der Wand hinter Winter los und sah auf den Säugling in ihren Armen herunter. »Ich war zu müde, um aufzustehen und nachzusehen. Ich dachte, Lukas käme eh jeden Moment ins Bett und würde mir dann schon erklären, was es mit diesem komischen Geräusch auf sich hatte.«

»Doch er ist nicht gekommen«, stellte Winter fest, als sie erneut innehielt.

»Nein, das ist er nicht.« Neue Tränen traten in ihre Augen. »Nach einer Weile hat das Geräusch aufgehört und ich bin wohl wieder etwas weggedämmert. Etwas später wurde ich durch Leons Geschrei geweckt«, sie deutete auf den Säugling an ihrer Brust. »Als ich aufstand, um in sein Zimmer zu gehen, merkte ich, dass Lukas immer noch nicht neben mir im Bett lag. Ich bekam es mit der Angst zu tun, und ehe ich zu Leon ging, stieg ich ins Wohnzimmer hinab und …« Sie wandte sich erneut ab. »Er lag dort am Boden«, sie deutete mit erstickter Stimme auf die Stelle zwischen Esstisch und Küche. »Es war alles voller Blut. Alles voller Blut.« Sie brach ab und schniefte erneut.

»Wann haben Sie ihn gefunden?«

»Das muss so gegen zwei Uhr in der Früh gewesen sein«, sagte sie leise, den Blick wieder in die Ferne gerichtet.

»Irgendwelche Einbruchspuren?«

Sie schüttelte den Kopf. »Alles war verschlossen, als ob er sich selbst … Aber das ist unmöglich.«

»Ist Ihnen in dieser Nacht sonst noch etwas Seltsames aufgefallen?«

Sie lachte. Beinahe hysterisch. »Sie meinen außer Lukas' Leiche im Wohnzimmer?«

»Bitte. Ich weiß, ich mute Ihnen viel zu, aber es sind die Details, die uns weiterführen werden.«

Sie atmete ein paar Mal tief durch, nickte und sagte schließlich: »Da waren blutige Handabdrücke auf der Außenseite der Fenster.«

Winter stutzte. »Handabdrücke? Auf der Außenseite? Dann … dann kennt die Polizei vielleicht schon die Identität des Täters … Die haben sie doch gewiss analysiert und …«

Frau Roth schüttelte traurig den Kopf. »Keinerlei Übereinstimmung. Die wissen nichts. Sie haben gesagt, dass es keine brauchbaren Spuren gäbe – dabei war doch alles voll damit! Als ob …« Sie biss sich auf die Lippen und brach ab.

»Als ob …?«

»Als ob es sich um einen Geist gehandelt hätte.«

Nun war es raus. Winter spürte die Erleichterung der Frau beinahe körperlich. Dennoch sah sie ihn herausfordernd an, wartete wohl auf eine zynische Antwort seinerseits.

»Haben Sie von so etwas schon mal gehört? Ich meine, aus der Gegend hier? Gab es vielleicht früher mal seltsame Vorfälle oder unerklärliche Vorkommnisse?«

Sie sah ihn irritiert an, sichtlich überrascht, dass er nicht spöttisch auf ihre Geistertheorie reagiert hatte.

»Nein, nein, ich habe nie zuvor von so was gehört.«

»Ist in Ihrer Familie, in diesem Haus oder in dieser Straße irgendwann einmal ein Gewaltverbrechen geschehen?«

Frau Roth erstarrte. »Ein … Gewaltverbrechen?«, echote sie. »Sie meinen …«

»Mord zum Beispiel, ja. Sie kennen doch die Geschichten, in denen die Seelen von Mordopfern nicht eher zur Ruhe kommen, bis ihren Mördern Gerechtigkeit widerfahren ist?«

»Geschichten, ja, aber … das sind doch nur Märchen, ich meine …«

»An manchen Geschichten ist mehr dran, als man sich vorzustellen vermag«, sagte Winter. »Hat es denn hier ein Gewaltverbrechen gegeben?«

Frau Roth schüttelte den Kopf, zuckte aber gleich darauf mit den Schultern. »Zumindest nicht, soweit ich wüsste. Aber wir sind auch erst letztes Jahr hierher gezogen. Sie denken also, es könnte wirklich ein Geist gewesen sein? Ich meine, ich habe nie an Geister geglaubt, aber seit mein Mann gestorben ist …«

»Hatte er Feinde, Ihr Mann?«

»Nicht, dass ich wüsste.«

»Können Sie mir die Stelle zeigen, wo die Handabdrücke zu sehen waren?«

Frau Roth nickte und zeigte mit dem ausgestreckten Arm auf das mittlere Fenster hinter dem Esstisch. Winter erhob sich, durchschritt die Wohnstube und besah sich das Fenster. Natürlich waren die Spuren längst verschwunden und alles, was er sah, war ein dreckiges, von den Abdrücken von Kinderhänden verschmiertes Fenster. Er drehte sich wieder zu Frau Roth um.

»Ich danke Ihnen für Ihre Zeit und Offenheit, Frau Roth. Können Sie mir zeigen, wo Herr Klein wohnt?«

Frau Roths Gesicht verdüsterte sich. »Das letzte Haus der Straße, auf der linken Seite, aber den Gang dorthin können Sie sich sparen.«

»Wieso?«

»Erstens wird Markus nicht mit Ihnen sprechen und zweitens wird er Ihnen nichts Neues erzählen können. Er hat genau das Gleiche erlebt wie ich.«

»Ach ja? Nun, ich werde mein Glück dennoch versuchen. Sagen Sie, haben Sie in der Nacht, in der Frau Klein ermordet wurde, ebenfalls klopfende Geräusche gehört?«

Frau Roth nickte schwach. »Als ich die Geräusche hörte – dieselben Geräusche, die einen Monat zuvor, als mein Mann gestorben war, erklungen waren – verfiel ich in Panik. Ich packte meine Kinder und verbarrikadierte mich mit ihnen in meinem Schlafzimmer, bis es vorbei war.«

»Und dann?«

»Ich habe mich erst am anderen Morgen hinuntergetraut. Und wieder waren an den Fenstern blutige Handabdrücke zu sehen.«

»Waren diese Handabdrücke nur an Ihrem Haus zu sehen?«

Frau Roth schüttelte den Kopf. »In der ganzen Straße«, hauchte sie.

»Und in der Nacht, in der Herr Schultheiß ermordet wurde?«

»Dasselbe Phänomen«, schniefte sie. »Handabdrücke und das Klopfen – in der ganzen Straße. Anfangs hatte niemand gedacht, dass sich das Ganze wiederholen würde.«

»Das ist schon seltsam. Nun, ich … Wenn es Ihnen nichts ausmacht, würde ich noch rasch nach oben gehen und mir die Dinosammlung Ihres Sohnes ansehen.«

»Wie? Ja, natürlich, gehen Sie nur.«

5

Ein beklemmendes Gefühl beschlich Winter, als er zum letzten Haus der Straße ging. Die Einfamilienhäuser rechts und links schienen ihn lauernd zu beobachten, die Enge der Straße wirkte erdrückend und die Tatsache, dass die Sonne mittlerweile hinter Wolken verschwunden war und die Temperatur stark abgefallen war, verstärkte die bedrückende Stimmung zusätzlich.

Als er die Häuser musterte, bemerkte er hinter dem Fenster eines heruntergekommenen Hauses einen Schatten. Als er genauer hinsah, erkannte er das Gesicht eines älteren Mannes, der ihn durch die Scheibe hindurch argwöhnisch musterte. Winter nickte grüßend und das Gesicht verschwand. Ansonsten lag die Straße wie ausgestorben da. Keine bellenden Hunde, keine Kinderstimmen, keine durchfahrenden Autos. Als hielte die Straße selbst den Atem an.

Das Haus von Herrn Klein ähnelte dem von Emily Roth. Dieselben roten Ziegelsteine, doch statt des Vorgartens und der Veranda besaß es einen Wintergarten auf der linken Seite. Alles war dunkel und Winter rechnete nicht damit, dass ihm jemand aufmachen würde, als er klingelte. Es dauerte lange, und er wollte sich bereits zum Gehen wenden, als die Tür doch noch einen Spaltbreit aufgemacht wurde.

»Ja?« Ein argwöhnisches, hageres Gesicht mit Dreitagebart musterte ihn unverhohlen feindlich durch den Türspalt. Die kurzen Haare waren an der Schläfe ergraut.

»Guten Tag. Mein Name ist Richard Winter und ich …«
»Ist mir verdammt nochmal egal, wer Sie sind. Was wollen Sie?«
»Ich … ich habe gehofft, mit Ihnen über die Umstände des Todes Ihrer Frau sprechen zu können. Der Bürgermeister, Herr Krause, schickt …«
»Sind Sie Polizist?«
»Nein, ich bin Privatdetektiv und …«
»Dann lassen Sie mich verdammt nochmal in Ruhe!«
Herr Klein schlug die Tür zu und ließ Winter verblüfft draußen stehen. Winter sah sich einen Moment lang unschlüssig um und klingelte dann erneut. Wieder dauerte es einen Moment, ehe die Türe – diesmal unsanft – aufgerissen wurde.
»Ich sagte doch, Sie sollen mich in Ruhe lassen!«
»Sie wollen doch sicher Gerechtigkeit für Ihre Frau, Herr Klein. Ich kann Ihnen helfen, ich kenne mich mit übernatürlichen Vorgängen aus. Ich kann …«
»Lassen Sie mich in Ruhe oder ich rufe die Polizei!« Wieder schlug Herr Klein die Türe zu.
Winter seufzte. ›Das hast du ja mal toll hingekriegt.‹

Das letzte Mordopfer, Karl Schultheiß, war alleinstehend gewesen. In seinem Haus lebte bereits eine neue Partei, die Familie Weitbrecht, wie Krause ihm erzählt hatte. Winter zuckte die Schultern und beschloss dann, den älteren Herrn aufzusuchen, der ihn vorhin hinter seinem Fenster beobachtet hatte. Er ging die wenigen Dutzend Schritte bis zu dessen Haus und war sich sicher, dabei von Herrn Klein beobachtet zu werden. Er konnte dessen Blicke in seinem Rücken fast körperlich spüren. Genauso wie diejenigen des älteren Mannes, der ihn mit Sicherheit ebenfalls immer noch beobachtete – wenn auch nun vermutlich aus einem anderen Fenster.

Das Haus dieses Mannes sah etwas anders aus. Zwar war es aus denselben roten Ziegelsteinen erbaut, doch statt Dachziegeln besaß es ein Reetdach, das vermoost und heruntergekommen war und dringend einer Erneuerung bedurfte. Auch der Vorgarten machte einen verwilderten, überwucherten Eindruck auf Winter. Als ob das Haus seit Hunderten von Jahren dastehen und seit ebenso langer Zeit nicht mehr gepflegt würde.

Winter sah zum Fenster hoch, aus dem der alte Mann ihn beobachtet hatte, doch diesmal war nichts zu sehen. Also stieg er die drei Stufen empor, die zur Haustüre führten, und klopfte in Ermangelung einer Klingel an.

Er hatte erwartet, dass der alte Mann ihn ebenfalls feindlich empfangen würde oder nicht mit ihm reden wollte, doch schlimmer noch: Er machte ihm nicht einmal die Tür auf. Und das, obwohl er wissen musste, dass Winter ihn gesehen hatte.

Stirnrunzelnd klopfte er noch ein paar Mal lauter an (konnte ja sein, dass der Mann schwerhörig war), drehte sich dann um und ging zurück zu seinem Auto, das vor Emily Roths Haus stand.

Kurz bevor er es erreichte, bemerkte er eine ältere Dame, die auf dem Gehsteig auf ihn zu kam, einen schwarzen Dackel an der Leine. Dieser hob alle paar Meter das Bein und markierte an den Straßenrand.

›Gibt ja doch noch Leben in dieser Straße‹, dachte Winter säuerlich, nickte der Frau grüßend zu und schloss sein Auto auf.

»Sie sollten nicht hier sein«, raunte ihm die Dame im Vorbeigehen zu. »In Ihrem eigenen Interesse, machen Sie, dass Sie fortkommen.«

Verblüfft drehte er sich um und wollte etwas erwidern, doch die Dame war bereits an ihm vorbei, als ob sie nichts gesagt hätte. Stirnrunzelnd blickte er ihr nach und sah zu, wie sie die Straße überquerte, auf ein Einfamilienhaus zuging, die Türe aufschloss und darin verschwand.

Winter grübelte noch einen Moment lang an den Worten der Frau herum, ehe er einen Entschluss fasste, sein Auto wieder abschloss und der Frau zu ihrem Haus folgte. Er hatte noch nicht einmal die Hand nach der Klingel ausgestreckt, da wurde ihm bereits aufgemacht.

»Kommen Sie, junger Mann, kommen Sie«, sagte die Alte ungeduldig. Sie hatte braun getönte, hochgesteckte Haare, die von einer langen Nadel zusammengehalten wurden. Ihr faltiges Gesicht zeugte von viel Lebenserfahrung. Aus ihrem Kinn sprossen eine Handvoll kurzer, dünner Haare und ihr Körper war klein und mager.

Sie schloss hinter ihm die Tür, nicht ohne noch einen prüfenden Blick nach draußen zu werfen, und bedeutete ihm dann, ihr zu folgen. Sie führte ihn ins Wohnzimmer und hieß ihn, sich auf ein behagliches Sofa mit Karomuster zu setzen, während sie im angrenzenden Raum – wohl in der Küche – verschwand. Winter kam ihrer Aufforderung nach und sah sich um. Das Wohnzimmer war geschmückt mit dutzenden Bildern von Menschen – vermutlich ihren Verwandten: ein schwarz-weißes Foto eines adretten, jungen Mannes in Militäruniform, einige farbige, neuere Fotos von Kindern und das Bild einer jungen Frau und zwei älterer Menschen, die gemeinsam auf demselben Sofa saßen, auf dem Winter Platz genommen hatte. Eine alte Standuhr mit langem Pendel stand in der einen Ecke des Zimmers, davor ein langer Esstisch aus massivem, dunklem Holz.

»Wollen Sie einen Tee trinken?« Die Dame war ins Wohnzimmer zurückgekehrt, ein Tablett mit einem Teekrug und zwei Tassen in den Händen.

»Nein, danke, ich … trinke nur Tee, wenn ich krank bin.«

»Warten Sie, bis Sie älter werden, dann werden Sie Tee in allen Lebenslagen trinken«, schmunzelte die Frau.

»Weil man sich dann in allen Lebenslagen krank vorkommt?«

»Nein, weil es die innere Kälte etwas dämpft.« Etwas Düsteres trat für einen Moment in ihre Augen, verschwand aber sogleich wieder, als sie ein bemüht wirkendes, unechtes Lächeln aufsetzte. »Kaffee? Mineral?«

Winter schüttelte den Kopf. »Danke, das ist sehr nett, aber ich will Ihnen nicht zur Last fallen, ich wollte eigentlich nur wissen, was Sie damit gemeint haben, dass ich nicht hier sein sollte.«

»Tut mir leid«, sagte die alte Frau und setzte sich ihm gegenüber, »ich wollte Sie nicht erschrecken, aber Tatsache ist, dass Sie hier fremd zu sein scheinen und in Anbetracht der schrecklichen Vorkommnisse der letzten Monate sind Fremde hier nicht allzu gerne gesehen.« Sie nahm eine Tasse vom Tablett und schenkte sich dampfenden Tee ein.

»Dennoch lassen Sie mich – einen wildfremden Menschen – einfach so in Ihr Wohnzimmer?«

»Sie haben Recht. Das war vermutlich töricht. Aber Sie sehen nicht aus wie ein Verbrecher. Lassen Sie mich raten: Sie sind Privatermittler und wurden von jemandem aus der

Straße … oder nein, Sie wurden von Herrn Krause beauftragt, die unerklärlichen Vorkommnisse dieser Gegend aufzuklären.«

Winter war sprachlos. »Woher …?«

»Ich bin Hellseherin.« Sie lachte, als sie seinen verblüfften Gesichtsausdruck sah und schüttelte den Kopf. »Nein, nein: Ich habe gesehen, wie Sie zu Frau Roth und zu Herrn Klein gegangen sind – die Hinterbliebenen der Mordopfer. Zudem sind Sie fremd in dieser Gegend, das beweist bereits das Nummernschild Ihres Autos. Wie ein Polizist sehen Sie nicht aus – ganz abgesehen davon, dass die schon hundertmal hier waren. Wenn man zudem bedenkt, wie besorgt sich Herr Krause bei unserem letzten Gespräch gezeigt hat, braucht man keine Hellseherin zu sein, um eins und eins zusammenzuzählen.« Sie grinste jugendlich, was so gar nicht zu ihrem älteren Äußeren passte.

»Sie haben Recht, Frau …?«

»Hermann, und Sie sind?«

»Richard Winter, Privatdetektiv. Freut mich sehr, Frau Hermann, und ja, Sie haben mich völlig durchschaut und ich bin sehr froh, endlich an jemanden zu geraten, der überhaupt mit mir spricht«, gestand Winter. »Herr Klein und der ältere Herr etwas weiter die Straße runter waren nicht gerade sehr gesprächig.«

»Gerd?« Sie schüttelte lachend den Kopf. »Seit den drei Morden verschanzt sich Gerd in seinem Haus, beobachtet alles und jeden, schwört, der Teufel sei in dieser Straße unterwegs, und traut sich kaum mehr vor die Türe. Er ist ein alter, aber liebenswürdiger Narr.«

»Haben Sie das Klopfen auch gehört in jenen drei Nächten?«, fragte Winter gespannt.

Frau Hermann legte den Kopf schief und sah ihn aus zusammengekniffenen Augen an. Schließlich nickte sie.

»Als ich das Klopfen mitten in der Nacht hörte, habe ich den Gehstock meines verstorbenen Mannes gepackt und bin ins Wohnzimmer runtergegangen.«

»Hatten Sie denn keine Angst?«, fragte Winter überrascht.

»Warum sollte ich? Ich mag sechsundsiebzigjährig sein, Herr Winter, doch ich bin durchaus noch in der Lage, mich zu wehren, sollte jemand mir unerlaubt zu nahe kommen wollen.«

Ein kämpferisches Funkeln trat in ihre Augen und Winter konnte ein Schmunzeln nicht ganz unterdrücken.

»Und was haben Sie im Wohnzimmer vorgefunden?«

»Vorgefunden? Nichts. Das Geräusch war zwar noch da, aber es schien von allen Seiten gleichzeitig zu kommen. Ich habe das Licht draußen angemacht und bin sogar einmal ums Haus gegangen, doch da war niemand.«

»Sie sind rausgegangen?«, fragte Winter ungläubig und bewunderte gleichzeitig den Mut dieser alten Frau.

»Natürlich, es hat ja geklopft«, antwortete sie, als wäre es das Natürlichste auf der Welt.

»Und dann hat das Klopfen aufgehört?«

»Nein, es ist weitergegangen, mal kam es von hier, mal von da. Und immer, wenn ich dachte, jetzt wäre ich an der Stelle, von wo es herkam, schien es die Richtung zu wechseln.«

»Was für ein Klopfen war es denn?«

Frau Hermann nahm noch einen Schluck von ihrem Tee, dann stellte sie die Tasse auf den Salontisch, der zwischen ihnen stand, und erhob sich ächzend. Sie verließ das

Wohnzimmer und kehrte gleich darauf mit einem hölzernen Gehstock zurück, dessen Knauf die Form eines Entenschnabels besaß. Damit trat sie an eines der Fenster und schlug damit dagegen. Ein dumpfes, polterndes Geräusch erklang.

»Ungefähr so, Herr Privatdetektiv«, sagte sie.

Bumm, bumm, bumm.

»Was denken Sie, was für ein Gegenstand dieses Klopfen verursacht haben könnte?«, fragte Winter.

Frau Hermann zuckte mit den Schultern.

»Ein Rohr? Eine Stange? Ein Hammer, ein Werkzeug … keine Ahnung.«

»Und … war da sonst noch etwas … Spezielles, an dem Abend?«, fragte Winter vorsichtig.

»Sie meinen die Handabdrücke? Ja, die waren genau … da!« Frau Hermann zeigte mit dem Stock auf eine Stelle des blitzblank geputzten Fensters. »Ein halbes Dutzend. Rot. Vermutlich Blut.«

»Haben Sie eine Vermutung, was oder wer für das Klopfen und die Abdrücke verantwortlich sein könnte?«

»Nein, aber dafür sind Sie ja nun da, nicht wahr?«

»Ich dachte, Sie wollten mich loswerden? Haben Sie nicht vor wenigen Minuten auf der Straße zu mir gesagt, ich sollte nicht hier sein und in meinem eigenen Interesse von hier verschwinden?«

»In Ihrem Interesse sollten Sie verschwinden, in meinem Interesse jedoch läge es vielmehr, dass Sie bleiben und den Fall lösen, Herr Winter.«

»Sie haben also keine Ahnung, wer dahinterstecken könnte?«

»Nicht die leiseste.«

»Frau Roth meint, es könnte sich um einen Geist handeln.«

»Wer weiß?«

»Sie schließen diese Möglichkeit nicht von vornherein aus?«

»Tun Sie es denn?«, konterte sie.

»Nein.«

»Denn deswegen hat man Sie ja gerufen, nicht wahr?«

»Wie meinen Sie das?«

»Nun, Sie sind doch der Geisterjäger. Klar, nicht so wie in den Filmen, aber irgendwie doch auch ein bisschen so, nicht wahr? Der Harlekin«, sagte sie vielsagend und lächelte. »Ich habe die Geschichte im Fernsehen verfolgt. Ich habe immer gewusst, dass Sie nicht der Mörder waren.«

»Danke, ich auch. Ich denke, ich sollte dann mal wieder … Danke für die offenen Worte, Frau Hermann.«

»Gerne, Herr Winter, gerne. Sie dürfen jederzeit auf eine Tasse Tee wiederkommen – nicht nur, wenn Sie krank sind.«

6

Weil es die innere Kälte etwas dämpft.

Winter war die Düsterheit, die in Frau Hermanns Augen getreten war, als sie diesen Satz gesagt hatte, nicht entgangen. Ebenso wie das unechte Lächeln, das sie danach aufgesetzt hatte. Frau Hermann verschwieg ihm etwas, da war sich Winter sicher. Genauso wie Frau Roth. Sie hatte gezögert, als er sie auf mögliche Gewaltverbrechen angesprochen hatte.

Als er Frau Hermanns Haus verließ und die Straße überquerte, um zu seinem Wagen zu gehen, fuhr ein großer Transporter an ihm vorbei. *Gebrüder Jensen – Wir ziehen für Sie um!* stand darauf geschrieben. Winter sah ihm gedankenverloren nach und stutzte, als der Transporter vor dem letzten Haus der Straße gegenüber von Herrn Klein hielt. Der Umzugswagen fuhr rückwärts auf die Auffahrt und hielt an. Dann stiegen zwei stämmige Männer aus und gingen auf das Haus zu.

Winter schloss sein Auto auf, setzte sich hinein und beobachtete, was weiter geschah.

Die Tür des Hauses öffnete sich und die zwei Männer gingen hinein. Es dauerte eine gute Viertelstunde, ehe sie wieder herauskamen, eine sperrige Kommode tragend.

›Die ziehen tatsächlich weg. Zufall oder …?‹ Winter beschloss, es herauszufinden. Er stieg erneut aus und schritt ein zweites Mal die Straße hinunter. Als er am Haus des älteren Mannes mit dem Vornamen Gerd vorbeikam, hob er den Blick und sah gerade noch, wie ein Vorhang im ersten Stock wieder an seinen Platz schwang.

›Er beobachtet mich immer noch.‹

Das Haus, vor dem der Transporter stand, war deutlich größer und luxuriöser als die anderen Häuser der Straße. Es war weiß gestrichen und sah relativ neu aus. Winter schätzte, dass es kaum fünf Jahre alt sein mochte.

›Und dennoch ziehen sie weg.‹

Die beiden Männer von der Umzugsfirma musterten ihn kurz und grüßten ihn, als er an ihnen vorbei zur offenstehenden Türe schritt. Der Flur, der sich dahinter öffnete, war vollständig leergeräumt. Einzig eine Garderobe, an der ein halbes Dutzend Jacken hing, stand noch da. Winter hörte Geräusche aus dem Inneren: Schritte, Stimmen.

Er klingelte.

Die Stimmen verstummten, dann hörte er eine Frauenstimme fragen: »Erwartest du jemanden?«, ehe die Schritte auf ihn zukamen. Es war eine Frau mittleren Alters – Winter schätzte sie auf knapp vierzig. Sie hatte lange, braune Haare, war schlank, geschminkt und machte einen sehr gepflegten Eindruck. Sie sah nicht aus, als ob sie umziehen, sondern als ob sie gleich zu einem Galadinner gehen würde.

»Ja?«, fragte sie mit hochgezogenen Augenbrauen.

»Entschuldigen Sie, ich habe gesehen, dass Sie umziehen und … Ich bin Richard Winter.« Er hielt ihr seine Hand hin.

Die Augenbrauen wanderten noch etwas höher hinauf, was Winter nicht für möglich gehalten hätte, und sie sah leicht angewidert auf seine Hand hinab – ohne sie zu ergreifen.

»Ich wollte die Gelegenheit nutzen, solange Sie noch da sind, Ihnen ein paar Fragen zu stellen. Herr Krause hat mich engagiert, die drei Morde, die es in den letzten drei Monaten in dieser Straße gegeben hat, zu untersuchen.«

»Ich dachte, die Polizei untersucht diese Morde bereits«, sagte sie schnippisch. »Was können Sie denn, was die Polizei nicht kann?«

»Ich … kenne mich etwas mit Übersinnlichem aus und Herr Krause meinte …«

»Ach du lieber Gott!« Sie drehte sich um und rief in die Wohnung hinein: »Schatz, da ist so ein verrückter Geisterjäger an der Tür, rede du mit ihm. Entschuldigen Sie«, sagte sie und wandte sich wieder Winter zu, »ich habe zu tun, mein Mann wird gleich kommen und sich mit Ihnen unterhalten.« Sie zauberte ein unechtes Lächeln auf ihr Gesicht und ging.

Winter konnte hören, wie sie sich tuschelnd mit jemandem unterhielt, der außer Sichtweite war.

Die beiden Umzugsarbeiter drängten sich an ihm vorbei und kamen bald darauf mit einem großen Tisch zurück, ehe ein Herr mit kurzen, schwarzen Haaren von vielleicht fünfzig Jahren, der einen tadellosen, maßgeschneiderten Anzug trug, glatt rasiert war und einen leicht überheblichen, arroganten Gesichtsausdruck hatte, herauskam.

»Was kann ich für Sie tun?«, fragte der Mann mit einem aufgesetzten Lächeln. »Und kommen Sie bitte gleich zur Sache, ich habe nicht viel Zeit.«

»Danke, dass Sie sich die Zeit nehmen, kurz mit mir zu sprechen. Ich bin Privatdetektiv und untersuche die drei Morde, die hier kürzlich geschehen sind. Als ich gesehen habe, wie der Umzugswagen vor Ihrem Haus hielt, habe ich mich natürlich sofort gefragt, ob Ihr Umzug mit den mysteriösen Vorfällen zu tun hat.«

Der Mann winkte ab.

»Wo denken Sie hin? Wir haben uns ein größeres Haus in besserer Lage gekauft.«

»Der Umzug hat also nichts mit den tragischen Vorfällen der letzten drei Monate zu tun?«

»Nein, hat er nicht. Kann ich sonst noch was für Sie tun?«

»Warum hat Ihre Frau mich an Sie verwiesen, als ich von Übersinnlichem geredet habe? Glauben Sie denn an Übersinnliches?«

»Nein, aber im Gegensatz zu meiner Frau verachte ich Leute wie Sie, die an solchen Unfug glauben, nicht.«

»Sie glauben also, für die Morde und die ... speziellen Vorkommnisse – das Klopfen in der Nacht, die blutigen Handabdrücke – könne man normale Erklärungen finden?«

»Natürlich glaube ich das. So, nun muss ich aber wieder an die Arbeit. Ich wünsche Ihnen viel Erfolg bei Ihrer Untersuchung. – Nein, ich habe Ihnen doch gesagt, den Schreibtisch können Sie hierlassen!«

Er stapfte zu den Umzugsmännern, die sich einen wuchtigen Schreibtisch aufgeladen hatten und damit auf ihn zu kamen.

Winter drehte sich um und ging unter den Blicken des Alten zum wiederholten Mal zu seinem Auto zurück.

›Frau Roth, Herr Klein, der alte Gerd, Frau Hermann und nun diese beiden ...‹

Winter wurde das Gefühl nicht los, dass sie alle ganz genau Bescheid wussten, was hier vor sich ging, aus irgendeinem Grund ihm aber dieses Geheimnis nicht mitteilen wollten.

Er seufzte, stieg ein und machte sich auf die Rückfahrt nach Bremen.

7

Winter wurde vom Klingeln seines Telefons geweckt. Er schüttelte mühsam den Kopf, als könne er es damit abstellen, doch nach einer Weile musste er einsehen, dass er keinen Erfolg haben würde. Er fluchte, sah kurz auf den Wecker – 09.36 Uhr – und wälzte sich auf die andere Seite. Nach einer Weile hörte das Klingeln auf und er konnte hören, wie sich der Anrufbeantworter einschaltete. Eine männliche Stimme erklang, doch Winter versuchte angestrengt, sie aus seinem Kopf zu verbannen und wieder einzuschlafen, doch es wollte ihm nicht gelingen. Er wälzte sich noch einige Male hin und her, fluchte dann erneut und stieg aus dem Bett.

Sofort war seine Hündin Sydney, der zobelfarbene Langhaarcollie, neben ihm. Er fuhr ihr liebevoll über das Fell und streichelte sie einen Moment zwischen den Ohren, was sie dazu veranlasste, sich schwanzwedelnd auf den Rücken zu legen. Winter lächelte, ließ sich in die Hocke sinken und kraulte ihr kurz den Bauch, ehe er sich wieder aufrichtete und ihr protestierendes Bellen ignorierte. Er durchquerte sein Schlafzimmer, indem er über mehrere Kleiderberge stieg, die sich am Boden auftürmten: Hosen, T-Shirts, Unterwäsche … Immerhin hatte er die gewaschenen Sachen, die er noch nicht im Schrank versorgt hatte, am Ende des Zimmers auf einem eigenen Haufen liegen, während die dreckigen Klamotten – der Skyline Frankfurts gleich – in verschieden großen Türmen um die Wette wuchsen. Sydney begleitete ihn humpelnd auf ihren drei Pfoten, als er barfuß, nur mit Boxershorts und einem T-Shirt bekleidet, die knarrende Treppe hinabstieg, einigen Umzugskisten auswich, die seit mehreren Wochen unverändert den Flur füllten, ins Büro ging und den Play-Knopf des Telefons auf seinem Schreibtisch betätigte.

»*Sie haben eine neue Nachricht*«, säuselte die Frauenstimme aus dem Telefon. »*Erste neue Nachricht:* Herr Winter …«

›Der Bürgermeister!‹

»… rufen Sie mich doch bitte zurück, sobald Sie dies hören, danke. *Nachricht hinterlegt am* …«, doch Winter hörte schon nicht mehr hin.

Müde ließ er sich in seinen Bürostuhl fallen und sah sich um. Sein Büro war ebenfalls vollgestellt mit Umzugskisten. Zu seinem Leidwesen waren sie noch größtenteils voll, dabei war es bereits einen Monat her, seit er in das Haus seines verstorbenen Stiefvaters Ben eingezogen war. Doch bisher hatte ihm die Motivation gefehlt, all die Schränke und Regale, die leer im Haus herumstanden, mit seinen Sachen zu füllen. Nur das Nötigste hatte er ausgepackt: Telefon, Computer, Fernseher, Schachbrett und das Porträt von Garri Kasparow, das einzige Bild, das er im Wohnzimmer über der Couch aufgehängt hatte.

Nachdenklich betrachtete er das aufgebaute Schachbrett und die Figuren, die in Position waren und auf den nächsten Zug seines Fernschach-Freundes Alexej Sorokin warteten.

Gedankenverloren drückte er die Rückruftaste und wartete, bis Herr Krause das Telefon abnahm.

»Krause?«

»Hier ist Winter, guten Morgen, Herr Krause.«

»Guten Morgen. Danke, dass Sie zurückrufen, Herr Winter. Ich komme gleich zur Sache, da ich nicht allzu viel Zeit habe. Gestern ist in der Hagenorder Straße ein Haus freigeworden. Die Besitzer sind weggezogen und haben noch keinen neuen Käufer gefunden. Ich habe ihnen angeboten, das Haus für eine Weile zu mieten, um es Ihnen zur Verfügung zu stellen. So müssten Sie nicht jeden Tag diesen langen Anfahrtsweg machen und könnten mitten im Geschehen wohnen, so lange Ihre Ermittlungen dauern. Was meinen Sie?«

›Dort wohnen? Gegenüber vom griesgrämigen Herrn Klein und neben dem alten Gerd? Was ich davon halte?‹

»Ich … ich weiß nicht, ich meine … ich bin gerade erst umgezogen und …«

»Sie müssen natürlich nicht richtig umziehen, Herr Winter«, lachte Krause am anderen Ende des Telefons. »Wenn Sie ja sagen, werde ich natürlich dafür sorgen, dass das nötigste Mobiliar für Sie bereitsteht. Das ist alles in den Spesen inbegriffen.«

Winter dachte nach. Natürlich hätte es einerseits Vorteile, dort zu wohnen: Er würde die Leute besser kennenlernen und so vielleicht ihr Vertrauen gewinnen und dahinterkommen, was sie ihm verschwiegen. Aber andererseits löste der Gedanke, in dieser Straße mit ihren unfreundlichen, abweisenden Bewohnern leben zu müssen, Unwohlsein und auch etwas Angst bei ihm aus.

»Also gut«, sagte er dennoch, »das ist vermutlich wirklich das Vernünftigste.«

»Prima. Ich werde dafür sorgen, dass Sie bereits morgen dort übernachten können. Bringen Sie also Ihr Gepäck mit. Ach, und ich habe die Berichte und Rapporte, die Sie verlangt haben.«

»Gut.« Winter verabschiedete sich und legte auf. Nun, zumindest hatte das Haus einen recht luxuriösen Eindruck gemacht. Es war mit Sicherheit moderner und besser in Schuss als sein jetziges Zuhause.

Er fuhr den Computer hoch und arbeitete sich als Erstes durch seine Mails, ehe er mit der Recherchearbeit zu seinem neuen Fall begann.

›Warum passiert es nur bei Vollmond?‹

Er öffnete seinen Internet-Browser und gab die Wörter »Vollmond« und »Daten« ein und kam auf eine Seite, die eine Übersicht über alle Vollmonddaten des aktuellen Jahres bot.

»16. September, die Nacht, in der Schultheiß starb«, murmelte er, als er die Liste durchsah, »18. August, Frau Klein, 20. Juli, Herr Roth und davor ...« Beim Vollmonddatum des Junis waren am Ende der Zeile zwei Sterne angebracht. Er scrollte runter und las: »Totale Mondfinsternis, Supermond, Blutmond.«

›Blutmond? Das kann kein Zufall sein!‹

Er erinnerte sich jetzt wieder an den Hype, den die Medien gemacht hatten. Es war nicht nur ein Blutmond gewesen, sondern gleichzeitig auch ein Supermond, was sehr selten vorkam. Rasch gab er die Schlagwörter »Blutmond« und »Supermond« ein und las einen Artikel vom 19. Juni: *Morgen Nacht kommt es zu einer totalen Mondfinsternis, die erste von zwei totalen Mondfinsternissen in Europa in diesem Jahr. Diese spezielle Form des Vollmondes wird oftmals auch Blutmond genannt, da der Mond für eine kurze Zeitspanne in der Dunkelheit rotbraun leuchtet. Gleichzeitig kommt der*

Mond der Erde mit 356.880 Kilometern besonders nah. Dieses Phänomen nennt man Supermond, weil der Mond in dieser Zeit bis zu 14 % größer und rund 30 % heller scheint. Der Super-Blutmond ist ein seltenes Phänomen. Wer ihn verpasst, muss sich bis zum Jahr 2033 gedulden, ehe diese spezielle Konstellation wieder am Himmel zu sehen ist.

Winter lehnte sich in seinem Stuhl zurück und dachte nach. Er hatte vor Jahren einmal eine Legende über den Blutmond gelesen, er konnte sich nur nicht genau erinnern, wo. Er erhob sich und trat an die Rückwand des Büros, wo sich Bananenkartons mit Büchern stapelten.

›Es ist in irgendeinem alten Buch über Sagen, Legenden oder Märchen gewesen.‹

Er seufzte, öffnete die erste Schachtel und schloss sie gleich wieder, als er sah, dass es sich bei diesen Büchern um Romane handelte. Die nächsten zwei Schachteln hatten denselben Inhalt, doch in der vierten waren seine Sachbücher und Zeitschriften über Okkultismus und Esoterik. Er wühlte sich durch die Kiste, doch ohne Erfolg. Also öffnete er den Deckel der nächsten Schachtel und da lag es: *Sagen und Märchen aus dem fernen Orient.* Er erkannte es sofort, denn er war seit jeher von Sagen und Märchen aus allen Kulturkreisen fasziniert und wusste jetzt wieder, dass er vor einigen Jahren in genau diesem Buch eine Legende zum Blutmond gelesen hatte.

Er nahm das Buch heraus, setzte sich wieder auf seinen Stuhl und studierte das Inhaltsverzeichnis. Es dauerte nicht lange, bis er das betreffende Kapitel gefunden hatte.

Die Legende vom Blutbalg

Es geschah zu der Zeit, als Salmanassar V., der Sohn des Tiglat-Pileser III., König von Assur war und die Stadt Samaria angriff, weil dessen König Hoschea ihm den Tribut verweigerte. Nach langer Belagerung eroberte Salmanassar Samaria, nahm das Volk Israel gefangen und führte es fort nach Assur.

Doch ein Ehepaar aus der herrschenden Schicht Samarias, dem die Flucht gelungen war und das mit der Eroberung all seinen Besitz und sein Ansehen verloren hatte, beschloss, Salmanassar dafür büßen zu lassen.

In einer Nacht, in welcher der Mond groß und rund am Himmel stand und ein blutiges, rotes Licht zur Erde sandte, rief der Vater seinen ältesten Sohn zu sich und übte ein Blutritual an ihm aus. Er opferte ihn und hieß dessen Seele, den gleichaltrigen Sohn Salmanassars zu befallen, der unweit von ihm in der besetzten Stadt lagerte.

Der Blutpakt mit dem roten Mond war geschlossen und die Seele des Jungen befiel den Körper von Salmanassars Sohn, in den sie sich über mehrere Monde hinweg einnistete und von Tag zu Tag stärker wurde.

Als der purpurne Mond das nächste Mal am Himmel stand, ermordete der besessene Körper von Salmanassars Sohn dessen Vater mit bloßen Händen.

Die Rache der Vertriebenen war vollendet.

Aber als der Mond seinen flammenden Schein verlor, verließ auch die Seele des geopferten Jungen Salmanassars Sohn. Doch sollte sie nicht zur Ruhe kommen. Der angestaute Hass auf ihre Eltern, die sie, ohne zu zögern, ihrer Rache geopfert hatten, war so stark, dass sie nicht in den Himmel einkehren konnte und auf ewig darauf zu warten verdammt war, bis sie die Gelegenheit zur Rache an ihren Erzeugern und Mördern bekommen würde.

Dort in der endlosen Dunkelheit zwischen Himmel und Erde lauerte sie. Jahrelange Wut und Hass formten aus der Seele das Blutbalg, das nur auf ein Zeichen wartete, das es zu seinen Eltern führen würde – auf eine ähnliche Tat, wie die, der es selbst zum Opfer gefallen war: eine Bluttat an einem Jungen unter dem roten Licht des Mondes.

Es sollte viele hundert Jahre dauern, bis diese Umstände eintraten. Doch als das nächste Mal ein Junge unter dem purpurnen Mond das Leben lassen musste, kehrte das Blutbalg zurück. Gleich seinem früheren Schicksal fuhr es in den Körper eines Jungen unweit der Stelle, wo das Verbrechen geschehen, nistete sich ein und wuchs und gedieh in den folgenden Monden. Es wurde stärker und mit ihm auch seine unermessliche Gier nach Rache.

Als der nächste rote Mond gekommen, schlich es in seinem neuen Körper zum Haus seiner Eltern und drang in deren Schlafzimmer ein. Doch gefangen im Rausche seiner über Jahrhunderte angestauten Wut übersah das Blutbalg, dass in deren Ehebett Fremde lagen. Seine wahren Eltern waren schon seit vielen hundert Jahren tot.

Es ermordete die beiden Schlafenden mit bloßen Händen. Als das Blutbalg merkte, dass es um seine Rache betrogen worden war, schrie es in wilder Agonie auf.

Doch mit dem Ende des flammenden Mondes erlosch auch die Kraft des Blutbalgs. Die Kreatur fuhr aus dem Körper des Jungen und kehrte zurück in die Leere, aus der sie hervorgekrochen war.

Doch die Blutlust des Blutbalges ward nicht gestillt. Es wird von Verbrechen, die unter einem roten Mond an Jungen begangen werden, angelockt, befällt bevorzugt Kinder und ist nach wie vor auf der Suche nach seinen Eltern, um endgültig Rache an ihnen zu nehmen.

Winter klappte das Buch zu und schmunzelte. Eine nette Geschichte, doch leider passte ihr Inhalt nicht wirklich zu seinem Fall. Einerseits hatte er es mit einem erwachsenen Toten zu tun und andererseits mordete sein Geist nicht nur während eines Blutmondes. Dennoch legte er das Buch auf seinen Schreibtisch, um es nach Dorum mitzunehmen. Vielleicht würde er auch die anderen Sagen wieder mal lesen, falls er dazu käme.

Er rief wieder die Suchmaschine seines Computers auf und tippte die Schlagwörter »Blutmond« und »Legende« ein. Dabei stieß er auf eine Seite über Schwarze Magie, auf der zu lesen war: *Im Laufe der Geschichte der Menschen wurde eine Mondfinsternis immer als Bote von Unheil betrachtet und als perfekte Zeit für Rituale der Schwarzen Magie.* Und weiter stand da: *Die Mondfinsternis vom 20. Juni ist die letzte eines Vierer-Zyklus', was bedeutet, dass in der Nacht etwas Schreckliches passieren wird. Der Blutmond ist der Vorbote der Apokalypse, das Ende der Welt.*

Winter lehnte sich in seinem Stuhl zurück, verschränkte die Arme hinter dem Kopf und pfiff leise durch die Zähne.

›Das kann kein Zufall mehr sein.‹

Irgendetwas musste in der Blutmondnacht, einen Monat vor dem ersten Mord geschehen sein. Aber was? War jemand ermordet worden? Hatte jemand ein okkultes Ritual durchgeführt? Er gab die Schlagwörter »Blutmond« und

»Bibel« ein und las: *Buch Joel, Kapitel 3, Vers 4: Die Sonne wird sich in Finsternis wandeln und der Mond in Blut, bevor der Tag Jahwes kommt, der große und furchtbare.*

Winter schauderte. Irgendjemand hatte in Dorum das Tor zur Hölle aufgestoßen. Und nun lag es an ihm, es wieder zu schließen.

8

Winter packte seine Reisetasche, in die er einige wenige Habseligkeiten gepackt hatte – sein Necessaire, einige Kleider, ein Reiseschach, den Laptop, das neuste »mysteries«-Magazin, das orientalische Sagen- und Märchenbuch, Hundefutter, Hundeleine – und schritt gefolgt von Sydney zur Türe von Bens Haus – seinem Haus –, als es klingelte. Sydney begann zu bellen. Winter runzelte die Stirn, ging die wenigen Schritte zur Türe und öffnete sie.

»Was zum ...«, begann er, als er sah, wer draußen stand, und brach dann kopfschüttelnd ab.

»Hallo Richard. Oh, was für ein süßer Hund!«

Seine Cousine Lilliane lächelte nervös, während Sydney immer noch bellte. Lillianes Gesicht war schludrig geschminkt, am Hals war der Übergang zur Haut ohne Schminke zu sehen, der blonde Lockenkopf wies am Ansatz graue Strähnen auf und sie hatte seit ihrem letzten Treffen mindestens zwanzig Kilo zugenommen. Früher hatte er sie stets als sehr attraktive Frau angesehen. Früher.

»Hallo zusammen«, brummte er etwas missmutig und konnte seine Verärgerung über den nicht nur unangemeldeten, sondern vor allem auch unerfreulichen Besuch nicht ganz verbergen. Er hatte Lilly nie gemocht. Sie und ihre Schwester hatten früher immer Mist gebaut und ihm dann die Schuld dafür in die Schuhe geschoben. Er legte Sydney eine Hand auf den Kopf. »Ruhig, Süße, alles in Ordnung.«

Sydney sah ihn von unten her an und hörte auf zu bellen.

Lilliane stieß derweil ihren Begleiter an, einen schlanken Jungen von vielleicht fünfzehn Jahren mit halblangen, braunen Haaren, die er sich immer wieder hinter die Ohren strich, und einem feinen Bartflaum am Kinn. Er trat einen Schritt vor und streckte die Hand aus.

»Hallo, alles klar?«, sagte auch er.

Richard runzelte die Stirn und schüttelte die Hand des Jungen. Als er Lillys Sohn Michael das letzte Mal gesehen hatte, war der noch ein kleines Kind gewesen, nun war er ein junger Mann. Er konnte sich allerdings noch gut an das Drama erinnern, das die Scheidung Lillys von Michaels Vater in der Familie ausgelöst hatte. Alle waren geschockt gewesen, da der Mann, an dessen Name sich Winter nicht einmal mehr erinnern konnte, von einem Tag auf den anderen beschlossen hatte, in die Staaten auszuwandern. Später war herausgekommen, dass er auf einer Geschäftsreise eine reiche Amerikanerin kennengelernt und sich in sie oder vielleicht auch einfach in ihr Geld verliebt hatte. Michael war damals fünf Jahre alt gewesen.

»Entschuldige, dass wir dich so überfallen, Richard«, sagte Lilliane und sah neugierig an ihm vorbei, »dürfen wir kurz reinkommen?«

Winter seufzte und deutete auf seine Reisetasche. »Ich wollte eigentlich gerade verreisen …«

»Oh.« Lilliane verzog enttäuscht das Gesicht. »Wohin geht's denn?«

»Nach Dorum.«

Sie klatschte in die Hände und strahlte. Er hatte den Eindruck, soeben einen Fehler begangen zu haben. Vermutlich hätte er sagen sollen, nach Neuseeland oder so. Seine Befürchtung bestätigte sich im selben Moment.

»Dorum? Meine Güte, wie klein die Welt doch ist. Das ist unsere Nachbargemeinde. Sieben Kilometer nördlich von Sievern. Welch ein Zufall! Also, wenn du nach Dorum willst, dann reist du ja nicht mit dem Flugzeug und kannst deine Abreise um ein paar Augenblicke verschieben?«

Widerwillig nickte er und machte Platz, worauf sie das Haus betraten. Sydney folgte ihnen schwanzwedelnd.

»Das ist Bens altes Haus, nicht wahr?«, fragte sie und sah sich neugierig im vollgestellten Flur um, während sie Sydney vorsichtig zwischen den Ohren kraulte. Die Hündin ließ sie gewähren.

»Ja, er hat es mir vermacht.«

»Schreckliche Geschichte. Ich habe davon gehört.« Lilliane legte ihm mitfühlend die Hand auf den Arm, ehe sie ungeniert ihm voraus ins Wohnzimmer ging. »Du bist erst gerade eingezogen?«

»So in etwa, ja«, brummte Winter.

Lilliane blieb überrascht stehen, als sie die Unordnung bemerkte, die im Wohnzimmer herrschte: Auch hier standen überall Umzugskisten. Nur ein kleiner Gang, der von der Türe zum Sofa führte, und der Platz zwischen Sofa und Fernseher waren frei geblieben. Sowohl der Salontisch als auch das Sofa waren vollgestellt mit leeren Gläsern, Pizzakartons, Zeitungen, Werbeprospekten und offenen Briefen. Sie drehte sich zu Winter um und öffnete den Mund, um etwas zu sagen, schloss ihn aber gleich wieder, als sie seinen eisigen Blick sah. Also lächelte sie nur entschuldigend, suchte sich einen Platz auf dem Sofa, indem sie eine Handvoll Zeitungen und Prospekte zur Seite schob, und setzte sich, gefolgt von ihrem Sohn. Sydney legte sich davor auf den Teppich und sah aufmerksam zu den beiden hoch.

»Wollt ihr was trinken?«, fragte Winter mit einem Unterton in der Stimme, der klarmachte, dass er nicht die geringste Lust hatte, ihnen etwas zu bringen. Doch entweder bemerkte Lilliane den Unterton nicht oder sie überhörte ihn schlichtweg.

»Gerne. Ich bin am Verdursten. Hast du ein Glas Cola? Michael? Du willst sicher auch eine Cola, nicht wahr?«

»Oder einen Energydrink«, sagte der und sah hoffnungsvoll zu Winter hin.

Lilliane drehte sich zu ihrem Sohn um und sah ihn ärgerlich an.

»Du sollst nicht immer dieses ungesunde Zeugs trinken!«, wetterte sie. »Was ist nur los mit dir? Seit ein paar Monaten schüttest du dieses eklige Getränk in dich hinein, als wäre es Wasser!«

»Als ob Cola gesünder wäre«, murrte Michael.

»Tut mir leid«, fuhr Winter dazwischen, »aber ich trinke keine Energydrinks. Ich habe nur Mineralwasser und Kaffee im Haus.« Er breitete unschuldig die Arme aus. Die Flasche Cola, die noch in seinem Kühlschrank war, sparte er sich für seine Rückkehr aus Dorum auf. Lilliane würde er sie gewiss nicht opfern.

Lilliane seufzte und nickte schließlich.

»In dem Fall zwei Mineralwasser, danke, Richard.«

Winter drehte sich um und konnte sich ein Grinsen nicht verkneifen. Dann holte er zwei Gläser, füllte sie zur Hälfte mit Mineralwasser und setzte sich den beiden gegenüber in Bens alten Lehnstuhl.

»Hach«, begann Lilliane, nachdem sie einen tiefen Schluck genommen hatte, der das Glas beinahe leerte, »wie lange ist das her, Richard? Sieben Jahre?«

Winter zuckte mit den Schultern und rang sich dann zu einem Nicken durch. »Kommt hin.«

»Weißt du noch, wie wir früher an einem Familienfest Onkel Erhardt geärgert haben, indem wir ihm seine Hausschuhe versteckt haben?« Sie grinste.

»Wir?« Winter schüttelte den Kopf. »Wohl eher du und deine Schwester. Und ich war der Sündenbock, weil ihr sie mir in meine Tasche geschmuggelt habt.«

Sie machte eine wegwerfende Handbewegung.

»Das war doch lustig.«

Er runzelte die Stirn, sagte aber nichts dazu. Die Ohrfeige, die er kassiert hatte, hatte er zumindest nicht so lustig gefunden. Genauso wenig wie das hämische Gekichere von seinen beiden älteren Cousinen.

»Was willst du?«, fragte er stattdessen unfreundlich.

Ihr Gesicht wurde ernst und sie deutete auf ihren Sohn. »Du kannst dich doch noch an Michi erinnern?«

»Michael«, zischte der und sah sie ärgerlich an.

Winter nickte.

»Er hat diesen Sommer die Hauptschule abgeschlossen«, fuhr Lilliane fort, ihren Sohn ignorierend.

»Herzliche Gratulation«, sagte Winter in teilnahmslosem Tonfall.

»Er hat lange nach einer Lehrstelle gesucht, aber bisher keine gefunden und …«

»Nach was für Lehrstellen hast du denn gesucht?«, fragte Winter Michael.

»Was mit Informatik«, antwortete der leise.

»Ich dachte, diese Branche boomt.«

Michael wog den Kopf hin und her, ehe er sich eine Haarsträhne aus dem Gesicht strich.

»Na ja, es gibt einfach zu viele, die sich für den IT-Bereich interessieren.«

»Und was hat das mit eurem Besuch zu tun?«

»Michael interessiert sich auch noch für einen anderen Beruf«, brachte sich Lilliane wieder in das Gespräch ein.

Winter schwante bereits Übles. Er kniff die Augen zusammen und sah Lilliane schweigend an, darauf hoffend, dass sie nicht das aussprach, was er befürchtete.

»Die Branche, für die er sich interessiert, ist der private Sicherheits…«

»Nein«, sagte Winter und stand erregt auf. »Das kommt überhaupt nicht infrage. Ich habe keine Lehrstellen zu vergeben, und sowieso kann man nicht einfach so Privatdetektiv werden.«

»Ach nein?« Lilliane zog die Stirn in Falten. »Ich habe mich im Internet informiert. Jeder kann Detektiv sein. Es braucht keine Vorkenntnisse und auch keine Ausbildung.« Sie lächelte. »Im Prinzip könnte sich Michael bereits jetzt Privatdetektiv nennen, wenn er eine Gewerbeanmeldung tätigen würde – gesetzt den Fall, er wäre volljährig.«

Winter wollte etwas erwidern, doch Lilliane kam ihm zuvor.

»Wir suchen ja auch gar keine Lehrstelle, nur einen … nennen wir es mal Praktikumsplatz. Es gibt Detekteien, die Praktikumsplätze anbieten, warum nicht auch du? Wir gehören schließlich zur Familie!«

»Und wo war meine Familie in den letzten sechs Jahren?«, knurrte Winter.

»Das ist ungerecht und das weißt du genau, Richard. Du hast damals jeglichen Kontakt mit allen abgebrochen, nicht wir.«

»Ja, ja, schon gut.« Er seufzte und setzte sich wieder. »Aber es ist im Moment nicht gerade günstig. Ich habe da einen Fall in Dorum angenommen, der nicht für Minderjährige geeignet ist.«

»Um was geht es denn?« Michaels Augen begannen zu leuchten. Zum ersten Mal schien er wirklich interessiert zu sein.

»Um einen Geist, der drei Morde begangen haben soll.« Er hatte die Worte spöttisch klingen lassen und gehofft, dass seine Antwort die beiden abschrecken würde, doch das Gegenteil war der Fall.

»Wahnsinn«, sagte Lilliane, »davon habe ich gehört, aber ich habe gedacht, das sei nur so eine Spinnerei. Aber wenn sie nun schon den berühmtesten Privatdetektiv des Landes anheuern, dann muss wohl doch was dran sein.« Lilliane strahlte und stieß ihren Sohn mit dem Ellbogen an. »Das ist also so ähnlich wie bei diesem Harlekin, den Richard zur Strecke gebracht hat und von dem ich dir erzählt habe.« Sie wandte sich wieder Winter zu und erklärte: »Ich habe einen Bericht darüber im Fernsehen gesehen. Wahnsinnig interessant.«

Michael dagegen kniff die Augen zusammen und meinte: »Du jagst also wirklich Geister? Hast du denn schon einmal einen gesehen?«

Winter seufzte und nickte. »Ja, das habe ich. Aber wie ich schon sagte, weder habe ich eine Lehrstelle noch eine Praktikantenstelle zu vergeben – ich arbeite alleine.«

»Ach, bitte mach doch mal eine Ausnahme, du alter Griesgram«, sagte Lilliane, beugte sich zu ihm vor und tätschelte ihm den Unterarm. Rasch zog er ihn weg. »Wir sind blutsverwandt, du kannst uns doch nicht so einfach im Stich lassen. Michael weiß sonst nicht, was er machen soll …«

»Ist dir eigentlich bewusst, was du da anzettelst?« Winter erhob sich erneut und tigerte im Raum auf und ab. »Wie alt bist du, Michael? Fünfzehn?«

»Ich bin sechzehn!«, sagte der trotzig.

Winter schüttelte aufgebracht den Kopf. »Lilly, Herrgott noch mal! Er ist minderjährig. Das hier ist ein gefährlicher Job, kein Spiel. Wenn Michael mitkommt, ist es gut möglich, dass er sich in Lebensgefahr begibt. Du erinnerst dich an den Fall mit dem Harlekin? Gut! Weißt du auch, was damals passiert ist? Der Harlekin hat Ben getötet! Weil er mit mir an diesem Fall dran war! Willst du wirklich, dass dein Sohn so endet?«

Die letzten Worte schrie er beinahe und sie verfehlten ihre Wirkung nicht. Lilliane war blass geworden. Offenbar hatte sie sich diese Möglichkeit wirklich nicht klar gemacht.

»Das …«, begann sie verstört, doch Michael fiel ihr ins Wort.

»Es ist meine Entscheidung und ich möchte es so, bitte, Onkel!«

Onkel.

Das Wort ließ ihn zusammenzucken.

Onkel.

Über sechs Jahre hatte er keine Familie mehr gehabt, dann hatte er Ben zurückerhalten und wieder verloren und ihm war nicht einmal der Gedanke gekommen, wieder Kontakt zu den äußeren Graden seiner Verwandtschaft aufzunehmen – wozu auch? Er hatte auch vor dem schrecklichen Ereignis vor sechs Jahren nie groß Kontakt mit ihnen gehabt.

»Onkel?«

Die Stimme Michaels drang in seine Gedanken und riss ihn in die Gegenwart zurück. Er schluckte, richtete seinen Blick auf den Jungen und sah ihn zum ersten Mal wirklich an. Er hatte blaue Augen, einen intelligenten, scharfen Blick, der so gar nicht zu seinem Alter passte, und einen Körper, der den größten Teil der Pubertät noch vor sich hatte. Doch als er den Jungen so musterte, der ihm all die Jahre zuvor nichts bedeutet hatte, regte sich plötzlich etwas in ihm.

Familie.

Er zögerte. Michael schien es zu spüren, denn er stand auf und machte einen Schritt auf ihn zu.

»Bitte, Onkel, es würde mir wirklich sehr viel bedeuten.«

Winter atmete langsam und hörbar aus, dann schüttelte er erneut den Kopf.

»Es geht nicht, Michael. Es tut mir leid.« Er ging zur Wohnzimmertüre, schluckte schwer und hielt sie demonstrativ auf. »Ich sollte nun wirklich gehen.«

Michael ließ den Kopf hängen, doch Lilliane stand auf und trat dicht an Winter heran. Der Geruch ihres Parfums drang ihm unangenehm in die Nase. Zimt. Er hasste Zimt.

»Ich …«, begann sie zögernd mit gesenktem Blick. Und zum ersten Mal, seit sie hier war, strahlte sie nicht mehr diese fröhliche Begeisterung aus. Ihre Stimme schien in sich zusammenzufallen und ihr Gesicht wirkte mit einem Mal um Jahre älter. Als ob sie eine Maske abgestreift hätte. »Wie du sicher weißt, bin ich alleinerziehend und … Es ist so, dass ich …«

»Lass es, Mama«, mischte sich Michael ein, »es hat keinen Sinn.«

Lilliane ignorierte ihren Sohn und fuhr fort: »Ich muss nächste Woche ins Krankenhaus. Ich leide unter Arthrose und muss mein rechtes Kniegelenk durch ein künstliches Gelenk ersetzen lassen. Das bedeutet, dass ich ein bis zwei Wochen im Krankenhaus verbringen werde und danach mindestens zwei Wochen in einer Reha-Klinik. Und ich … Ich weiß ehrlich gesagt nicht, was ich in der Zeit mit Michael machen soll, ich …«

»Das tut mir leid«, seufzte Winter, »aber was ist mit deiner Schwester? Kann sie sich nicht um Michael kümmern?«

Lilliane schüttelte den Kopf.

»Wir haben uns zerstritten. Ich habe schon seit Jahren keinen Kontakt mehr zu ihr. Bitte, Richard!«

Winter schwieg und wandte den Blick ab. Er wollte das nicht. Er wollte nicht verantwortlich sein für einen Jungen, den er kaum kannte. Für den Sohn einer Cousine, die er nicht einmal mochte. Sie würde sicherlich noch eine andere Lösung finden.

»Mama«, sagte Michael, »komm, wir gehen.«

Lilliane schniefte und nickte.

»Danke für das Wasser. Hat mich gefreut, dich wieder einmal zu sehen.«

»Mich auch«, log Winter.

Die Tür schloss sich hinter den beiden und Winter holte tief Luft. Dann ging er unruhig einige Schritte hin und her und schüttelte dann den Kopf.

›Scheiße!‹

Er ging zur Türe und riss sie auf.

Lilliane hatte eben das Auto aufgeschlossen und die Fahrertüre geöffnet. Nun hielt sie inne und sah zu ihm hoch.

»Also gut«, nickte er. »Wenn du das wirklich willst, Michael, dann … Aber eines lass dir gesagt sein: Ich stelle die Regeln auf und du befolgst sie, klar?«

Michaels Mundwinkel hoben sich und er nickte. »Klar, Onkel.«

»Gut, dann … Ich wollte eben aufbrechen … nach Dorum … Ich schätze, dann … dann kommst du eben mit.« Er atmete einmal tief durch und nickte – mehr um sich selbst Mut zu machen, als um irgendetwas zu bestätigen. »Ich kriege ein Haus für die Zeit, in der ich dort ermittle. Wenn du willst, kannst du so lange bei mir wohnen.«

Lilliane umrundete ihr Auto und fiel Winter um den Hals.

»Danke, Richard, du bist ein Schatz!« Sie drückte ihm einen Kuss auf die Wange, ehe sie sich wieder von ihm löste. Dann stieß sie Michael mit dem Ellbogen in die Seite. »Natürlich will er, nicht wahr?«

9

»Warum willst du Privatdetektiv werden, Michi?«, fragte Winter, nachdem sie eine Weile schweigend durch Bremens Straßen gefahren waren.

»Kannst du mich bitte Michael nennen, Onkel? *Michi* ist echt uncool!«

Michaels Stimme verriet seinen Unmut über die Verniedlichung des Namens, den Winter gewählt hatte. Und genau deshalb hatte er ihn benutzt. Ihm war bereits zuvor aufgefallen, wie Michael seine Mutter angefaucht hatte, als sie ihn Michi genannt hatte.

»Meine Regeln, Michi, denk dran«, sagte er genüsslich grinsend. »Und die sehen keinen Hilfsdetektiv mit dem Namen Michael vor. Also, warum Privatdetektiv?«

Michael seufzte und vermutlich verdrehte er auch die Augen, was Winter aber nicht überprüfen konnte, da er sich auf die Straße konzentrieren musste.

»Ich weiß nicht. Es interessiert mich halt einfach. Ich habe schon früher gerne Personen ausspioniert. Mit meinem Kumpel Dave saß ich früher stundenlang in unserem Versteck, einer Nische beim Gleis drei des Bahnhofs, und beobachtete, welche Leute kamen und gingen oder was sie taten. Das war vor allem dann interessant, wenn sie sich unbeobachtet fühlten. Du glaubst gar nicht, wie viele Leute sich den Finger in die Nase stecken und zu bohren beginnen, wenn sie glauben, sie wären alleine.«

»Wahnsinn, diese Erkenntnis«, sagte Winter spöttisch.

»Irgendwann haben wir angefangen, Fotos von den Leuten zu schießen. Fotos, in denen sie unvorteilhaft aussahen oder unvorteilhafte Dinge taten. Dave kam dann auf die Idee, den Leuten die Fotos zu zeigen und von ihnen Geld zu verlangen, um zu verhindern, dass wir sie auf die sozialen Netzwerke hochladen.«

Winter runzelte die Stirn. »Du weißt, dass das strafbar ist?«

Michael nickte. »Es ging auch nicht lange gut. Die meisten lachten uns aus oder beschimpften uns. Zwei Männer bezahlten uns aber je zehn Euro, damit wir ihr Foto löschten«, sagte Michael stolz. »Bis einmal einer eine Anzeige erstattete. Da kriegten wir richtig Ärger.« Er zuckte mit den Schultern. »Da haben wir damit aufgehört.«

»Detektiv zu sein bedeutet mehr als nur Leute zu beobachten«, knurrte Winter.

»Das hoffe ich doch«, meinte Michael voller Vorfreude.

»Weißt du, warum ich Polizist werden wollte?«

Michael schüttelte den Kopf und sah ihn erwartungsvoll an. Winter lächelte.

»Ich war acht Jahre alt. Grundschule. Wir hatten zu Beginn des Schuljahres alle einen Bleistift vom Lehrer gekriegt. Die sahen alle gleich aus. Ich sehe sie heute noch vor mir. Ganz rot waren sie. Eines Tages brach ein Streit zwischen zwei meiner Schulkameraden, die nebeneinander in der Bank saßen, aus. Frank und Stefan hießen sie. Es ging um ihre Bleistifte. Einer von ihnen musste seinen verloren haben und den Bleistift, der auf ihrem Doppelpult lag, beanspruchten nun beide für sich. Frank setzte sich schließlich durch, weil er der stärkere und dominantere war. Stefan ging zum Lehrer und beklagte sich, doch da der Bleistift nicht angeschrieben war, konnte er auch kein gerechtes Urteil fällen. Er entschied schließlich, dass Frank ihn behalten solle, da der ihn zuletzt gehabt hatte. Der Lehrer händigte Stefan einen Ersatzbleistift aus und sagte ihm, er solle am nächsten Tag einen neuen von zuhause mitbringen.

Ich saß damals in der Reihe direkt vor den beiden und hatte mir den Bleistift genau angesehen. Mir war aufgefallen, dass er hinten ganz zerkaut war. In der Pause ging ich zum Lehrer, teilte ihm meine Beobachtung mit und schlug ihm vor, das Schreibverhalten der beiden in den nächsten Stunden genauer zu beobachten. Der fragliche Bleistift würde vermutlich demjenigen gehören, der ständig auf ihm herumkaue. Der Lehrer lächelte und war einverstanden.

In den beiden Stunden bis zum Mittag drehte ich mich häufig nach hinten um und ich bemerkte, dass auch der Lehrer die beiden im Auge hatte. Als am Mittag die Schule aus war, rief er Frank, Stefan und mich zu sich nach vorne. Als Erstes wollte er seinen Ersatzbleistift zurückhaben. Stefan händigte ihn aus und da sahen wir bereits die Abdrücke seiner Zähne hinten an dem Schreibgerät. Der Lehrer sah Stefan streng an und tadelte ihn dafür, dass er seinen Schreiber ruiniert hatte. Stefan entschuldigte sich, doch der Lehrer begann zu lachen und sagte: ›Das macht nichts. Im Gegenteil. Dank unserem Polizisten Richard wissen wir nun, wem der Bleistift gehört, um den ihr euch gestritten habt.‹

Die beiden sahen mich fragend an und ich erklärte ihnen, dass ich beobachtet hatte, dass Stefan ständig auf seinem Schreibgerät herumkaute, während Frank seinen Bleistift nicht ein einziges Mal in den Mund genommen hatte. Der Schreiber, den Stefan vom Lehrer ausgeliehen hatte, war schließlich der letzte Beweis für meine Theorie, die der Lehrer nun bestätigte. Er befahl Frank, Stefan seinen Bleistift zurückzugeben, ehe er die beiden entließ. Und weißt du, was er zu mir gesagt hat?«

Michael schüttelte den Kopf.

»Er sagte: ›Aus dir würde ein guter Polizist, Richard.‹« Winter schmunzelte. »Ich hatte zuvor nie daran gedacht, doch die Worte meines Lehrers hatten etwas in mir ausgelöst. Natürlich waren sie letztlich nicht entscheidend, doch sie stießen etwas in mir an. Und ich realisierte, dass es mir gefiel, anderen Menschen zu helfen. Dass es mir viel bedeutete, dass Gerechtigkeit über Ungerechtigkeit siegte. Das, Michael, glaube ich, müsste deine Motivation sein: Wenn du wirklich Privatdetektiv werden möchtest, dann tue es nicht, weil du gerne Leute beobachtest. Tue es, falls du gerne Leuten hilfst.«

Michael sah etwas beschämt weg. »Ja, du hast Recht, Onkel. Tut mir leid.«

»Das muss es nicht. Betrachte es als deine erste Lektion von mir, von Richard Winter, dem Ausbilder für Privatdetektive.« Winter schüttelte lachend den Kopf. »Hätte nicht gedacht, dass es einst so weit kommen würde.«

»Und gefällt dir nun das Ausbilden auch oder nur das Helfen?«, fragte Michael.

»Das weiß ich noch nicht«, sagte Winter. »Im Moment komme ich mir nur ziemlich alt und vor allem altklug vor und das ist eigentlich so gar nicht mein Ding. Wir werden sehen.«

Eine Weile schwiegen sie beide.

»Kannst du Musik anstellen?«, fragte Michael schließlich.

Winter zuckte mit den Schultern und stellte das Radio an. *Charles Bradley – Changes* zeigte die Schrift im Display des Radios an. *But soon the world had it's evil way*, sang der Soul-Sänger zu leisen Schlagzeug- und Gitarrenklängen. Irgendwie kam Winter der Song bekannt vor.

»Was hörst du denn so für Musik?«, wollte Winter von Michael wissen.

»Früher eigentlich einfach Popmusik«, zuckte Michael mit den Schultern, »oder was gerade in der Hitparade oder im Radio lief, aber seit ein paar Monaten stehe ich auf härtere Musik. Gothic, Black Metal und so. Im Moment höre ich zum Beispiel *My Dying Bride* ganz gerne, das ist Doom Metal.«

I'm going through changes, sang Charles Bradley derweil im Radio.

»Hört sich … speziell an«, schmunzelte Winter.

»Ja, ich weiß. Meine Mutter ist auch nicht gerade begeistert davon. Wusstest du, dass dieser Song«, Michael deutete aufs Radio, »eine Cover-Version ist und ursprünglich von Black Sabbath stammt? Die sind auch cool.«

»Ah, nun, da kann ich mitreden. Black Sabbath habe ich früher auch gehört«, schmunzelte Winter.

»Siehst du, das ist gar nicht so weit weg von dem, was ich im Moment gerne höre.«

Winter nickte.

Wish I could go back and change these years, tönte es aus dem Radio und Winter musste an seine Vergangenheit denken, an die letzten sechs Jahre, die die Hölle waren und die er noch so gerne ändern würde.

»Erzählst du mir, um was es in dem Fall, an dem du gerade dran bist, geht?«, fragte Michael schließlich nach einer Weile. »War das wirklich dein Ernst, mit dem Geist, der drei Morde begangen hat?«

»Ich weiß es nicht«, antwortete Winter wahrheitsgemäß. »Noch nicht. Doch zumindest mein Auftraggeber scheint dies zu glauben.« Er erzählte Michael, was er bisher über den Fall wusste und herausgefunden hatte.

»Abgefahren«, kommentierte Michael, als Winter geschlossen hatte.

»Ja, das kann man wohl sagen.«

Als Winter sein Auto vor dem leerstehenden Haus in der Hagenorder Straße in Dorum parkte, erwartete sie Felix Krause bereits davor. In der rechten Hand trug er eine Aktenmappe, derweil er die linke in die Tasche seiner braunen Lederjacke gesteckt hatte.

»Guten Morgen miteinander«, begrüßte er sie und streckte ihnen seine Hand entgegen.

»Das ist Michael«, sagte Winter, »der Sohn meiner Cousine. Er … macht ein Praktikum bei mir.«

»Ein Praktikum? Na, da hat er sich ja wohl eine spannende Zeit ausgesucht. Und … wer ist dieses reizende Geschöpf?«, fragte Krause, als Winter die hintere Autotür öffnete und Sydney heraussprang.

»Das ist Sydney«, stellte Winter die Hündin vor, die sofort auf Krause zuging und an ihm zu schnuppern begann. Krause lachte und streichelte sie.

Sie folgten dem Bürgermeister ins Innere. Ehe Winter das Haus betrat, warf er einen Blick zum Nachbarhaus und war nicht überrascht, eine Silhouette hinter einem der Fenster auszumachen. Der alte Gerd beobachtete sie wieder.

»Es ist alles sehr spartanisch, wie Sie gleich sehen werden, Herr Winter, aber ich denke, für die hoffentlich kurze Zeit, in der Sie beide hier logieren, sollte es ausreichen.« Krause führte sie durch einen leeren Gang, von dem eine Türe zur Toilette abzweigte, ins Wohnzimmer, wo ein einsamer Campingtisch samt Campingstuhl stand, ein abgewetztes grünes Sofa, das von mehreren Flecken und kleinen Brandlöchern verunstaltet wurde, sowie ein kleiner Röhrenfernseher, der aussah, als würde er noch aus dem letzten Jahrhundert stammen – was vermutlich auch der Fall war.

»In die Küche«, Krause deutete auf eine Verbindungstüre am Ende des Wohnzimmers, »habe ich ein kleines Geschirrset bringen lassen. Und da geht's zum Büro.«

Er deutete auf eine weitere Türe, und Winter betrat den angrenzenden Raum, in dem der große Schreibtisch stand, den die Umzugsmänner irrtümlicherweise hatten einladen wollen. Darauf befanden sich ein Telefon und ein Modem, dahinter stand ein weiterer Campingstuhl. Ansonsten war das Büro leer.

»Den Schreibtisch wollten die Vorbesitzer nicht mitnehmen. Warum weiß ich nicht. Ich glaube, sie wollten ihn verkaufen. Ich habe sie gebeten, damit noch zu warten, solange Sie hier wohnen.«

Krause führte sie ins Obergeschoss, wo er ihnen das Schlafzimmer zeigte. Winter hatte schon befürchtet, mit einer Campingliege vorlieb nehmen zu müssen, wurde aber positiv überrascht, als er ein richtiges, wenn auch schmales Bett erblickte. Ansonsten war auch dieses Zimmer leer.

»Natürlich werde ich veranlassen, dass euch bis heute Abend ein zweites Bett gebracht wird«, sagte Krause, als er Michaels langen Blick bemerkte. »So, das wär's dann eigentlich auch schon«, fuhr er fort und reichte Winter einen Schlüsselbund. »Das Haus hat zwar noch mehr Zimmer, doch die stehen allesamt leer.«

Er nahm seine Aktentasche zur Hand und zog eine Mappe daraus hervor, die er Winter hinhielt.

»Hier sind die versprochenen Berichte. Brauchen Sie sonst noch etwas?«

Winter nahm die Mappe entgegen, bedankte sich und schüttelte den Kopf. Sie stiegen wieder hinunter und gingen zur Haustür.

»Haben Sie schon was herausgefunden?«, wollte Krause wissen, als er sich seine Jacke wieder zuknöpfte.

»Exakt einen Monat vor dem ersten Mord fand ein spezielles astronomisches Ereignis statt«, nickte Winter, »ein Super-Blutmond. Wissen Sie vielleicht, ob in dieser speziellen Nacht irgendetwas vorgefallen ist?«

»Ein … *Super-Blutmond*? Was ist das?« Krause runzelte beunruhigt die Stirn und auch Michael sah Winter fragend an. »Das klingt nicht sehr … beruhigend.«

»Das ist es auch nicht. Blutmond nennt man den Vollmond während einer Mondfinsternis, weil er während der totalen Finsternis rotbraun zu leuchten scheint. Ein Supermond hingegen tritt auf, wenn der Mond der Erde besonders nahe kommt und uns deshalb größer und heller erscheint als sonst. Die Kombination von beiden Phänomenen ist sehr selten, doch genau einen Monat vor dem ersten Mord hat sie stattgefunden.«

Krause schüttelte besorgt den Kopf.

»Ich kann mich nicht erinnern, dass damals etwas Spezielles vorgefallen wäre, aber ich werde dem noch mal auf den Grund gehen.«

Winter nickte.

»Sagen Sie, die Anwohner dieser Straße … sind die immer so … misstrauisch und wortkarg?«

Krause lachte.

»Ja, Fremde haben es manchmal nicht leicht. Aber wenn Sie das Vertrauen der Leute hier erst einmal gewonnen haben, dann sind es die freundlichsten und mitteilsamsten Menschen.« Er lächelte. »Und Sie dürfen nicht vergessen, dass die Anwohner dieser Straße eine etwas … belastende Zeit hatten in den letzten drei Monaten.«

»Haben Sie eine Polizeistation hier in Dorum?«

Der Bürgermeister nickte. »500 Meter die Straße rauf. Allerdings wird der Fall hier nicht von unserer Polizei untersucht, sondern von der Kriminalpolizei Niedersachsen. Ich kann Ihnen die Kontaktdaten geben, wenn Sie wollen.«

Winter nickte und Krause verabschiedete sich.

Winter ging ins Büro, packte als Erstes seinen Laptop aus und verband ihn mit dem Modem. Derweil brachte auch Michael sein Gepäck ins Haus. Er hatte einen großen Koffer mitgebracht.

»Was hast du denn alles mitgenommen?«, wollte Winter von ihm wissen, als der Junge das klobige Gepäckstück in den ersten Stock hochbrachte.

»Nur das Nötigste: Laptop, Kamera, Tablet …«

»Wofür brauchst du denn eine Kamera?«

»Ich filme gerne. Habe einen eigenen YouTube-Channel.«

»Und was für Filme lädst du da hoch?«

Michael zuckte mit den Schultern. »Diverse Dinge. Ich mache Game- und Filmkritiken, Buchrezensionen, Vorschauen. Solche Sachen halt.«

»Interessant. Das musst du mir dann mal zeigen.«

»Klar.«

»Und Kleidung hast du auch mitgenommen oder nur elektronische Dinge?«

Michael zog die Augenbrauen hoch, machte ein abfälliges Geräusch und verschwand in seinem Zimmer. Als er wieder herunterkam, machten sie einen erneuten Rundgang durchs Haus und besahen sich alle Zimmer. Das Kellergeschoss bestand aus drei Räumen: dem eigentlichen Keller, dem Wasch- und Heizungsraum und einem weiteren, leerstehenden Zimmer, das vermutlich als Hobbyraum gedient hatte. Im Obergeschoss gab es neben dem Schlafzimmer noch zwei weitere Zimmer und ein zweites, größeres Badezimmer. Das Haus verfügte zudem über einen Wintergarten, einen überdachten Außensitzplatz und etwas Land rundherum – inklusive einem Gartenhäuschen und einem gedeckten Autounterstand.

Als sie ihren Rundgang ums Haus abgeschlossen hatten und gerade wieder hineingehen wollten, sahen sie auf der anderen Straßenseite Frau Hermann mit ihrem Hund vorbeigehen. Sie erkannte Winter im selben Moment, hob grüßend die Hand und kam näher. Sydney begann zu bellen und wollte auf den kleineren Dackel zurennen, doch Winter griff blitzschnell zu und packte die Hündin am Halsband. Nun begann auch der Dackel zu kläffen, was Sydney noch mehr anspornte, sich aus Winters Griff lösen zu wollen. Winter schob sie mit einer Kraftanstrengung kurzerhand ins Haus und zog die Türe zu. Frau Hermann kam vorsichtig näher, während die beiden Hunde sich immer noch anbellten.

»Sie ziehen hier ein, Herr Winter?«

»Nur vorübergehend.«

»Wie reizend. Ich fühle mich sogleich viel sicherer, wenn Sie hier wohnen. Sie haben mir gar nicht erzählt, dass Sie einen Hund haben. Und was für ein Prachtexemplar! Und wer ist dieser attraktive, junge Herr?«

»Hören Sie, Frau Hermann«, sagte Winter, nachdem er ihr Michael vorgestellt hatte, »ich habe herausgefunden, dass es exakt einen Monat vor dem ersten Mord eine spezielle astronomische Konstellation am Himmel gab: einen Super-Blutmond. Wissen Sie vielleicht, ob in dieser Nacht etwas Spezielles geschehen ist?«

Frau Hermann wurde bleich und erstarrte für einen kurzen Moment. Dann schüttelte sie den Kopf.

»Nein, das sagt mir nichts. Ich muss nun weiter. Kommen Sie doch bei Gelegenheit mal zu einem Tee vorbei. Wiedersehen!«

Winter sah ihr nach, wie sie mit ihrem Dackel die Straße hinauftrippelte. Sie hatte ihren Schritt schon dermaßen ihrem Hund angepasst, dass es aussah, als würden zwei Dackel die Straße hinauftapsen: ein vierbeiniger und ein zweibeiniger.

»Sie weiß etwas«, knurrte er. Ihre Reaktion hätte deutlicher nicht ausfallen können. »Verdammt! Wie soll ich diesen Fall lösen, wenn niemand sein Wissen mit mir teilt?«

»Mit *uns*, meinst du, Onkel?«

»Wie auch immer.«

Frustriert ging er zurück ins Haus, nicht ohne noch einen Blick zum Nachbarhaus zu werfen. Er winkte der Silhouette hinter dem Fenster desillusioniert zu, ehe er ihr neues Zuhause betrat. Langsam begann er, diese Straße zu hassen.

10

Winter saß auf dem Campingstuhl hinter dem großen Schreibtisch, nippte an einer Cola und dachte nach. Das tat er schon seit gut einer Stunde, ohne auf einen hilfreichen Zweig zu kommen. Die Akten, die ihm Krause überreicht hatte, hatten keinerlei Erkenntnisse zutage gebracht. Einzig die Fotos der blutigen Handabdrücke und der Leichen hatten ihm zumindest geholfen, das Ganze in seinem Inneren etwas besser visualisieren zu können. Nun wälzte er all die Daten und Fakten des Falles in seinem Kopf hin und her und versuchte, sie miteinander zu verbinden und neue Gemeinsamkeiten oder Zusammenhänge zu entdecken. Sein Blick schweifte über die kahlen, weißen Wände des Büros und er konnte ein Schaudern nicht unterdrücken. Selbst ohne Geist löste dieses beinahe leerstehende Haus Unbehagen ihn ihm aus. Die verwaisten Korridore und Zimmer verstärkten jedes gesprochene Wort zu einem dröhnenden, beinahe drohenden Hallen. Die unbewohnten Zimmer kündeten von Ende und Neuanfang, von Tod und Leben. Dass das verlassene Haus dann noch in einer Straße stand, in der gemordet wurde, war für die eigene Gemütslage nicht gerade hilfreich.

Als es an seiner Türe klingelte, war er zum ersten Mal seit langer Zeit erleichtert über die Störung. Er schlurfte den Flur entlang, ergriff die bellende Sydney vorsichtshalber am Halsband und öffnete die Haustür. Draußen stand ein alter Mann mit kahlem Kopf und riesigen Ohren. Winter hatte schon des Öfteren beobachtet, dass ältere Leute große Ohren hatten, und er wusste, dass die Ohren wohl das einzige Körperorgan waren, das mit dem Alter größer und nicht kleiner wurde, doch dieser Mann hatte wirklich ausgeprägt große Ohren. Einige weiße Haarbüschel wuchsen daraus hervor. Er hatte fleckige Haut, und was das Seltsamste war: Er trug weder Jacke noch Schuhe. Seine Füße steckten in Pantoffeln.

»Hallo?«, sagte Winter zögerlich.

»Guten Tag«, sagte der Alte. »Ich bin Ihr neuer Nachbar. Gerd Wagner. Darf ich reinkommen?«

›Das ist der alte Gerd?‹

Winter nickte und gab den Weg frei. Wagner trat ein, schlang sich dann aber schaudernd die dünnen Arme um den Körper.

»Kälter als ich dachte«, sagte er zitternd.

Winter ließ Sydney los, die mit ihrem Gebell aufgehört hatte. Sie trollte sich ins Wohnzimmer auf ihr Nachtlager.

Winter führte Herrn Wagner ebenfalls ins Wohnzimmer und hieß ihn, auf dem Sofa Platz zu nehmen, wo Michael saß, ein Red Bull trank und etwas auf seinem Laptop herumtippte. Wagner nickte Michael grüßend zu und sah scheinbar angewidert auf die fleckige Sitzgelegenheit, setzte sich dann aber dennoch. Michael schloss den Laptop und legte ihn in seine Tasche zurück.

»Wollen Sie was trinken?«, fragte Winter, doch gleich wurde ihm unangenehm bewusst, dass er noch gar nichts im Haus hatte. »Ich habe aber leider im Moment nur Leitungswasser im Angebot. Hatte noch keine Zeit, einzukaufen.«

Wagner winkte ab.

»Ein Kaffee wäre schön gewesen, aber ich werd's auch ohne überleben.«

Winter setzte sich neben ihn hin und sah ihn erwartungsvoll an.

»Ich … Sie haben neulich bei mir geklingelt«, begann der Alte unbeholfen. »Ich habe Ihnen nicht aufgemacht. Das war ziemlich unhöflich von mir, was?«

»Frau Hermann hat mir gesagt, dass Sie im Moment etwas durcheinander wären, wegen der Morde. Das ist kein Problem.«

»Rosa, ja. Ich habe mit ihr gesprochen. Sie meinte, Sie seien ganz nett und würden uns helfen, diese … Geschichte aufzuklären.«

Winter zuckte mit den Schultern.

»Das hatte ich vor, aber ehrlich gesagt glaube ich nicht, dass ich helfen kann, solange mir niemand verrät, was hier wirklich los ist.«

Wagner nickte.

»Ich weiß, ich weiß. Ganz schön viele Geheimnisse hier, was? Alle schön schweigsam, zurückhaltend, ja ablehnend. Aber deshalb bin ich hier.«

»Weshalb haben Sie beschlossen, Ihr Schweigen zu brechen?«

»Rosa hat mir erzählt, Sie hätten die Sache mit dem Blutmond herausgefunden. Das ging ganz schön schnell. Das war gut.«

»Dann war das sozusagen die Aufnahmeprüfung?«

»So könnte man es nennen. Wissen Sie, Herr Winter, der Grund, warum niemand mit Ihnen darüber sprechen will, ist …«

»Lassen Sie mich raten: Schuldgefühle und Scham.«

Wagner sah ihn überrascht und betroffen an.

»Sie sind wirklich gut, Herr Winter. Ja, Sie haben Recht. Wir fühlen uns alle schuldig und schämen uns für das, was wir getan, oder wohl eher für das, was wir nicht getan haben.«

»Nicht getan? Sie schämen sich für etwas, das Sie nicht getan haben?«, mischte sich Michael zum ersten Mal ein. »Das verstehe ich nicht.«

»Ja, das kann ich mir vorstellen, aber ich werd's euch erklären, auch wenn es mir nicht leichtfällt. Aber ich glaube, wenn uns jemand helfen kann, dann Sie, Herr Winter. Ich ...«

Er wurde durch ein erneutes Klingeln der Türglocke unterbrochen. Winter sah ärgerlich auf, lächelte dann entschuldigend und stand auf. »Bin gleich zurück«, sagte er und ging gefolgt von Sydney zur Türe.

Draußen stand Markus Klein, der Ehemann des zweiten Mordopfers. Er sah sehr aufgebracht aus.

»Guten Tag, Herr Klein, was ...«, begann Winter, doch Klein unterbrach ihn wutschnaubend.

»Gerd!«, rief er in die Wohnung hinein. »Du hältst gefälligst deinen verdammten Mund, ist das klar!«

»Mit Verlaub, Herr Klein: Was Herr Wagner und ich besprechen, geht Sie nichts an. Wenn Sie also so freundlich wären, wieder zu gehen ...«

Doch Markus Klein ging nicht. Blitzschnell drückte er sich an Winter vorbei und stapfte wutschnaubend ins Wohnzimmer. Sydney begann zu knurren und Winter ergriff vorsichtshalber wieder ihr Halsband.

»Wenn du etwas verrätst, mach ich dich fertig, hast du mich verstanden?«, polterte Klein.

Winter ging Klein nach und hielt ihn an der Schulter zurück, da er fürchtete, er könnte sich auf Wagner stürzen. Dieser war aufgesprungen und starrte Klein mit großen Augen an.

»Er will uns helfen, Markus«, sagte er, »siehst du das denn nicht? Ich glaube, er ist der Einzige, der uns wirklich helfen kann.«

»Uns kann niemand helfen! Du hast doch nur Angst um dein verkümmertes Scheißleben! Dabei bist du schon tot, hörst du mich? Du bist schon tot, dich holt er als Nächstes!«

»Wer holt ihn, Herr Klein? Von wem sprechen Sie?«, fragte Winter, doch Klein riss sich los, was Sydney zu einem wütenden Knurren und Bellen veranlasste. Er funkelte Wagner noch einmal drohend an, drehte sich dann um und ging. Winter hörte, wie er die Haustüre hinter sich zuschlug. Dann war es ruhig.

»Das …«, begann Winter, doch Wagner unterbrach ihn.

»Es tut mir leid, ich denke, ich sollte jetzt gehen.« Er drängte sich an Winter vorbei und ging zur Haustüre.

»Nein! Herr Wagner, Sie haben es eben selbst gesagt: Ich bin der Einzige, der Ihnen helfen kann. Lassen Sie mich Ihnen helfen! Teilen Sie Ihr Wissen mit mir! Wer soll Sie holen kommen?«

Wagner drehte sich um und sah ihn mit angstgeweiteten Augen an.

»Der Stangenmann!«

Dann ging er und ließ Winter und Michael ratlos zurück.

11

›Der Stangenmann.‹

Wen hatte Wagner damit gemeint? Er war so nahe dran gewesen, ihm alles zu erzählen! Winter verfluchte sich dafür, Markus Klein aufgemacht zu haben. Er hätte die Türglocke einfach ignorieren sollen.

Er entschied sich dafür, die Recherche nun auf alle Anwohner der Hagenorder Straße auszuweiten, und klapperte deshalb zusammen mit Michael alle Häuser nacheinander ab. Es gab siebzehn Anwesen an der Hagenorder Straße. Abzüglich von Herrn Klein, Herrn Wagner, Frau Roth und Frau Hermann und seinem eigenen hatten sie also ein Dutzend Hausbesuche vor sich.

Das Ergebnis war zwar ernüchternd, jedoch in zweierlei Hinsicht auch erhellend: Drei Anwohner verweigerten ein Gespräch mit ihnen und knallten ihnen die Türe vor der Nase zu, fünf weitere sprachen zwar mit ihnen, erzählten aber nur das, was sie sowieso schon wussten: Auch sie hatten das Klopfen vernommen und die blutigen Handabdrücke gesehen. Und wie bei Klein, Wagner, Hermann und Roth hatte Winter das Gefühl, dass sie ihnen einiges verschwiegen. Doch die anderen vier brachten eine neue Erkenntnis. Denn die Familien Brandt, Herbert, Weitbrecht und Glöckner hatten in den Mordnächten kein Klopfen vernommen und keine Blutspuren gesehen. Auf die Super-Blutmondnacht angesprochen, meinten die Brandts und Herberts, dass sie zu jenem Zeitpunkt nicht zuhause gewesen seien, die Weitbrechts hingegen waren erst vor Kurzem zugezogen, und zwar in das Haus des verstorbenen Herrn Schultheiß', des letzten Opfers des »Stangenmanns«.

Doch diese Erkenntnis warf die Frage auf, warum die Glöckners nicht von den unheimlichen Vorgängen heimgesucht wurden.

Winter beschloss, sich als Nächstes mit der örtlichen Polizei zu unterhalten, und so begaben er und Michael sich zur Polizeistation Dorum. Diese befand sich in einem älteren, dreistöckigen Ziegelsteinhaus. Als sie eintraten, war der Empfang leer. Sie warteten einen Moment und Winter musterte währenddessen das offene Büro. Es machte auf ihn einen unaufgeräumten Eindruck. Schließlich bediente er sich der Klingel, die auf dem Tresen lag. Es dauerte noch gut zwei Minuten, ehe ein Polizist erschien. Er war groß und hager, blond und hatte einen Dreitagebart.

»Ja?«

»Guten Tag. Mein Name ist Richard Winter, das ist mein Praktikant Michael. Ich bin Privatdetektiv und wir sind im Auftrag von Herrn Krause unterwegs, um die ungewöhnlichen Vorfälle in der Hagenorder Straße zu untersuchen. Hätten Sie einen Moment Zeit für uns? Wir hätten einige Fragen an Sie.«

Der Polizist sah sie misstrauisch an, überlegte dann einen Moment, ehe er schließlich den Kopf schüttelte.

»Nein, tut mir leid, aber für so was haben wir weder Zeit noch die Befugnis dazu. Ich darf nicht mit Zivilpersonen über laufende Ermittlungen sprechen.«

»Das verstehe ich natürlich, aber wie ich hörte, wird die ganze Sache ja von der Kriminalpolizei Niedersachsen untersucht, womit es nicht mehr in Ihren Zuständigkeitsbereich fällt. Ich hatte gehofft, ein paar Aussagen von Ihnen zu kriegen, was den …«

»Nein, nein«, unterbrach ihn der Polizist, »wir arbeiten nicht mit Privatermittlern zusammen. Vielen Dank für Ihren Besuch. Dort ist die Türe.« Er wandte sich ab und verschwand wieder um die Ecke.

Winter blieb einen Moment lang verdutzt stehen, ehe er sich wütend umdrehte und gemeinsam mit Michael die Polizeiwache verließ.

Eine Anlaufstelle blieb ihnen noch: Krause hatte ihm die Kontaktdaten der ermittelnden Hauptbeamtin gegeben, die den Fall für die Polizeiinspektion Cuxhaven bearbeitete. Er hatte bereits am Morgen einen Termin mit ihr ausgemacht, und nun stiegen sie in sein Auto und fuhren die gut dreißig Kilometer bis nach Cuxhaven, wo er vor dem roten, fünfstöckigen Ziegelsteinblock, der die Polizeiinspektion Cuxhaven beherbergte, parkte.

Vom Empfang aus wurden sie sogleich in ein steriles Büro geleitet, mit dem Hinweis, Frau Schäfer werde gleich zu ihnen kommen. Das Zimmer enthielt lediglich einen Tisch, auf dem ein Computer und ein Telefon standen, sowie vier Stühle, die lose um den Tisch angeordnet waren. An der einen Wand hing ein leicht schiefes Bild von einem Leuchtturm und in der gegenüberliegenden Ecke stand eine Zimmerpflanze, die aussah, als würde sie zu unregelmäßig gegossen.

›Sieht auch nicht besser aus als in Bremen‹, dachte Winter, als sich die Türe hinter ihm öffnete und Anja Schäfer eintrat.

Winter schätzte die Polizeikommissarin auf gut fünfunddreißig Jahre. Sie war einen Kopf kleiner als er, hatte lange, schwarze Haare, die sie im Nacken zu einem Knoten zusammengebunden hatte, und stechende blaue Augen, deren Blick nichts zu entgehen schien. Sie war schlank, sah durchtrainiert aus und trug einen Anzug. In der Hand hatte sie ein Dossier.

»Herr Winter. Guten Tag. Freut mich, Ihre Bekanntschaft zu machen. Und die deine, Michael.«

»Sie wissen gar nicht, wie sehr ich mich freue, die Ihre zu machen«, erwiderte Winter.

Schäfer blickte ihn einen Moment irritiert an, bedeutete ihnen dann, sich zu setzen, und wollte gegenüber Platz nehmen, als sie verärgert die Stirn runzelte. Sie ging zur Wand und rückte das Bild gerade.

»Eine Marotte von mir«, lächelte sie entschuldigend. »Wie ich höre, hat der Bürgermeister von Dorum Sie engagiert, um uns unter die Arme zu greifen«, sagte sie dann nicht ohne einen leisen, spöttischen Unterton in der Stimme.

»Nun ja, es geht weniger um die kriminalistische Arbeit als vielmehr um die okkulte«, entgegnete Winter.

Schäfer hob eine Augenbraue, sagte aber nichts dazu.

»Herr Krause ist der festen Überzeugung, dass es sich bei den beiden Mordfällen nicht um gewöhnliche Morde handelt«, sagte Winter.

»Ja, er hat mir seine wilden Theorien ebenfalls erzählt«, sagte sie lächelnd, »und Sie sind nun also der berühmte Geisterjäger aus Bremen.«

»Irgendetwas sagt mir, dass Sie nicht an Geister glauben.«

»Wie ich sehe, sind Sie auch ein verdammt guter Ermittler und Menschenkenner … Sagen Sie, weshalb waren Sie so dermaßen erfreut darüber, meine Bekanntschaft zu machen?«

»Nun, einerseits sind Sie fast unsere letzte Hoffnung auf eine neue Spur und andererseits sind Sie beinahe die erste Person, die uns freundlich empfängt, seit ich diesen Fall angenommen habe.«

»Ah, Sie haben also auch schon Bekanntschaft mit der berühmten Gastfreundschaft der Hagenorder Straße gemacht?« Sie lachte leise. »Unmögliche Leute, da gebe ich Ihnen Recht.«

»Und Ihre Kollegen in Dorum haben sich geweigert, mit uns zu sprechen. Sie würden nicht mit Zivilpersonen über den Fall reden. Denken Sie auch so oder werden Sie uns erzählen, was Sie wissen?«

»Sie fallen gleich mit der Türe ins Haus, was? Nun, ich kann Ihnen nicht versprechen, dass ich Ihnen alles erzähle, was ich weiß. Ich nehme an, Sie wissen ja selbst über die Schweigepflicht Bescheid, doch ich werde mich Ihnen zumindest nicht gänzlich verweigern – oh, ich meine natürlich im informativen Sinne.« Sie lächelte verlegen und ihre Wangen färbten sich leicht rot. »Haben Sie denn schon etwas herausgefunden?«

»Sehen Sie, ich denke, dass wir beide unter Umständen voneinander profitieren können. Um Ihnen das zu beweisen, werde ich Ihnen auch bereitwillig berichten, was ich bereits weiß. Ich nehme an, Sie wissen um die nächtlichen Klopfgeräusche und die blutigen Male in den Nächten der Morde Bescheid?« Schäfer nickte. »Nun, exakt einen Monat zuvor hat sich ein spezielles astronomisches Ereignis zugetragen – ein sogenannter Super-Blutmond.« Winter sah, wie Schäfer missbilligend die Augenbrauen hochzog, sie unterbrach ihn jedoch nicht. Er erklärte ihr in kurzen Zügen, was es mit diesem Ereignis auf sich hatte, und fuhr dann fort: »Es gibt mindestens vier Anwohner in der Straße, die nicht von dem Klopfen und den Malen heimgesucht wurden. Zwei davon waren am Tag des Super-Blutmonds nicht zuhause, einer ist erst vor Kurzem neu hinzugezogen.«

»Mindestens vier?« Schäfer zog die Augenbrauen hoch und blickte ihn fragend an.

»Drei Parteien verweigerten mir gegenüber jegliche Aussage.«

»Nun, die Tatsache, dass nur drei von den Vieren nicht anwesend waren, lässt das Ganze wie ein Zufall erscheinen«, meinte sie skeptisch.

»Vielleicht. Haben Sie das Blut untersucht, das an den Fenstern klebte?«

Schäfer nickte. »Keinerlei Übereinstimmung.«

»Was ist mit den Leichen? Irgendwelche Anhaltspunkte?«

»Todesursache: Mit einem stumpfen, metallenen Gegenstand zu Tode geprügelt. Tatwaffe unbekannt, wir gehen aber davon aus, dass es sich um ein metallenes Rohr oder eine Stange handeln könnte.«

›Der Stangenmann‹, ging es Winter durch den Kopf.

»Es war eine Stange«, rutschte es Michael heraus. Seine Stimme klang triumphierend.

»Wie bitte? Woher willst du das wissen?« Schäfer sah Michael erstaunt an. Der strich sich verlegen seine Haarsträhne, die ihm immer ins Gesicht fiel, hinter die Ohren und sah Winter um Unterstützung heischend an.

»Er weiß es nicht«, sprang Winter ein, »es ist eine Vermutung. Einer der Anwohner hat den Mörder als Stangenmann bezeichnet.«

Schäfer runzelte die Stirn und machte sich einige Notizen. »Wer war das?«

»Gerd Wagner. Er wollte uns noch mehr erzählen, doch Herr Klein hat ihn eingeschüchtert und ihm gedroht, also hat Herr Wagner geschwiegen.«

»Er hat ihm gedroht?«

Winter erzählte ihr von den Besuchen der beiden Männer, ehe er fragte: »Habt Ihr bei den Opfern irgendwelche Spuren gefunden? Sahen die Leichen aus, als wären sie an den Folgen eines Kampfes gestorben?«

Wieder schüttelte Schäfer den Kopf. »Keine Spuren, keine Fingerabdrücke, nichts. Keine Anzeichen eines Kampfes, einer Vergewaltigung oder dergleichen. Wir stehen ehrlich gesagt vor einem Rätsel. Das ist auch der Grund, weswegen ich euch so bereitwillig empfangen habe. Normalerweise arbeiten nämlich auch wir nicht mit Zivilisten zusammen.« Sie lächelte schelmisch.

»Hatten Sie auch das Gefühl, dass Ihnen die Einwohner etwas verschweigen?«

Schäfer nickte. »Niemand wollte etwas gesehen oder gehört haben – außer dem Klopfen und den Blutspuren –, niemand wollte etwas wissen oder jemanden verdächtigen. Als ob sie das Ganze nichts angehen würde.«

»Oder als ob sie sich schuldig fühlen würden.«

Schäfer kniff die Augen zusammen. »Wie kommen Sie darauf?«

»Gerd Wagner hat es angedeutet. Er war kurz davor, uns alles zu verraten.«

Wieder machte sie sich Notizen.

»Was haben Sie übermorgen Nacht vor?«, fragte Winter dann.

»Übermorgen Nacht?« Wieder errötete sie. »Was … was erlauben Sie sich? Denken Sie etwa, nur weil Sie im selben Fall ermitteln wie ich, würde Ihnen dies erlauben, mich gleich bei der erstbesten Gelegenheit auszuführen? Wir kennen uns doch kaum!«

Winter räusperte sich und konnte ein Lachen nicht unterdrücken. »Sie missverstehen mein Anliegen, Frau Kommissarin. Übermorgen ist Vollmond, und es wäre doch durchaus denkbar, dass es einen vierten Mordversuch geben könnte.«

»Oh. Verzeihen Sie, ich …« Schäfer wurde nun richtig rot und fuhr sich verlegen durchs Haar. »Entschuldigen Sie, ich …«

»Sie müssen sich nicht entschuldigen. Ich wollte nur wissen, wie Sie in der nächsten Vollmondnacht vorzugehen gedenken?«

»Wir werden natürlich ein oder zwei Streifenwagen patrouillieren lassen.«

»Das ist alles?«

Schäfer sah ihn irritiert an. »Was denken Sie denn, was wir tun sollten?«

»Sie sollten alle Einwohner, bis auf die vier Familien, welche die Erscheinungen bisher nicht hatten, unter Polizeischutz stellen.«

»Sind Sie verrückt? Wie viele Häuser zählt die Straße nochmal?«

»Siebzehn. Die vier Familien und uns ausgenommen verbleiben also zwölf Häuser.«

»Euch? Weswegen euch?«

»Wir wohnen seit gestern ebenfalls dort. Es wurde ein Haus frei und Herr Krause hat es uns leihweise überlassen, solange wir in seinen Diensten ermitteln.«

»Sie sind freiwillig dort eingezogen?« Wieder runzelte sie die Stirn und schüttelte gleich darauf den Kopf. »Wie auch immer, wir können nicht alle zwölf Häuser gleichzeitig überwachen lassen. Wir verfügen nicht über so viel Personal.«

Winter nickte und dachte nach.

»Wenn ihr nicht alle Häuser überwachen könnt, wär's vielleicht eine Möglichkeit, alle Einwohner in einem Schutzraum oder einer Mehrzweckhalle zusammenzutrommeln und sie dort zu überwachen?«, schlug Michael vor.

Schäfer legte den Kopf schief und sah ihn an. »Und du glaubst, die Einwohner würden sich in diese Mehrzweckhalle begeben?«

Michael zuckte mit den Schultern und wurde rot. Vermutlich war er über seinen Vorschlag selbst überrascht.

»Einen Versuch wär's wert«, meinte Winter und nickte Michael anerkennend zu. »Wenn wir damit ein Menschenleben retten können …«

Sie sah Michael noch einmal prüfend an und nickte dann. »Also gut. Die Idee ist nicht schlecht. Ich würde mich gerne einmal mit diesem …«, sie blickte in ihre Unterlagen, »Herrn Wagner unterhalten. Wenn wir zusammen hingehen, erzählt er uns vielleicht den Rest der Geschichte, die er euch vorenthalten hat. Ich komme morgen Nachmittag nach Dorum, wenn Sie einverstanden sind. Sagen wir um zwei bei Ihnen?«

12

Bumm, bumm, bumm.

Winter schoss hoch und blinzelte alarmiert. Er war sofort hellwach. Etwas, was ihm seit Jahren nicht mehr passiert war. Normalerweise brauchte er eine halbe Stunde, um wach zu werden und sich aufzuraffen, aufzustehen. Doch dieses Haus und diese Straße waren …

Bumm, bumm, bumm.

Da war es wieder. Er hörte, wie Sydney im Erdgeschoss unten bellte und knurrte.

›Der Stangenmann! Scheiße, es gibt ihn tatsächlich! Und er ist hier!‹

Winter schwang die Beine vom Bett, schlich nur in Boxershorts und T-Shirt gekleidet zur Schlafzimmertür und öffnete diese. Langsam klärten sich seine Sinne und er runzelte verwirrt die Stirn.

›Vollmond ist doch erst in zwei Tagen, verändert der Mörder nun sein Verhaltensmuster?‹

Er sah sich nach etwas um, das er als Waffe hätte gebrauchen können, doch das Schlafzimmer war bis auf das Bett und seine Reisetasche leer.

»Onkel? Warst du das?« Die Türe von Michaels Schlafzimmer schwang ebenfalls auf und Michael erschien im Türrahmen.

Winter schüttelte nur den Kopf, drückte sich an Michael vorbei und stieg rasch die Treppe ins Erdgeschoss hinunter. Sydney stand mit angelegten Ohren vor der Haustüre und knurrte bedrohlich. Winter hielt inne und lauschte, doch nun war nichts mehr zu hören.

Er packte die Hündin am Halsband, redete beruhigend auf sie ein und streichelte ihr den Kopf, doch sie knurrte und fletschte die Zähne und war kaum zu halten. Winter drehte den Schlüssel im Schloss herum und öffnete vorsichtig die Türe. Etwas tropfte auf seine nackten Füße und er zuckte unwillkürlich zurück. Sydney tobte und versuchte mit aller Kraft, sich loszureißen. Irgendetwas hing an der Außenseite der Türe an der Türklinke. Im schwachen Lichtschein der Straßenlampen war nicht viel zu erkennen, weswegen er das Licht im Flur seines Hauses anstellte und sich im selben Moment wünschte, es nicht getan zu haben.

An seiner Türe hing ein toter Hund.

Er war mit dem Schwanz an der Türklinke festgebunden worden. Blut tropfte von einem Schnitt an seiner Kehle zu Boden. Winter kannte den Hund: Es war der Dackel von Frau Hermann.

Wie betäubt schloss er die Türe wieder, ging an Michael vorbei in sein Büro – wobei er dessen fragenden Blick ignorierte – und nahm den Telefonhörer zur Hand.

Nachdem er Krause angerufen hatte, hatte es nicht lange gedauert, bis erst der Bürgermeister, dann Frau Hermann und schließlich mit einiger Verspätung die beiden Polizisten des Ortes, Bernd Franke und Niklas Jansen – der hagere, blonde Mann, den er tags zuvor auf dem Polizeiposten kennengelernt hatte – eingetroffen waren.

Die Polizisten machten Fotos des Tatortes, ehe sie den Dackel – unter schwerem Protest und lautem Geheul von

Frau Hermann – in eine große Plastiktüte packten und in ihr Auto brachen.

»Wer tut so was?«, fragte Frau Hermann schniefend.

Winter brachte sie ins Haus und drückte sie sanft auf die abgewetzte Couch, an deren langen Ende Michael bereits saß und eben sein Smartphone weglegte. Vor ihm auf dem Tischchen stand eine Dose Red Bull. Krause und die beiden Polizisten folgten. Krause setzte sich auf die andere Seite von Frau Hermann und ergriff mitfühlend ihre Hand, während die beiden Polizisten sich auf die Campingstühle setzten und Franke – ein untersetzter Mann mit dunklem Vollbart und grimmigem Blick – ein Notizbuch und einen Kugelschreiber hervorzog.

»Haben Sie oder Ihr … Sohn Feinde, Herr Winter?«, fragte er und sah ihn erwartungsvoll an.

»Michael ist nicht mein Sohn, er ist der Sohn meiner Cousine. Aber um Ihre Frage zu beantworten: Ja, ich mag einige Feinde haben. Ich war früher Polizeikommissar, aber ich denke nicht, dass dies mit meiner früheren Laufbahn im Zusammenhang steht. Ich könnte mir jedoch vorstellen, dass es etwas mit unserer Ermittlungsarbeit hier zu tun hat. Die meisten Leute begegneten uns nicht sehr freundlich und machten keinen Hehl daraus, dass sie uns lieber früher als später von hier verschwinden sähen.« Er warf einen vernichtenden Blick auf den blonden Polizisten, der seinem Blick aber trotzig standhielt. »Gestern wollte ich mit Herrn Wagner von nebenan sprechen, da kam Herr Klein von gegenüber reingerauscht und hat Herrn Wagner gedroht, er mache ihn fertig, wenn er irgendetwas verrate.«

Franke hob die Augenbrauen, tauschte einen Blick mit seinem Kollegen aus und notierte sich dann etwas auf seinem Block.

»Und Sie, Frau Hermann?«, fragte Franke weiter. »Haben Sie Feinde? Haben Sie eine Ahnung, wer das getan haben könnte?«

Frau Hermann schniefte und schüttelte nur stumm den Kopf.

»Wie ist der Täter überhaupt an den Hund gekommen?«, wollte Michael wissen. Alle drehten sich zu ihm um. »Ich meine … war er draußen? Oder ist jemand bei Ihnen eingebrochen, Frau Hermann?« Michael schrumpfte unter den Blicken der vielen Anwesenden sichtlich etwas zusammen.

»Kein Grund, dich klein zu machen, Junge«, sagte Winter aufmunternd und klopfte ihm auf die Schultern. »Das ist eine gute, berechtigte Frage.«

»Adam ist schon etwas älter«, begann Frau Hermann und tupfte sich mit einem Taschentuch über die Augen, »ich meine, er war älter. Er hielt selten eine ganze Nacht ohne Auslauf aus. Meist kommt … kam er zu mir ins Schlafzimmer und begann zu jaulen, wenn er musste. Dann stand ich auf, ging mit ihm hinunter und ließ ihn kurz raus. Nur ist er heute Nacht nicht zurückgekommen.«

»Und Sie haben ihn nicht gesucht?« Es war Krause, der diese Frage stellte.

»Natürlich habe ich ihn gesucht. Ich liebe Adam. Ich meine, ich … liebte ihn.« Sie schniefte wieder und fuhr sich noch einmal mit dem Taschentuch über die Augen. »Ich bin über eine Stunde draußen umhergeirrt. Doch als ich ihn nicht gefunden habe und er nicht auf mein Rufen reagiert hat, beschloss ich, die Suche am nächsten Morgen fortzusetzen.«

»Der Täter muss gewusst haben, dass Sie Ihren Hund nachts rauslassen«, meinte Winter nachdenklich. »Er hat diesen Moment akribisch abgewartet.«

»Also muss es jemand von hier sein, jemand, der Sie kennt«, ergänzte Michael.

»Aber … das kann ich mir nicht vorstellen. Wer … ich meine, wer würde mir das antun wollen? Ich habe doch niemandem etwas getan?«

»Nun, wir werden der Sache auf den Grund gehen«, sagte Jansen und erhob sich. »Wir melden uns. Noch einmal mein herzliches Beileid, Frau Hermann.« Er nickte ihr zu und verließ dann gefolgt von seinem Kollegen das Haus.

»Sie kennen Herrn Klein besser als ich, Frau Hermann«, begann Winter sachte, »trauen Sie ihm eine solche Tat zu?«

Frau Hermann hob den Kopf und sah ihn durch einen Tränenschleier hindurch einen Moment lang ruhig an. Dann schüttelte sie den Kopf. »Er mag ein ungehobelter und traumatisierter Mann sein, doch ich habe ihn noch nie gewalttätig erlebt. Und warum sollte er auch? Ich habe Ihnen doch nichts verrat…« Sie verstummte.

Winter warf einen Blick zu Krause. Der runzelte die Stirn.

»Was hätten Sie mir denn verraten können, Frau Hermann?«, fragte Winter sanft.

Hermann winkte ab. »Ich? Nichts. Das ist mir nur so rausgerutscht, weil Sie vorhin gesagt haben, er hätte Wagner gedroht, er mache ihn fertig, wenn er etwas verrate.« Sie erhob sich. »Bitte entschuldigen Sie mich, ich … ich möchte nun etwas alleine sein.«

»Aber natürlich.«

Winter geleitete sie zur Tür, kondolierte nochmals und verabschiedete sich dann von ihr. Als er wieder ins Wohnzimmer zurückkehrte, stand Krause am Fenster und sah in die dunkle Nacht hinaus.

»Denken Sie, es war der … derselbe, der in den Mordnächten das Klopfen und die blutigen Male erzeugt hat?«, fragte der Bürgermeister, ohne Winter anzusehen.

Winter schüttelte den Kopf, ehe ihm bewusst wurde, dass Krause dies nicht sehen konnte. »Nein«, sagte er deshalb, »ich glaube, dass das Klopfen dies vorgaukeln und mir vielleicht Angst machen sollte, doch hinter dieser Tat steckt bestimmt ein Mensch, der Angst davor hat, ich könnte zu viel herausfinden.«

»Und? Hat er Erfolg gehabt?«

»Womit?«

»Ihnen Angst einzujagen.«

»Nein, es braucht mehr als einen toten Hund, um mich einzuschüchtern.«

»Haben Sie denn keine Angst um Ihren Hund?« Krause drehte sich nun doch um und deutete auf Sydney, die mittlerweile die Gelegenheit ergriffen hatte und sich auf dem freigewordenen Sofa zusammengerollt hatte.

Winter runzelte die Stirn. Daran hatte er noch gar nicht gedacht. Das Ganze konnte man tatsächlich als Warnung verstehen. Er zögerte, ehe er antwortete.

»Sie haben Recht. Vielleicht sollte ich mich nach einer temporären Bleibe für Sydney umsehen.«

Doch wo sollte er sie hingeben? Zu Sabine?

Es widerstrebte ihm, sie schon wieder um diesen Gefallen zu bitten, nachdem sie Sydney bereits vor einem halben

Jahr hatte betreuen müssen, weil er auf der Flucht gewesen war. Andererseits würde ihm dies einen Vorwand liefern, sie wieder einmal anzurufen – und darauf freute er sich eigentlich.

Er verabschiedete sich auch von seinem letzten Besucher und bedeutete Michael, wieder ins Bett zu gehen. Der trank seinen Energydrink aus, stellte ihn zurück auf den kleinen Tisch und stand auf. Da fiel Winter auf, dass zwei Fingernägel von Michaels rechter Hand schwarz verfärbt waren.

»Was hast du denn mit deinen Fingern gemacht?«, fragte er

Michael sah auf seine Hand hinab und runzelte die Stirn. Dann überlegte er einen Moment und zuckte mit den Schultern.

»Muss sie heute Nacht irgendwo angeschlagen oder eingeklemmt haben. Ich bin recht erschrocken, als es so an die Türe gepoltert hat. Bin ziemlich aufgeschossen. Vermutlich habe ich sie mir da angeschlagen. Gibt's ja manchmal, dass man es gar nicht merkt, wenn man sich verletzt …«

Winter nickte und wollte noch einmal genauer hinsehen, doch Michael hob die Hand, strich sich damit eine Haarsträhne aus der Stirn und gähnte demonstrativ.

»Ich geh dann mal ins Bett. Nacht, Onkel.«

»Ja, ich auch. Gute Nacht, Michi.«

Winter ging ebenfalls nach oben und legte sich zum zweiten Mal in jener Nacht auf sein Bett.

Er musste wieder an Frau Hermann denken und was sie ihnen gesagt hatte.

Ich habe Ihnen doch nichts verrat…

›Sie weiß etwas! Genau wie Gerd Wagner und Markus Klein und alle anderen Einwohner dieser verdammten Straße!‹

Unruhig wälzte er sich noch einige Zeit lang hin und her, ehe ihn der Schlaf endlich wieder übermannte.

13

Am nächsten Morgen erlaubte sich Winter, gründlich auszuschlafen. Es war schon Mittag, als er sich endlich aus seinem Bett wälzte. Die Türe von Michaels Zimmer war noch zu und alles war ruhig im Haus. Es verwunderte Winter nicht, dass auch Michael immer noch schlief. Er klopfte kurz an dessen Tür.

»Aufwachen, Michael. Zeit, aufzustehen!«

Dann ging er ins Bad, duschte sich ausgiebig und zog sich an, ehe er wieder auf den Flur hinaustrat. Michaels Zimmertüre war immer noch zu, also klopfte er erneut an und öffnete dann. Ein übler Geruch schlug ihm entgegen und Winter rümpfte die Nase. Die Luft roch abgestanden – was normal war, wenn man bedachte, dass das Fenster zu war. Doch da war auch noch etwas anderes. Es roch nach Verwesung.

›Als ob irgendwo ein totes Tier liegen würde. Eine tote Maus vielleicht?‹

»Michael? Aufstehen!« Im Zimmer herrschte dämmriges Licht, das durch einige Ritzen in den Storen hereinfiel. Michael lag immer noch auf dem Bett und regte sich nun langsam und unwillig.

»Ja«, stöhnte er. »Ist ja gut, ich komme gleich.« Er drehte sich auf die andere Seite und streckte sich.

Winter schritt zum Fenster und öffnete es. Dann ließ er die Storen hoch. Michael knurrte unwillig hinter ihm, als helles Sonnenlicht hereinfiel.

»Ich mache jetzt was zu essen. Steh auf und sieh nach, ob du irgendwo ein totes Tier im Zimmer hast. Dass du bei diesem Gestank überhaupt schlafen konntest …«

Er verließ das Zimmer und ging ins Erdgeschoss, wo er das Essen bereitmachte. Dazu schlug er eine Handvoll Eier in eine Pfanne und gab Speckstreifen in eine andere. Dann setzte er Kaffee auf und stellte Brot, Butter und Marmelade auf den Tisch.

Als Michael endlich herunterkam, hatte er bereits zwei Tassen Kaffee getrunken sowie eine Portion Rührei mit Speck gegessen. Michael wurde von einer ordentlichen Dosis Parfum- oder Deogeruch begleitet. Offenbar hatte er dies einer Dusche vorgezogen. Winter schmunzelte. Er hatte es früher manchmal auch so gehandhabt.

»Morgen.«

Michael ging zum Kühlschrank, nahm sich eine Dose Red Bull heraus und setzte sich damit auf seinen Stuhl. Winter runzelte die Stirn.

»Schon wieder?«

»Was?«

»Red Bull. Du trinkst das Zeug wie Wasser. Das ist ungesund.«

Michael verdrehte die Augen.

»Ach, komm schon, Onkel, du klingst schon wie meine Mutter. Die will's mir auch ständig verbieten.«

»Womit sie Recht hat. Zu viel Zucker ist nicht gut.«

»Sagt derjenige, der immer Cola trinkt.«

»Ja, du hast Recht, das ist auch nicht besser, aber wenigstens schmeckt es gut.«

»Das tun Energydrinks auch. Zudem halten sie einen wach.«

»Versuch's doch mal mit Kaffee«, schlug Winter vor, »der hat den gleichen Effekt.«

Michael schüttelte den Kopf und strich sich seine Haarsträhne aus der Stirn. »Mag ich nicht.« Er besah sich den Frühstückstisch. »Haben wir keinen Honig?«

»Nein, haben wir nicht. Passt dem Herrn nicht, was ich gekocht habe?«

»Was? Doch, doch, natürlich, es ist nur … ich habe irgendwie Lust auf Honig. Seltsam, ich …«

»Was ist seltsam?«

»Hast du das auch schon gehabt, dass du etwas bisher nicht mochtest und plötzlich hast du Lust auf genau das?«

Winter lachte. »Ja, tatsächlich. Früher hasste ich Paprika. Und plötzlich, von einem Tag auf den anderen, habe ich es geliebt. Ich schätze, wir müssen Honig kaufen, was?«

Michael nickte und nahm sich Rührei und Speck aus der Pfanne.

»Und hast du dein Zimmer durchsucht?«

»Hm? Was?« Michael sah Winter verständnislos an, dann hellte sich sein Gesicht auf und er nickte. »Ach so, ja. Da lag tatsächlich eine tote Maus in der Ecke. Ist mir ein Rätsel, wie die da hingekommen ist. Ich hab sie zum Fenster rausgeworfen.« Er grinste schief und begann zu essen. Jetzt erst bemerkte Winter, dass Michael seine Fingernägel schwarz lackiert hatte.

»Was soll denn das?«, fragte er beiläufig und deutete auf die Nägel.

»Cool, oder?«, fragte Michael stolz. »Haben die meisten in der Szene.«

»Szene? Welche Szene?«

»Die Gothic-Szene, noch nie davon gehört?«

»Doch, gehört schon, aber gesehen nicht. Ist das nicht etwas … zu weiblich?«

Michael lachte. »Weiblich? Onkel, lebst du auf dem Mond? Das hat doch mit Weiblichkeit nichts zu tun. Eher mit Vergänglichkeit. Morgen färbe ich mir auch noch die Haare schwarz.«

»So? Und was sagt deine Mutter dazu?«

»Die ist ja nicht hier«, grinste Michael.

Winter zuckte mit den Schultern. »Ist das ein Musikding, diese Szene?«

Michael wiegte den Kopf hin und her. »Zum Teil. Es ist aber eher eine Lebenskultur und da hat die Musik natürlich auch ihren festen Platz darin.«

»Aha. Nun, wenn du meinst. Solange du mich nicht dahingehend missionieren willst, ist es mir egal, wie du rumläufst.«

»Wenn nur meine Mutter so denken würde«, seufzte Michael. »Was machen wir eigentlich heute?«

»Frau Schäfer kommt gleich. Wir gehen zusammen zu Herrn Wagner, um ihn noch einmal zu verhören. Ich hoffe, dass er in Gegenwart der Kommissarin mit der Wahrheit herausrückt. Ich will endlich wissen, was hier abgeht. Es ist zum Aus-der-Haut-Fahren! Alle außer uns wissen, was geschehen ist, aber niemand rückt mit der Sprache heraus.«

Michael nickte und machte ein wichtiges Gesicht.

»Ist doch in den Filmen auch immer so. Die Infos muss man sich Stück für Stück mühsam erarbeiten, Onkel.«

»Ja, nur sind wir hier nicht im Film«, knurrte Winter.

Pünktlich um 14 Uhr klingelte es. Anja Schäfer trug einen knielangen, beigen Mantel, eine Strickmütze und lederne, braune Handschuhe. Ihr Atem verursachte kleine Rauchwölkchen in der kalten Luft. Winter bat sie herein und bedeutete ihr, sich zu setzen.

»Oh, nun verstehe ich natürlich, weshalb Sie hierhergezogen sind«, sagte sie und deutete auf das karg eingerichtete Wohnzimmer. »Die Möblierung ist wahrhaft ein Traum. Ich weiß gar nicht, ob ich mich auf den wunderschönen Campingstuhl oder das brandneue Sofa setzen soll.« Ihre Augen funkelten spöttisch und Winter grinste verlegen.

»Ich empfehle den Fußboden, der ist am saubersten.«

Sie lachte, schritt aber erst zum bodenhohen Fenster, das in den Wintergarten führte, und rückte die Klinke, die nicht ganz senkrecht stand, zurecht.

»Wie gesagt, ist eine Marotte von mir. Schiefe Bilder oder Türklinken – das kann ich nicht ausstehen.«

Dann setzte sie sich mit einem entschuldigenden Lächeln doch auf die Couch, wobei sie es irgendwie schaffte, die Brandlöcher und Flecken zu umgehen und sich so hinzusetzen, dass nichts davon ihre Hose berührte. Sofort schmiegte sich Sydney an ihr Bein und ließ sich von ihr streicheln.

»Kein Problem«, sagte Winter schmunzelnd. »Kaffee?«

»Gerne. Wo ist Ihr Praktikant?«

»Ich habe ihn einkaufen geschickt. Honig und so.«

»Ich sehe schon, Sie betrauen Ihren Praktikanten bereits mit den wichtigsten Aufgaben.«

Winter zuckte grinsend mit den Schultern.

»Ja, er lernt schnell. Er weiß zumindest bereits, welchen Kaffee ich mag und welchen nicht.«

Nachdem er ihr die dampfende Tasse gebracht hatte, setzte er sich ihr gegenüber auf einen Campingstuhl und erzählte, was ihm gestern Nacht widerfahren war. Sie zog erstaunt die Augenbrauen hoch, sagte aber nichts, bis er geendet hatte.

»Eine Warnung also, ein Schuss vor den Bug.« Sie zückte ihren Notizblock und schrieb etwas darauf. »Was werden Sie nun tun?«

»Tun?« Winter runzelte die Stirn. »Nichts. Ich werde ganz normal weiter ermitteln.«

»Und ihr Hund? Haben Sie keine Angst um ihn?«

Winter nickte. »Ich werde versuchen, ihn anderswo unterzubringen. Ich habe eine … Kollegin, der sie vertraut.«

»Das ist gut«, nickte Schäfer. »Ich werde der Sache auch nachgehen. Gut möglich, dass es eine Verbindung zu den Mordfällen gibt.«

»Gut möglich? *Ziemlich sicher*, würde ich sagen.«

Sie nickte, trank ihren Kaffee aus und stand dann auf. »Wollen wir?«

Winter folgte ihr in den Flur, warf sich seinen Mantel über, schlüpfte in seine Turnschuhe – in denen er es in diesem nebligen Herbstwetter eigentlich viel zu kalt hatte –, dann legten sie die wenigen Meter zum Haus von Herrn Wagner zurück. Winter sah kurz nach oben und war nicht überrascht, hinter einem der Fenster Wagners Silhouette zu entdecken.

»Ob er uns aufmacht?«, brummte Winter. »Als ich letztens hier geklingelt habe, hat er mich einfach ignoriert.«

»Vielleicht war er nicht zuhause«, meinte Schäfer und klingelte.

»Nein, ich habe ihn hinter einem der Fenster gesehen, so wie heute. Er steht den ganzen Tag hinter seinen Fenstern und beobachtet alles und jeden hier.«

»Dann hat er vielleicht gesehen, wer den Hund letzte Nacht zu Ihnen gebracht hat?«

Zu Winters Überraschung wurde die Türe aufgemacht und Wagner winkte sie hektisch herein. »Schnell, er darf euch nicht sehen.«

Schäfer und Winter wechselten einen überraschten Blick, kamen seinem Drängen dann aber nach und traten ein, worauf Wagner hinter ihnen sorgfältig wieder abschloss.

»Wer darf uns denn nicht sehen, Herr Wagner?«, fragte Schäfer mit zusammengekniffenen Augen.

»Na, Herr Klein natürlich. Hat Ihnen Herr Winter nicht erzählt, dass er mir gedroht hat? Allein dass ihr hier seid, bringt mich in Gefahr – und dann erst, dass ich euch hereingelassen habe!«

»Denken Sie denn, dass er zu einer Gewalttat fähig wäre?«

Wagner zuckte mit den Schultern. »Ich weiß es nicht, aber ich möchte es lieber nicht herausfinden, ehrlich gesagt. Zudem weiß man nie, wozu solche Personen fähig sind. Leute, die nichts mehr zu verlieren haben, meine ich. Die sind gefährlich.«

Schäfer nickte und deutete den Flur hinunter. »Dürfen wir?«

»Oh, aber natürlich, verzeihen Sie.« Wagner lächelte nervös und ging ihnen voran ins Wohnzimmer. Dieses enthielt einen Kamin, über dem ein ausgestopfter Hirschkopf thronte. Gegenüber stand der Esstisch, hinter dem ein – wie Winter amüsiert feststellte – schiefes Bild hing, das eine mittelalterliche Jagdszene zeigte. Über der Couch hingen zwei gekreuzte Jagdgewehre an der Wand. Die Couch war in einem ähnlichen Zustand wie diejenige, die der Bürgermeister Winter in die Wohnung gestellt hatte, und im ganzen Haus hing ein muffiger Geruch, als ob Wagner seit Tagen kein Fenster und keine Türe mehr aufgemacht hätte.

Wagner deutete auf das Sofa und Schäfer warf Winter einen ergebenen Blick zu, deutete mit dem Kopf auf das schiefe Bild und verdrehte die Augen. Dann suchte sie sich eine einigermaßen saubere Stelle und setzte sich. Winter nahm neben ihr Platz, während sich Wagner seufzend in einen großen Ledersessel fallen ließ.

»Ich dachte mir schon, dass Sie wiederkommen«, sagte er zu Winter gewandt, »aber, dass Sie gleich die Polizei mitbringen würden, hätte ich nicht gedacht. Was wollen Sie tun? Mich verhaften, wenn ich nicht rede?«

»Sie missverstehen uns, Herr Wagner«, antwortete Schäfer unruhig. Ihr Blick glitt immer wieder zu dem schiefen Bild an der Wand hinüber, wie Winter feststellte. »Herr Winter hat mir von dem Gespräch neulich erzählt, und da wir nun sozusagen Hand in Hand zusammenarbeiten, wäre es für uns beide sehr interessant, wenn sich das abgebrochene Gespräch fortsetzen ließe. Ich denke mal, dass es in unser aller Interesse wäre, wenn der Fall schnellstmöglich gelöst werden könnte.«

Wagner nickte, sah Schäfer aber nicht direkt in die Augen. »Ich brauche Ihre Zusicherung, dass ich für meine Aussage nicht belangt werde.«

Schäfer zog die Stirn in Falten. »Nicht belangt? Ich … das … Die kann ich Ihnen nicht pauschal geben, solange ich nicht weiß, um was es sich handelt. Ich meine … nehmen wir mal an, dass Sie all die Menschen umgebracht hätten, wie könnte ich da dieses Versprechen einhalten und Sie nach Ihrem Geständnis unbehelligt lassen?«

»Ich bin nicht der Mörder«, sagte Wagner, »und Sie können es auch bleiben lassen und wieder gehen. Sie wissen ja nun, wo die Türe ist.«

Schäfer wechselte rasch einen Blick mit Winter und seufzte. Schließlich nickte sie. »Ich werde versuchen, eines meiner Augen zuzudrücken, aber ob ich beide zudrücken kann, kann ich Ihnen erst sagen, nachdem Sie geredet haben.«

»Und Sie müssen mich vor Klein beschützen.«

Wieder zögerte Schäfer, ehe sie nickte. »Also gut, einmal Generalamnestie und einmal Polizeischutz. Sonst noch was? Vielleicht eine neue Identität?«

»Sparen Sie sich Ihre Witze, Frau Kommissarin, mir ist seit vier Monaten nicht mehr nach Lachen zumute.«

»Seit vier Monaten?«, hakte Winter ein. »Der erste Mord geschah vor gut drei Monaten. Was ist vor vier Monaten passiert?«

Wagner maß Winter mit einem abschätzenden Blick, ehe er schließlich nickte. »Also gut, ich … werd's Ihnen erzählen.« Seine Stimme zitterte leicht und auf seiner Stirn hatte sich ein dünner Schweißfilm gebildet. Sein Blick ging zu Boden, als er begann:

»Es war am 20. Juni, ich erinnere mich noch, wie wenn's gestern gewesen wäre. Es war ein sonniger, heißer Sommertag. Ich saß auf dem Gartensitzplatz im Schatten und las in einem Buch. Plötzlich hörte ich jemanden laut rufen. Es hörte sich an wie *Musaeada* oder so ähnlich, keine Ahnung. Jedenfalls verstand ich es nicht. Ich las weiter, doch der Ruf wiederholte sich immer wieder, also legte ich mein Buch ab und ging nach vorne zum Zaun, von wo man auf die Straße hinuntersieht. Dort sah ich einen Mann. Er war groß gewachsen, doch er ging vornübergebeugt, als ob er Schmerzen hätte, und tatsächlich humpelte er stark. Sein Blick irrte über die Häuser auf beiden Seiten der Straße und immer wieder rief er: *Musaeada, Musaeada* und dazwischen noch ein anderes Wort … irgendwie *Ibni* oder so. Obschon ich die Wörter nicht verstand, war mir deren Bedeutung ziemlich klar, denn der flehende, hilflose Blick des Mannes sagte alles.«

Winter blickte fragend zu Schäfer, doch sie zuckte nur mit den Schultern und deutete ein Kopfschütteln an.

»Ich wollte gerade zum kleinen Tor gehen, um den Mann zu fragen, was er denn habe, als vier weitere Gestalten am Ende der Straße in Sicht kamen.« Wagner schauderte, als er daran zurückdachte. »Sie waren vermummt, trugen schwarze Strümpfe über ihren Köpfen und hielten dicke Eisenstangen in ihren Händen. Sie rannten hinter dem Mann her, dessen Vorsprung rasch schmolz. Ich erkannte, dass die Männer ihn binnen weniger Sekunden einholen würden, doch ich konnte nichts dagegen tun. Ich wusste, wenn ich mich einmischen würde, würden sie mich vermutlich ebenfalls umbringen, also …« Wagner seufzte und schüttelte den Kopf. Winter sah, dass ihm Tränen aus den Augen rannen. »Also trat ich hinter einen meiner Büsche und beobachtete die Szenerie, ohne etwas zu unternehmen.«

Eine Weile war es ruhig. Wagner sprach nicht weiter, sah sie aber auch nicht an. Seine Schultern zuckten zwischendurch und zuweilen wischte er sich mit der Hand über die Augen.

»Was geschah danach?«, fragte Schäfer sachte.

»Die vermummten Gestalten holten den Mann ein und prügelten ohne Vorwarnung mit ihren Stangen auf ihn ein. Es ging wahnsinnig schnell. Ich weiß noch, dass ich überlegte, ob ich die Polizei rufen sollte, doch als ich mich schließlich dazu entschloss, genau das zu tun, war es schon vorbei. Die vier Vermummten verschwanden genauso schnell wieder, wie sie aufgetaucht waren. Zurück blieb nur ein blutiges … Häuflein in der Mitte der Straße. Ich …« Wieder brach Wagner ab, unablässig knetete er sich die Hände. »Ich war wie erstarrt, konnte mich nicht bewegen, starrte auf das leblose Etwas, das einmal ein Mensch gewesen war. Ich weiß nicht, wie lange ich so dagestanden bin, doch irgendjemand musste die Polizei alarmiert haben, denn Franke und Jansen fuhren mit Blaulicht heran, dicht gefolgt vom Notarzteinsatzfahrzeug. Sie hielten neben dem Fremden an und Dreyer stieg aus und kniete sich neben ihn hin.«

»Wer ist Dreyer?«, fragte Winter.

»Er ist der Arzt von Dorum, und wir sind im gleichen Verein.« Als Wagner hochsah, bemerkte er Winters ratloses Gesicht und ergänzte: »Förderverein ›Leuchtturmdenkmal Obereversand‹. Dreyer ist der Vorsitzende. Ist ja auch egal. Also, er untersuchte den Fremden, dann hoben sie ihn hoch und transportierten ihn ab. Als sie endlich weg waren, blickte ich die Straße hoch und runter und … beinahe in jedem Haus sah ich Gesichter hinter den Fenstern kleben. Wir … wir alle haben es gesehen und niemand … niemand hat etwas unternommen.« Wagner wischte sich weitere Tränen weg und erhob sich dann. »Ich brauche was Starkes. Wollen Sie auch was?«

Winter und Schäfer schüttelten den Kopf und warteten, bis Wagner sich einen Whiskey eingeschenkt hatte, ehe er sich wieder setzte. Winter starrte die Flasche an und plötzlich fühlte sich sein Hals trocken an. Er spürte das Verlangen, Wagner nach einem Glas zu fragen, doch er unterdrückte es und konzentrierte sich stattdessen auf die Fragen, welche die Geschichte Wagners aufgeworfen hatte. Doch Schäfer kam ihm zuvor.

»Kein Rettungswagen? Die drei haben den Mann einfach so abtransportiert?«

Wagner nickte. »War vermutlich schon tot, der arme Kerl.«

»War er denn tot? Ich meine, was hat die Polizei dazu bekannt gegeben?«, wollte Winter wissen.

Wagner zuckte mit den Schultern. »Ich weiß es nicht. In der Zeitung war nichts dazu zu lesen, es gab auch keine Todesanzeige und ich habe nie wieder etwas von dem Mann gehört.«

»Haben Sie die Polizei nicht danach gefragt?« Schäfer runzelte die Stirn.

Wagner lachte auf, doch es war kein fröhlicher Laut. »Wie denn? Damit hätte ich ja zugegeben, dass ich die Tat beobachtet hatte, doch nicht eingeschritten bin. Wir haben die Szene in der Straße totgeschwiegen. Alle haben es gesehen, doch niemand redet darüber.« Er machte ein verächtliches Geräusch. »So haben wir das hier stets gehandhabt. Wegschauen und Mund halten!«

»Der 20. Juni«, murmelte Winter, »das war der Tag vor dem Super-Blutmond. Das kann kein Zufall sein.«

»Ist es auch nicht«, krächzte der Alte, »der Fremde sucht uns seither immer bei Vollmond heim und holt einen nach dem anderen zu sich.«

»Wie sah er denn aus, dieser fremde Mann?«, fragte Schäfer.

»Groß gewachsen, etwas dunklerer Teint, als wir ihn haben, kantige Gesichtszüge, schwarze Haare, schwarzer Bart, der Sprache und dem Aussehen nach würde ich sagen, er stammte aus dem Nahen oder Mittleren Osten. Vermutlich ein illegaler Migrant, denn niemand hat ihn je hier gesehen.«

»Ein illegaler Migrant?« Schäfer zog die Stirn in Falten. »Dafür, dass Sie ihn nur einmal von weitem gesehen haben und nie mit jemandem über ihn gesprochen haben, scheinen Sie aber ziemlich viel über ihn zu wissen.«

»Vermutungen.« Wagner winkte ab und wandte sich wieder Winter zu. »Können Sie uns helfen, Herr Winter? Können Sie den Rachegeist vertreiben?«

Winter sah ihn schweigend an. Schließlich zuckte er mit den Schultern. »Ich weiß es nicht«, sagte er ehrlich. »Aber ich werd's versuchen.«

»Sie sind unsere letzte Hoffnung. Das ist auch der einzige Grund, weshalb ich mein Schweigen gebrochen habe«, fügte er mit einem nervösen Blick auf Schäfer hinzu.

»Wie haben die vier Angreifer ausgesehen? Abgesehen von den Strümpfen, meine ich«, sagte sie.

»Ich weiß nicht. Ich meine, da war nichts Spezielles an ihnen. Einer war etwas größer als die anderen drei, aber sonst …?« Er zuckte mit den Schultern. »Und? Verhaften Sie mich nun?«

Schäfer wiegte den Kopf hin und her. »Da Sie um Ihr eigenes Leben fürchten mussten, wenn Sie eingegriffen hätten, macht es Sie nicht strafbar, dass Sie nichts gegen die vier Männer unternommen haben. Aber dass Sie danach nicht zu dem Fremden gegangen und Erste Hilfe geleistet haben, ist als unterlassene Hilfeleistung gemäß Strafgesetzbuch § 323 c anzusehen. Dennoch«, fuhr sie fort, als Wagner blass wurde und nervös mit den Händen zu zittern begann, »werde ich ein Auge zudrücken und Sie als anonyme Quelle behandeln.«

»Haben Sie letzte Nacht jemanden um mein Haus schleichen sehen?«, wechselte Winter das Thema und sah Wagner gespannt an, doch der schüttelte zu seiner Enttäuschung den Kopf.

»Ich gehe immer früh schlafen, tut mir leid.«

Schäfer stand auf. »Sie haben doch nichts dagegen, wenn ich …?« Sie ließ ihre Worte unausgesprochen, durchquerte das Wohnzimmer und rückte das Gemälde an der gegenüberliegenden Wand gerade. Wagner sah sie stirnrunzelnd an, sagte aber nichts dazu.

»Gut. Ich werde erstmal zurück nach Cuxhaven fahren und in den Akten nachsehen, ob diese Ereignisse dort erfasst sind«, fuhr Schäfer fort, als sie sich wieder zu ihnen umdrehte. »Dann werde ich mir so bald wie möglich die beiden Polizisten und diesen Arzt vorknöpfen. Ich melde mich bei Ihnen, Herr Winter.«

14

Dunkle Wolken türmten sich Unheil verkündend über ihnen auf, als Winter seinen Nissan vor Sabines Wohnblock auf einem Besucherparkplatz zum Halten brachte. Er stieg aus und öffnete die hintere Autotür. Sydney sprang schwanzwedelnd heraus, reckte die Nase in die Luft und begann, aufgeregt zu schnüffeln. Dann nahm er sie an die Leine und hielt diese Michael, der mittlerweile ebenfalls ausgestiegen war, hin.

»Kannst du sie kurz halten?«

Derweil knöpfte er sich seinen Mantel zu. Es windete stark und die ersten Regentropfen fielen bereits. Winter fröstelte und nahm die Leine wieder an sich. Dann gingen sie zum Eingang des sechsstöckigen Gebäudes und drückten auf die Klingel neben dem Namen »Sabine Krüger«.

»Ja?«, ertönte Sabines Stimme aus dem Lautsprecher.

»Kriminalpolizei Bremen, Richard Winter. Bitte öffnen Sie die Türe, Frau Krüger.«

»Scherzkeks.«

Ein Summen erklang, als Sabine die Eingangstüre des Wohnblocks entriegeln ließ. Sie traten ein und stiegen in Ermangelung eines Aufzugs zu Fuß in den dritten Stock hoch.

»Sydney, meine Kleine, wie geht's dir?«

Sabine nahm sie im Flur vor ihrer Wohnung in Empfang, ließ sich nun auf ein Knie herab und streichelte die Hündin, die sie stürmisch begrüßte. Sydney legte Sabine die verbliebene Vorderpfote auf den Oberschenkel und versuchte, ihr das Gesicht abzulecken, doch Sabine wich lachend zurück.

»Ruhig, Süße, alles gut.«

»Danke, dass du sie bei dir aufnimmst, Sabine, das bedeutet mir wirklich viel. Ich könnte es mir nicht verzeihen, wenn ihr nochmals was zustößt«, sagte Winter.

Sabine erhob sich.

»Gerne. Und wer ist dieser junge Mann?«

Winter stellte Michael vor und Sabine lächelte.

»Ein Praktikant? Ich wusste gar nicht, dass du unter die Ausbilder gegangen bist?«

Winter winkte ab.

»Bin ich auch nicht. Ist eine Ausnahme. Für die Familie, verstehst du?«

Sabine nickte.

»Kommt doch herein, statt hier im Flur so herumzustehen.«

Sabine führte sie ins Wohnzimmer und bedeutete ihnen, sich auf die extravagante schwarze Ledercouch zu setzen. Winter nickte dankend, setzte sich und sah sich dann um. Der runde Esstisch war komplett aus durchsichtigem Glas, rundherum standen schwarze Lederstühle. An den Wänden hingen zwei Bilder moderner Kunst, mit denen Winter nichts anfangen konnte, denn er konnte nicht erkennen, was darauf abgebildet war. Für ihn sah alles wie die Farbkleckse eines Erstklässlers aus.

»Was soll das darstellen«, fragte er deshalb, »ein ausgelaufener Malkasten?«

»Das ist moderne Kunst. Ich dachte, nach dem Harlekin-Fall hättest du etwas mehr für Kunst übrig?«

»Im Gegenteil. Ist mir ein Gräuel.«

»Das sind Kunstdrucke von Jackson Pollock. Ein Vertreter des Abstrakten Expressionismus und sogenannter Action-Painter. Er …«

»Ich will dich ja nicht beleidigen, aber ich behaupte, das würde ich auch noch hinkriegen.«

Sabine lächelte. »Das möchte ich sehen. Du als Maler? Bitte sehr. Ich stelle Leinwand und Farben zur Verfügung und du machst das Bild. Wenn es mir besser gefällt als die hier«, sie zeigte auf die beiden Kunstdrucke, »dann hänge ich deines anstelle Jackson Pollocks auf.«

›In was habe ich mich da wieder hineingeritten?‹, schalt sich Winter. Laut sagte er, um sich keine Blöße zu geben: »Abgemacht. Kann ja nicht so schwer sein.«

Sabine lachte. »Ich freue mich auf deinen Erstling. Und wenn du berühmt wirst, kann ich mich ja als deine Förderin ausgeben.« Sie streichelte Sydneys Kopf und wurde übergangslos ernst: »Aber nun erzähl mal, warum du Sydney bei mir lassen willst. Am Telefon hast du gesagt, dass du um ihr Leben fürchtest.«

Winter nickte und berichtete vom Tod von Frau Hermanns Dackel Adam und dass er dessen Ableben als Warnung auffasste, weswegen er Sydney außer Haus haben wollte.

Sabine nickte. »Ich verstehe. Keine Sorge, Richard, Sydney kann so lange hier bleiben wie nötig. Ist ja nicht das erste Mal.« Sie lächelte.

»Danke, Sabine. Dann ist da noch was anderes, zu dem ich gerne deine Meinung hören würde.« Er erzählte ihr, was er von Herrn Wagner hatte in Erfahrung bringen können, ehe er sie fragte: »Wie ist es möglich, dass ein Mann auf offener Straße verprügelt und danach abtransportiert wird, ohne dass jemand davon erfährt? Ohne dass es jemanden interessiert? Keine Zeitungsberichte, keine Todesanzeige ... Was sagst du als nicht involvierte Kriminalkommissarin dazu?«

»Diese Frage würde ich zuallererst einmal diesen beiden Polizisten und dem Arzt stellen. Aber es passt zu der Theorie von Herrn Wagner, dass der Mann wohl ein illegaler Einwanderer war. Er ist nirgendwo registriert. Er kam aus dem Nichts und ging ins Nichts zurück.« Sie zuckte mit den Schultern. »Ein leidiges Problem. Wir hatten im ersten Halbjahr dieses Jahres rund 130 000 registrierte illegale Grenzübertritte von Migranten. Gleichzeitig aber über 220 000 neu gestellte Asylgesuche. Da die Zahl gestellter Asylgesuche diejenige der aufgegriffenen Migranten aber um fast das Doppelte übersteigt, muss es wahnsinnig viele Migranten geben, die unbemerkt ins Land gelangen und nirgendwo registriert sind. Wenn so einer verschwindet, fällt dies natürlich niemandem auf.«

»Hm, das legt eine weitere Vermutung nahe«, überlegte Winter laut, »was, wenn die Vermummten gewusst haben, dass es ein illegaler Migrant ist? Dann hätten sie ihn, ohne Folgen befürchten zu müssen, töten und verschwinden lassen können. Es hätte ja niemand von der Existenz des armen Mannes gewusst.«

»Genau«, mischte sich nun Michael aufgeregt ein, »die Männer haben herausgefunden, dass der Mann illegal in Deutschland war, also wollten sie ihn ausrauben und ihn danach ermorden, nur ist er ihnen entkommen, weswegen sie ihm nachgesetzt sind und ihn dann in der Hagenorder Straße eingeholt haben.«

Sabine schüttelte den Kopf. »Das passt nicht. Warum sollte man einen illegalen Einwanderer ausrauben wollen? Die Chance, Wertvolles zu ergattern, geht gegen Null.«

Michael sah enttäuscht aus, doch Winter klopfte ihm auf die Schulter.

»Dennoch, der zweite Teil deiner Theorie könnte passen: Er ist den Männern aus irgendeinem Grund entwischt und in der Hagenorder Straße haben sie ihn dann zum Schweigen gebracht, denn vielleicht hat er die Identität seiner Angreifer gekannt. Sie konnten nicht zulassen, dass er dieses Wissen ausplaudert. Gut gemacht!«

Michael strahlte wieder und Sabine lächelte.

»Du machst dich ebenfalls gut als Ausbilder«, sagte sie. »Du blühst ja richtig auf in der Rolle.«

Winter winkte ab. »Ach was. Aber da kommt mir noch ein weiterer Gedanke: Was, wenn der verprügelte Fremde nicht der erste illegale Migrant ist, den diese vier Männer auf dem Gewissen haben? Vielleicht haben wir es hier mit einer Bande zu tun, die gezielt Jagd auf Flüchtlinge macht?«

»Man würde es nicht merken, wenn diese Personen verschwänden«, ergänzte Sabine.

»Vielleicht eine rechtsradikale Gruppe?«, vermutete Michael.

Winter nickte anerkennend.

»Wäre eine Möglichkeit. Aber das sind im Moment alles nur Thesen. Wir müssen weitersuchen. Wir müssen die Anwohner der Hagenorder Straße erneut befragen, sie mit unserem neu erworbenen Wissen konfrontieren und schauen, wie sie darauf reagieren.«

»Aber nun sag mal«, unterbrach ihn Sabine, »ich dachte, du bist angeheuert worden, um diesen … Spuk zu beenden und nicht um eine Bande zu überführen, die Flüchtlinge jagt. Misch dich nicht in Dinge ein, die deine Befugnis überschreiten, Richard.« Spielerisch drohte sie ihm mit ihrem Zeigefinger.

»Wenn es so einfach wäre, Sabine. Leider hängt das eine wohl mit dem anderen zusammen. Ich glaube nicht, dass wir den Geist erlösen können, ohne den Fall um den zusammengeschlagenen Fremden zu lösen.«

»Und schon bist du wieder zurück im Kriminalgeschäft, was?«, grinste Sabine. »Einmal Polizist, immer Polizist.«

15

»Da steht uns ein langer Nachmittag und ein noch längerer Abend bevor«, knurrte Winter, als er sich zusammen mit Michael aufmachte, die Bewohner der Hagenorder Straße der erneuten Befragung zu unterziehen, und sie nebeneinander her auf das Haus gegenüber Winters neuer Bleibe zuschritten. »Den ersten befragen wir gemeinsam. Danach teilen wir uns auf.«

»Was?« Michael blieb stehen und sah Winter aus weit geöffneten Augen an. »Ich soll diese Leute alleine befragen?«

»Warum nicht? Für irgendwas habe ich dich schließlich mitgenommen, oder? Da kannst du dich mal nützlich machen.«

»Nützlich? Willst du mich verarschen? Ich habe mich schon mehr als einmal nützlich gemacht! Zudem stammte die Idee mit der Unterbringung in der Mehrzweckhalle von mir, verdammt nochmal!« Michael hielt inne und sah Winter bestürzt an. Offenbar hatte er gerade selbst gemerkt, in welch ungehörigem Ton und mit welch frecher Wortwahl er mit Winter gesprochen hatte. »Entschuldige, Onkel«, sagte er kleinlaut und senkte den Kopf, »das war nicht so gemeint, das … Es ist mir rausgerutscht, ich … Das wollte ich nicht, wirklich nicht!«

»Ist schon gut.« Einen Moment lang war Winter sprachlos stehen geblieben und hatte Michael angestarrt. So hatte er ihn noch gar nicht gekannt. »Hast du öfter solche … Wutausbrüche?«

»Nein, ich … wirklich nicht. Ich weiß nicht, was mit mir los war. Vermutlich hatte ich einfach etwas Angst vor der Aufgabe, alleine mit den Leuten zu sprechen, aber … das wird schon. Ich krieg das hin. Wirklich.«

Winter sah Michael prüfend an und je mehr dieser ihm versicherte, dass er dem gewachsen sei, desto mehr zweifelte Winter daran, dass es eine gute Idee gewesen war, Michael mit diesen Befragungen zu beauftragen.

Er seufzte, rang sich dennoch zu einem Nicken durch und legte die letzten Schritte zur Haustür von Herrn Bröckelmann zurück. Bröckelmann war eine der drei Personen gewesen, die sich dem Gespräch mit ihm verweigert hatten.

Er atmete noch einmal tief durch und klingelte dann.

Es dauerte einen Moment, ehe die Tür einen Spaltbreit geöffnet wurde. Winter sah, dass eine vorgelegte Kette die Türe davor bewahrte, von unliebsamen Eindringlingen (wie ihnen) gewaltsam geöffnet zu werden.

»Wer ist da?«, fragte eine recht hohe, schwächlich klingende Männerstimme.

»Mein Name ist Richard Winter und das ist mein Praktikant Michael, wir …«

»Ich sagte Ihnen doch schon, dass ich nicht mit Ihnen reden werde!« Die Türe wurde zugedrückt, doch Winter schob blitzschnell seinen Fuß in den Türrahmen.

»Lassen Sie mich nur kurz ausreden. Wenn Sie danach nicht mit uns sprechen möchten, werden wir gehen und Sie nicht mehr belästigen. Bitte!«

Er hörte ein wütendes Knurren, gefolgt von einem resignierenden Seufzen und schließlich einem »na schön, aber fassen Sie sich kurz.«

»Wir wissen von dem Verbrechen, das in dieser Straße begangen wurde, einen Monat ehe der Spuk eingesetzt hat. Vier maskierte Männer haben einen Fremden zusammengeschlagen. Wir denken, diese Tat war der Auslöser für die rätselhaften Morde, die seither jeden Monat verübt werden. Wir wollen Ihnen und allen Anwohnern dieser Straße helfen, dieses Übel zu beseitigen, aber das können wir nur, wenn wir alle Details zu diesem Verbrechen erfahren. Bitte sagen Sie uns, was Sie an jenem Tag gesehen haben.«

»Gesehen?« Der andere lachte. Es war ein verzweifeltes, krächzendes Lachen. Winter hörte ein Klirren, dann fiel die Kette herunter und die Türe schwang auf. Dahinter stand ein älterer Mann mit faltigem Gesicht, zerzaustem weißem Haar und leeren, weißen Augen. »Ich sehe seit vierundvierzig Jahren nichts mehr, Herr Winter.«

Das Wohnzimmer von Herrn Bröckelmann war erstaunlich gut aufgeräumt, wenn man bedachte, dass es sich dabei um den Wohnraum eines Blinden handelte.

›Vermutlich ist es gerade deshalb so aufgeräumt‹, dachte Winter, ›Bröckelmann muss genau wissen, was wo ist, so dass er es blind und mit einem Handgriff findet.‹

Die Einrichtung war altmodisch. Offenbar stammte sie aus der Zeit, als Bröckelmann noch sehen konnte. Ein altbackenes, beigefarbenes Sofa, das sich aber in tadellosem Zustand befand, ein Kamin, der mit einer dicken Staubschicht bedeckt war und dem man ansah, dass er schon seit Jahren nicht mehr benutzt worden war, ein alter Röhrenfernseher, ein runder Esstisch mit vier Stühlen und eine Handvoll alter Bilder an der Wand, die entweder ein junges Mädchen oder ein junges Paar zeigten. Winter vermutete, dass es sich bei dem jungen Mann um Bröckelmann selbst handelte.

»Ist das Ihre Frau?«, fragte er und zeigte auf das junge Mädchen, ehe er sich bewusst wurde, wie idiotisch die Bewegung war. Doch Bröckelmann schien zu wissen, wovon er sprach, denn er nickte und schüttelte gleich darauf den Kopf.

»Das war sie.«

»Was ist passiert?«

»Ein Verkehrsunfall. Ich verlor mein Augenlicht und sie das Leben.« Er zuckte mit den Schultern. »Ist über ein halbes Leben her. Ich kann mich kaum noch an die Zeit erinnern, als ich sehen konnte, doch wie sie aussah, weiß ich noch genau. Ich sehe sie immer noch vor mir.« Ein wehmütiges Lächeln huschte über sein Gesicht. »Sie war wunderschön, nicht wahr?«

Winter besah sich das junge Mädchen auf dem Bild genauer. Sie hatte schöne, leuchtende Augen und gewellte, lange, braune Haare. Ihre Nase war zwar etwas zu lang und die Wangenknochen stachen etwas zu sehr hervor, als dass sie dem gängigen Schönheitsideal entsprochen hätte, doch Winter musste zugeben, dass sie über eine starke Ausstrahlung verfügte.

»Ja, das war sie wohl«, sagte er.

»Bitte setzen Sie sich, falls Sie das nicht schon gemacht haben«, sagte Bröckelmann und tastete sich an der Wand entlang zum Sofa, wo er sich niederließ. Winter nahm neben ihm Platz. Michael zog sich einen Stuhl heran und setzte sich dem Blinden gegenüber.

»Wer hat es euch erzählt?«, fragte Bröckelmann.

»Das ...«, begann Winter, doch Bröckelmann winkte ab.

»Das können Sie mir nicht sagen, ich verstehe. Und dennoch erwarten Sie von mir, dass ich Ihnen alles verrate, was ich weiß.« Er lachte hämisch und zeigte dabei eine Reihe brauner Zähne. »Lassen Sie mich mal überlegen, Klein war's bestimmt nicht, Hermann auch nicht, Thomas … nein, Wagner … der alte Wagner vielleicht? Hm?« Er richtete seine leeren Augen auf Winter und der erschauerte. Es war ein unheimlicher Anblick.

»Waren Sie an jenem Tag zuhause, als … es passierte?«, fragte Winter und ignorierte dabei Bröckelmanns Frage.

Bröckelmann nickte. »Oh ja. Ich war da und verfluche mich noch heute dafür, wenn ich höre, wie es denen geht, die dieses Ereignis verpasst haben. Ich nehme an, Sie wissen, dass die Herberts und die Brandts nicht zuhause waren?«

Winter nickte und beeilte sich, hinzuzufügen: »Ja, wir haben mit ihnen gesprochen. Was haben Sie an jenem Tag geseh… Ich meine, was haben Sie … bemerkt?«

»Ich habe alles mitbekommen, Herr Winter. Als ich die Rufe des armen Mannes hörte, ging ich ans Fenster und öffnete es. Ich konnte die Worte nicht verstehen, doch die Bedeutung war unmissverständlich. Ich fragte mich, was der Mann wohl hatte und warum ihm niemand zu Hilfe eilte. Dann hörte ich, wie mehrere Personen über die Straße rannten und erst dachte ich, dass sich endlich jemand erbarmt hätte, um dem Mann zu helfen. Doch als die Schritte innehielten, schrie der Mann nur noch lauter auf und aus den Angstschreien wurden Schmerzensschreie. Ich begriff, dass die Neuankömmlinge keineswegs gekommen waren, um zu helfen.« Bröckelmann seufzte. Sein Blick ging an Winter vorbei ins Leere, als ob er die Situation erneut erleben würde. »Ich war starr vor Angst. Wusste nicht, was tun. Wusste nicht, was vor sich ging. Ich ... plötzlich hörten die Schreie auf und die Angreifer entfernten sich.«

»Wie ging es weiter?«, wollte Michael wissen, als der blinde Alte nicht weitersprach.

Bröckelmanns Kopf fuhr herum und seine leeren Augen fixierten einen Moment lang den Ort, wo er Michael vermutete. Dann senkte er den Kopf.

»Es dauerte nicht lange und zwei Autos fuhren die Straße herauf. Ich hörte, wie Männer ausstiegen, hektisch miteinander sprachen. Ich konnte nicht verstehen, was sie sagten, doch ich erkannte die Stimme von Jansen und die von Dreyer. Wie ich später hörte, kümmerten sie sich um den Verletzten, ehe sie ihn abtransportierten. Aber das wissen Sie ja vermutlich alles schon.«

»Ja, genau«, sagte Winter und erhob sich. »Also, vielen Dank, dass Sie mit uns gesprochen haben. Wenn Ihnen noch etwas einfällt, wir wohnen zurzeit direkt gegenüber im freigewordenen Haus.«

»Es gibt da noch etwas, das Ihnen vielleicht weiterhelfen könnte«, sagte Bröckelmann und erhob sich ebenfalls. »Ich kann nichts mehr sehen, doch dafür höre ich umso besser. Die Angreifer ... als sie weggegangen sind, konnte ich etwas hören: Einer der Männer ging unregelmäßig. Sein zweiter Fuß setzte in unregelmäßigem Abstand auf dem Pflaster auf, als ob er ... gehinkt hätte.«

16

»Und? Was hast du rausgefunden?«

Winter ließ sich auf das Sofa fallen und sah Michael gespannt an. Dann nahm er einen Schluck aus der Cola-Dose und verzog das Gesicht. Manchmal vermisste er es, am Abend ein Bier oder einen Whiskey zu trinken. Es war nicht das Gleiche, ob man nach getaner Arbeit ein Bier oder eine Cola trank. Es vermittelte einfach ein anderes Gefühl. Doch obschon diese Gedanken ihn immer wieder verfolgten, hütete er sich, auch nur einen Tropfen Alkohol anzufassen. In den letzten sechs Jahren hatte er wahrlich genug Alkohol für ein ganzes Leben getrunken.

»Nicht viel«, sagte Michael. »Um ehrlich zu sein, es war ziemlich uncool. Herr Klein hat mich ausgelacht. Hat mich den *kleinen Schoßhund dieses versoffenen Privatermittlers* genannt.«

Winter zog die Augenbrauen hoch, unterdrückte aber den Drang, etwas zu sagen.

»Und die anderen Anwohner«, fuhr Michael fort, »haben mich beinahe angewidert angesehen. Frau Roth hat mich gefragt, ob ich ein Grufti sei wegen der schwarzen Haare und Fingernägel.«

»Damit musst du leben, wenn du so herumläufst«, grinste Winter.

»Was soll das heißen, *wenn du so herumläufst?*«, echauffierte sich Michael. »Es ist doch mein gutes Recht, so herumzulaufen, wie ich will! Wo leben wir denn hier? Ich dachte immer, Deutschland sei ein freies Land!«

»Theoretisch schon, aber es gibt halt immer noch Leute, die gegenüber gewissen … Stilrichtungen Vorurteile haben. Aber lassen wir das. Was haben denn die anderen gemeint?«

»Frau Lindenbaum, Herr Niesner und Frau Roth gaben zu, den Angriff beobachtet zu haben, konnten aber keine neuen Erkenntnisse beisteuern. Herr Breitkopf sagte aus, er höre zum ersten Mal von diesem tätlichen Angriff auf den Fremden, wobei ich ihm nicht glaube. Aber Frau Glöckner … ich weiß nicht genau, was ich von ihr halten soll.« Michael zögerte.

»Inwiefern?«

»Nun ja, sie sagte aus, an dem Unglückstag zuhause gewesen zu sein, aber nichts von dem Vorfall mitbekommen zu haben. Sie habe zur betreffenden Uhrzeit starke Kopfschmerzen gehabt und sich kurz hingelegt. Später habe sie von Frau Hermann erfahren, was passiert sei, doch sie selbst habe nichts bemerkt.«

»Und? Glaubst du ihr?«

Michael druckste etwas herum. Schließlich nickte er. »Ich glaube schon.«

Winter klatschte in die Hände. »Und das nennst du einen uncoolen Tag? Das ist wundervoll!«

Michael sah Winter verständnislos an. »Was soll daran wundervoll sein? Ich wurde beschimpft und ich habe nichts Neues herausgefunden.«

»Nichts Neues? Aber natürlich hast du das! Denk nach! Du hast gerade eine Frage beantwortet, die uns seit geraumer Zeit verfolgt: Warum hören die Glöckners das Klopfen nicht und haben keine blutigen Male an ihren Fenstern?«

Michaels Gesicht hellte sich auf. »Aber ja! Weil … weil sie geschlafen hat, als es passiert ist. Weil sie … unschuldig ist!«

Winter nickte. »Das könnte die Erklärung sein. Gratuliere Michi, gute Arbeit!«

Michael strahlte. »Danke, Onkel. Und was hast du herausgefunden?«

»Ehrlich gesagt, nicht viel. Herr Kleve hat wie schon letztes Mal die Aussage verweigert. Hat mir die Türe vor der Nase zugeschlagen und mich einen Aasgeier genannt. Dasselbe mit Ruedenauer. Die anderen drei haben die Geschichte zwar bestätigt, aber dabei ist nichts Neues herausgekommen. Man könnte also sagen, dass *mein* Tag deprimierend war.« Winter grinste und Michael musste lachen. Winter war froh, dass er Michael ein Erfolgserlebnis hatte bescheren können. »Jedoch habe ich noch etwas nachgeforscht, da ich früher zurück war als du, und ich habe herausgefunden, was der Mann geschrien hat, ehe er verprügelt wurde.«

»Ja?«, fragte Michael als Winter nicht weitersprach.

»Nun, Wagner hat uns ja erzählt, der Mann habe ausgesehen, als stamme er aus dem Nahen oder Mittleren Osten, also habe ich nachgesehen, was im Arabischen *Musaeada* und *Ibni* bedeuten.«

»Und? Mach's nicht so spannend!«

»Es gibt diese Wörter tatsächlich, was beweist, dass Wagner Recht hatte. *Musaeada* bedeutet ›Hilfe‹, das war naheliegend. *Ibni* hingegen heißt ›mein Sohn‹.«

»Mein Sohn?« Michael sah Winter verständnislos an. »Weshalb sollte ein Mann auf der Flucht *mein Sohn* umherschreien?«

»Das weiß ich noch nicht, aber es gibt verschiedene Möglichkeiten.«

»Vielleicht hat er seinen Sohn gesucht?«, schlug Michael vor, doch Winter schüttelte den Kopf.

»Er wusste, dass er verfolgt wurde, also würde er wohl kaum seinen Sohn suchen und damit ebenfalls in Gefahr bringen wollen.«

»Außer sein Sohn ist schon ein großer Junge, stark wie ein Bär und bis an die Zähne bewaffnet.«

»Michi!« Winter sah ihn kopfschüttelnd an und Michael zuckte verlegen mit den Schultern.

»Entschuldigung.«

»Vielleicht war sein Sohn auch in Gefahr. Vielleicht suchte er gar nicht für sich Hilfe, sondern für seinen Jungen.«

»Wäre möglich«, brummte Michael, »aber wir werden es wohl nie erfahren.«

»Wer weiß. Jetzt vielleicht noch nicht, aber es könnte ein weiteres Puzzle-Teilchen sein, das sich irgendwann ins große Ganze einfügt.«

»Ich spiele nicht gerne Puzzle.«

Winter lachte. »Dann hast du dir das falsche Praktikum ausgesucht. Kriminalarbeit ist nichts anderes als Puzzle spielen – nur auf höherem Niveau.«

»Ja, ja, wenn du meinst. Und was machen wir nun?«

»Heute machen wir gar nichts mehr. Aber morgen gehen wir zum Bürgermeister und bringen ihn mal auf den neusten Stand der Dinge.«

Als sie am nächsten Morgen am Frühstückstisch saßen, klingelte es.

»Erwartest du jemanden?«, fragte Winter, doch Michael schüttelte den Kopf.

»Vielleicht die Post?«

»Nein, meine Post wird nicht hierher geliefert. Die geht nach Bremen.«

Winter erhob sich, ging zur Türe und öffnete. Draußen stand eine kleine Frau mittleren Alters mit kurzen, rot getönten Haaren. Sie trug eine große Brille, die ihr Gesicht noch kleiner aussehen ließ. Sie lächelte selbstbewusst und streckte ihm die Hand hin.

»Guten Morgen. Sie wissen ja, wer ich bin, nicht wahr?«

Winter schüttelte verwirrt den Kopf. »Nein …?«

»Nicht?« Sie zog die Stirn in Falten und schien leicht irritiert bis beleidigt. »Ich bin Venus Blessing von der Nordsee-Zeitung. Sie haben doch sicher schon von mir gelesen?«

»Nein, nicht dass ich wüsste.«

»Echt jetzt?« Ihr Gesicht nahm nun einen eindeutig beleidigten Ausdruck an, den sie aber gleich wieder wegzauberte und durch ein falsches Lächeln ersetzte. »Na, egal, macht ja nichts. Also, Venus Blessing ist eigentlich mein Künstlername, aber da ich …«

»Was wollen Sie? Wir sind gerade am Frühstücken, also …«

»Oh, tut mir leid, es wird auch nicht lange dauern. Hätten Sie Zeit für ein kleines Interview für die Nordsee-Zeitung?«

»Interview?«, fragte Winter misstrauisch. »Warum?«

»Nun, wegen der Mordfälle natürlich und des Spuks! Wir haben bereits mehrmals über diese schrecklichen Vorfälle, die hier in dieser Straße geschehen, berichtet und nun ist uns … also besser gesagt, mir ist zu Ohren gekommen, dass der berühmte Geisterjäger Richard Winter hier ist und zu ermitteln begonnen hat.« Sie machte ein aufgeregtes Gesicht. »Wenn Sie also …«

»Tut mir leid, kein Interesse.« Winter wollte die Türe wieder schließen, doch Blessing war schneller und drückte sich an ihm vorbei in den Flur.

»Hier wohnen Sie also? Ganz schön karg.«

»Ist nur temporär, was …«

»Ist es wahr, dass ein Geist hinter den drei ungeklärten Morden steckt, die in dieser Straße begangen wurden?«

»Hören Sie, ich …«

»Ach, kommen Sie schon.« Sie trat etwas näher an ihn heran, so dass er ihr Parfum riechen konnte. Es roch nach Erdbeere. »Ich mach doch nur meinen Job. Ich muss über diesen Fall berichten. Sie sind doch sicher auch froh, wenn die Leute, die Sie befragen, mit Ihnen sprechen, oder?«

»Ja, aber ich kann Ihnen noch nicht viel sagen und …«

»Nicht viel reicht mir völlig«, strahlte sie, »also?«

»Sie wissen vermutlich ebenso viel wie ich«, sagte Winter ausweichend. »Drei Leute wurden ermordet, und zwar jeweils in einer Vollmondnacht. Zuvor haben die Anwohner dieser Straße Klopfgeräusche gehört und blutige Male an ihren Fenstern vorgefunden. Und gestern wurde ein Hund ermordet.«

»Ein Hund? Wollen Sie mich auf den Arm nehmen?«

»Ich kann's mal versuchen, wenn Sie wollen.«

»Was?«

»Vergessen Sie's. Aber die Sache mit dem Hund ist tatsächlich wahr.«

»Na dann, wenn Sie es sagen. Wie schätzen Sie die Situation ein? Denken Sie, es könnte sich tatsächlich um einen Geist handeln?«

Winter zuckte mit den Schultern. »Es ist noch zu früh, um dies zu bestätigen oder zu verneinen.«

»Na, kommen Sie schon, eine kleine Prognose vielleicht?«

»Also schön. Ja, ich halte es für möglich.«

»Wunderbar! Und was werden Sie nun unternehmen?«

»Unternehmen? Ich glaube, ich versteh nicht …«

»Nun, morgen ist Vollmond. Showtime!« Sie grinste.

»Showtime? Sagen Sie mal, halten Sie das alles für einen Witz? Für eine Show? Drei Menschen sind gestorben und viele weitere vielleicht in Gefahr. Ich glaube, es ist besser, wenn Sie jetzt gehen.«

»Nein, entschuldigen Sie, das war doch nur so daher gesagt, ich …«

»Gehen Sie jetzt.«

»Beantworten Sie bitte nur noch meine letzte Frage: Was unternehmen Sie bezüglich der bevorstehenden Vollmondnacht?«

»Wir werden versuchen, die Anwohner zu beschützen.«

»Wir? Wer ist wir?«

»Auf Wiedersehen, Frau Blessing!«

Er drängte sie hinaus, schloss die Türe hinter ihr und atmete tief ein und aus.

›Presse!‹

Dann ging er zurück zum Frühstückstisch, wo Michael ihn mit einem breiten Grinsen erwartete.

»Die hat's dir gezeigt, was, Onkel?«

»Die hat's mir gezeigt? Spinnst du? Ich glaube, es war umgekehrt. Schließlich habe ich sie rausgeworfen.«

»Ja, nachdem du ihr viel mehr erzählt hast, als du eigentlich wolltest.«

»Ich …« Michael hatte Recht. Er hatte ihr überhaupt nichts sagen wollen und nun hatte er ihr viel mehr gegeben als gut war. Er sah schon die morgige Schlagzeile vor sich: *Geisterjäger Winter bestätigt Spuk in Dorum!*

›Verflucht!‹

Als sie sich nach dem Frühstück am Empfang des Rathauses meldeten, hieß die Dame, die Winter bereits bei seinem ersten Besuch begrüßt hatte, sie mit einem aufgesetzten Lächeln kurz in einem kleinen Wartezimmer Platz zu nehmen.

Sie setzten sich und Winter ging in Gedanken noch einmal alles durch, was er bisher hatte in Erfahrung bringen können, um es Krause zu erzählen.

Seine Gedanken wurden unterbrochen, als im angrenzenden Büro laute Stimmen zu hören waren. Winter und Michael sahen sich kurz irritiert an. Ganz offensichtlich stritten sich zwei Männer lautstark. Die eine Stimme konnte er als diejenige Krauses identifizieren. Die zweite kam ihm zwar bekannt vor, ohne dass er sie jedoch jemandem zuordnen konnte. Leider konnte er kein Wort verstehen, weshalb er sich, neugierig geworden, erhob und näher an die Verbindungstüre herantrat.

»Onkel!«, zischte Michael und sah sich um, »vielleicht …«, doch Winter unterbrach ihn mit einer ungeduldigen Handbewegung und bedeutete ihm, still zu sein.

»… bin nicht einverstanden …«, verstand Winter von der Stimme, die er nicht hatte identifizieren können, der Rest war zu leise, als dass er es verstehen konnte.

»… was ich sage!«, hörte er Krause wütend entgegnen, doch auch hier verstand er nur Wortfetzen.

Der andere antwortete etwas, und obschon Winter die Worte nicht verstehen konnte, so erkannte er doch den Tonfall – und der war eindeutig drohend. Dann konnte er das Wort »genug« ausmachen, ehe die Türe aufflog und Polizist Franke heraustrat. Er blieb erstaunt stehen, als er Winter bemerkte.

»Haben Sie etwa gelauscht?« Franke zog die Stirn in Falten und Winter beeilte sich, den Kopf zu schütteln.

»Nein, aber das war auch nicht nötig, die Lautstärke ihres Gesprächs war unmissverständlich. Doch keine Angst, die Türe dämpft gut, ich konnte nicht verstehen, um was es in ihrem Streit ging. Doch es interessiert mich auch nicht, denn es geht mich nichts an.«

Franke sah ihn misstrauisch an, doch ehe er etwas sagen konnte, trat Krause an seine Seite. Dessen ärgerliche Miene hellte sich auf, als er Winter sah.

»Herr Winter! Michael! Kommt herein, kommt herein.« Er streckte Winter die Hand hin und dieser schüttelte sie, während Franke ihn noch einen Moment lang mit zusammengekniffenen Augen musterte, ehe er ging.

»Tut mir leid, dass Sie Zeuge dieses Streits werden mussten. Herr Franke war nicht einverstanden mit meiner Bitte, mit euch zusammenzuarbeiten und euch Zugang zu all seinen bisherigen Ermittlungen zu gewähren. Er hält leider nicht gerade viel von privaten Ermittlern, aber keine Angst, ab jetzt werden die beiden euch keine Steine mehr in den Weg legen – im Gegenteil.«

Er lächelte etwas gequält und Winter erkannte, dass die Sache wohl mitnichten bereits gegessen war. Winter zweifelte sehr stark daran, dass Franke und Jansen wirklich kooperieren würden. Doch nun hatte er ja Schäfer auf seiner Seite. Sie würde die beiden Polizisten schon dazu bringen zu reden.

Krause führte Winter und Michael in sein Büro, setzte sich hinter seinen Schreibtisch und bedeutete ihnen, davor Platz zu nehmen. Dann erzählte Winter dem Bürgermeister, was sie kürzlich hatten in Erfahrung bringen können.

»Wussten Sie von dem Vorfall mit dem Fremden und den vier Angreifern?«, fragte er ihn, als er seine Erzählung beendet hatte.

Krause schüttelte den Kopf. »Schade, ist Franke gerade raus! Da sind mir einige Leute aber ein paar Erklärungen schuldig.« Er stand auf und tigerte aufgebracht im Büro umher. »Das ist ungeheuerlich! Und das in meiner Gemeinde! Ohne, dass ich es weiß! Ich kann es immer noch nicht glauben. Wenn ich's nicht besser wüsste, würde ich glauben, Sie wollten mir einen Bären aufbinden.« Er sah Winter aufmerksam an, schüttelte aber gleich wieder den Kopf und ging weiter hin und her, so dass es Winter beim Zusehen fast schwindlig wurde.

»Diese Geschichte würde die ganze Geistertheorie untermauern, nicht wahr?«, fragte er dann und hielt einen Moment inne.

Winter wog erst den Kopf hin und her, schließlich nickte er zögernd. »Ich habe mich lange gefragt, womit wir es hier überhaupt zu tun haben. Ist es wirklich ein übernatürliches Phänomen? Oder ist es vielleicht nur inszeniert und wir haben es mit einem perfiden Mörder zu tun? Einen Beweis haben wir noch nicht, doch wenn wir es wirklich mit etwas

Übernatürlichem zu tun haben, was ist es dann? Ist es ein Geist? Oder ein Dämon? Ein Wiedergänger?«

»Ein … Wiedergänger?« Krause wurde blass. »Das … die gibt's doch nur in Geschichten.«

»So wie Geister?«

Der Bürgermeister wurde noch blasser und machte den Mund auf, doch Winter ließ ihn gar nicht erst zu Wort kommen.

»Wissen Sie, das Phänomen, das die Hagenorder Straße heimsucht, beinhaltet Faktoren, die auf vielerlei Wesen hindeuten könnten. Haben Sie zum Beispiel schon einmal vom Onryō gehört?«

»Onryō?« Krause schien immer weniger zu verstehen. »Was soll das denn nun wieder sein?«

»Der Onryō ist ein Rachegeist aus der japanischen Mythologie. Es handelt sich dabei um die Seele eines Verstorbenen, der einen qualvollen Tod, zum Beispiel durch einen Mord, erlitten hat. Der Rachedrang dieses Geschöpfs ist so groß, dass es nicht ins Jenseits übertreten kann. Dieser Geist kann das Aussehen des Verstorbenen annehmen und handgreiflich werden. Ihm werden zudem poltergeistliche Aktivitäten zugeschrieben.«

»Und was genau wollen Sie mir damit sagen?«

»Ich will damit sagen, dass es nicht so sehr eine Rolle spielt, wie wir unser Problem benennen – entscheidend ist, dass wir nichts unversucht lassen, den Mörder zu fangen oder das übernatürliche Phänomen zu vertreiben. Dass wir uns auch der Überlieferungen der verschiedenen Mythologien bedienen und aufgeschlossen genug sein müssen, um auch unkonventionelle Dinge auszuprobieren.«

Krause nickte.

»Auf jeden Fall. Egal was, wenn die Chance besteht, diese schreckliche Mordserie damit zu beenden, bin ich dabei. Haben Sie denn schon Ideen, was helfen könnte?«

»Nun, bislang kann ich nur Vermutungen anstellen, da ich noch zu wenig weiß, aber wahrscheinlich kann dieser … nennen wir ihn mal Geist, nicht eher zur Ruhe kommen, als bis er alle Schuldigen umgebracht hat, und damit sind offenbar nicht nur die Täter, sondern auch die Zeugen gemeint, die einfach dagestanden und zugeschaut haben.«

»Ja, aber … Kann man denn nichts dagegen tun? Kann man dies denn gar nicht verhindern?«

Winter zuckte mit den Schultern. »Wie ich Ihnen vorhin dargelegt habe, könnte es sich bei diesem Phänomen um verschiedene Wesensarten handeln. Es gibt je nach Legende unterschiedliche Möglichkeiten, wie man solche Wesen erlösen kann. Nehmen wir mal den Onryō als Beispiel: Bei dieser Kreatur soll es helfen, wenn man eine Art Totenmesse für sie abhält und einen Schrein zu ihren Ehren errichtet. Bei erfolgreicher Prozedur soll sich der Onryō hernach in einen sogenannten Goryō verwandeln, ein *Erlauchter Totengeist*. In unserer Kultur hingegen gibt es den Exorzismus, mit dem man Dämonen, die Orte, Gegenstände oder Lebewesen befallen haben, austreibt. Dies dürfte in unserem Fall nichts nützen, da wir nichts Konkretes haben, das wir exorzieren könnten. Dann gibt es solche, die aufs Salzstreuen schwören, das vor bösen Geistern schützen soll. Und wiederum andere meinen, man müsse mit dem Geist kommunizieren und ihn bitten, zu gehen.«

»Was schwierig sein dürfte, wenn er einem mit einer Stange zu Tode prügelt«, meinte Krause.

»Auf jeden Fall. Eine weitere gängige Methode wäre das Verbrennen des Leichnams. Dies soll die Bindung, die der Geist zur Erde hat, vernichten und ihn damit erlösen. Und im vorliegenden Fall könnte es auch helfen, wenn man die Mörder des Fremden überführen und hinter Gitter bringen könnte. Vielleicht wäre es so möglich, den Geist zu besänftigen und seiner Seele Frieden zu verschaffen.«

»Nur haben wir weder Leiche noch Mörder«, meinte Krause nachdenklich. »Was schlagen Sie also vor?«

»Ich schlage vor, alles Erdenkliche auszuprobieren, um diesen Geist daran zu hindern, weitere Menschen zu ermorden. Auch wenn es vielleicht zuweilen Maßnahmen sind, die nach außen hin etwas seltsam anmuten. Der überfallene Mann stammte aus dem arabischen Raum, war also wahrscheinlich Moslem. Es wäre aber auch möglich, dass er Christ war oder Jude. Ich nehme nicht an, dass es möglich ist, hier in Dorum auf die Schnelle ein islamisches Begräbnis zu organisieren?«

Krause zog die Augenbrauen hoch und schüttelte den Kopf.

»Dann würde ich konkret einen Geistlichen eine christliche Totenmesse für den Fremden in der Kirche Dorum abhalten lassen, inklusive der Beisetzung eines leeren Sarges in einem namenlosen Grab. Können Sie das organisieren?«

Krause nickte. »Ich werde gleich nachher mit dem Pfarramt Kontakt aufnehmen und alles in die Wege leiten.«

»Ich habe mal gelesen, dass die Methode des Räucherns gegen Geister schützen soll«, brachte sich Michael zögernd ein. »Wir könnten doch in der Mehrzweckhalle, wo wir die Leute unterbringen, so was einrichten?«

Winter sah ihn zögernd an, doch schließlich nickte er.

»Guter Vorschlag, Michael. Ich habe zwar keine Ahnung, ob an diesem Räuchern wirklich was dran ist, aber wir sollten nichts unversucht lassen. Ich werde alles organisieren, was dazu nötig ist. Und natürlich müssen wir weiter nach den Tätern und der Leiche suchen – so es sie denn überhaupt gibt. Es bleibt uns nichts anderes übrig.«

»Ja«, murmelte Krause nachdenklich. »Wir müssen weitersuchen. Weitersuchen.«

17

Ein eisiger Wind ließ Winter seinen Mantelkragen hochschlagen, als er zusammen mit Anja Schäfer auf Kleins Haus zuging. Es dämmerte bereits und der Vollmond stand groß und rund über ihnen am Himmel.

»Und?«, fragte Schäfer, »denken Sie, dass dieser … Gottesdienst das Problem gelöst hat?«

»Ich habe keine Ahnung. Und um ehrlich zu sein – ich bezweifle es genauso wie Sie.«

Krause hatte Wort gehalten. Vor wenigen Stunden hatte der Pastor der Kirchengemeinde Dorum eine Totenmesse für den namenlosen Fremden abgehalten und diesen hernach in einem namenlosen Grab beigesetzt. Winter hatte der Zeremonie zusammen mit Michael und dem Bürgermeister beigewohnt.

»Aber so oder so war's den Versuch wert. Wir müssen uns an jeden Strohhalm klammern, der uns zur Verfügung steht, wenn wir nicht noch mehr Tote wollen.«

Schäfer nickte. »Da gebe ich Ihnen Recht, aber … das ganze Brimborium: Totenmesse, Räucherwerk, Evakuierung der Betroffenen … Ich glaube nicht, dass uns irgendwas davon wirklich weiterhilft.«

»Warum haben Sie dann zugestimmt, die Leute in der Mehrzweckhalle unterzubringen?«

»Wie Sie schon sagten: Man darf nichts unversucht lassen, aber … Ich persönlich glaube, dass der Täter – wenn er sieht, dass die Opfer nicht in ihren Häusern sind – von seinem Muster abweichen und sie in einer anderen Nacht umbringen wird.«

»Sie denken also, es handelt sich bei dem Mörder um eine lebende Person?«

»Natürlich. Solange Sie mir nicht das Gegenteil beweisen können …«

»Nun, vielleicht kann ich das in Bälde, wer weiß?«

»Wohl kaum.«

»Haben Sie schon mit Franke, Jansen und Dreyer gesprochen?«

Schäfer verneinte. »Ich habe sie für morgen Nachmittag vorgeladen. Krause hat mich darum gebeten, bis morgen damit zuzuwarten, da er die Hilfe der beiden Polizisten benötigte, um die Evakuierung vorzubereiten.«

Krause hatte zusammen mit Franke und Jansen die letzten beiden Tage damit zugebracht, einerseits die Einwohner der Hagenorder Straße von Michaels Plan zu überzeugen, die Vollmondnacht gemeinsam unter Polizeischutz in der Heinz-Pache-Halle zu verbringen, und andererseits die Mehrzweckhalle dafür herzurichten. Bis auf einen waren alle Einwohner einverstanden gewesen.

Sie erreichten Kleins Haus und Winter klingelte. Es dauerte eine Weile, ehe die Türe einen Spalt breit aufgemacht wurde und das hagere, verärgerte Gesicht Kleins erschien.

»Ich sagte doch, ich habe keine Lust, mich diesem verängstigten Pack anzuschließen«, fuhr er sie unfreundlich an.

»Das wissen wir, Herr Klein«, sagte Schäfer mit einer Stimme, als versuche sie, einen rasenden Pitbull zu beruhigen.

»Was wollen Sie dann?«

»Wir wollten Sie fragen, ob wir vielleicht diese Vollmondnacht in Ihrem Haus verbringen dürften«, fuhr sie ruhig fort.

»In meinem Haus? Sind Sie von allen guten Geistern verlassen? Weshalb sollte ich ausgerechnet Sie reinlassen?«

»Wir möchten nur helfen«, stieg Winter ein, »wir möchten zur Stelle sein, falls … falls etwas passieren sollte.«

»Mehr als bereits passiert ist, kann nicht mehr geschehen.« Kleins Stimme wurde etwas ruhiger und eine tiefe Trauer schwang nun darin mit. »Er kann mir nicht mehr nehmen, als er mir bereits genommen hat. Wenn er mir auch noch mein Leben nehmen will … dann soll es wohl so sein. Weder werde ich mich in irgendeiner Halle verkriechen noch mich zur Wehr setzen.«

»Möchten Sie denn gar nicht, dass das alles aufhört?«, fragte Schäfer.

Klein lachte humorlos auf. »Es wird nie aufhören. Nie! Ich gebe Ihnen einen Rat, Frau Polizistin: Verschwinden Sie, so lange Sie es noch können.« Damit knallte er ihnen die Türe vor der Nase zu.

»Das lief nicht gerade so, wie ich es mir vorgestellt hatte«, sagte Schäfer stirnrunzelnd.

»Also, meiner Vorstellung von diesem Besuch entsprach es so ungefähr zu hundert Prozent«, meinte Winter schulterzuckend und deutete auf das Haus auf der anderen Seite der Straße, das er seit einigen Tagen bewohnte. »Plan B?«

Winter schenkte den dampfenden Kaffee in zwei Tassen ein und ging dann damit vorsichtig ins Wohnzimmer, wo Schäfer auf dem schmuddeligen Sofa Platz genommen hatte.

»Alle Achtung«, sagte sie grinsend, als er ihr die Tasse reichte, »Michael hat es tatsächlich geschafft, Kaffee zu besorgen?«

»Da staunen Sie, was? Und ich habe noch viel mehr!« Er holte die Einkaufstüte, die im Gang stand, und zauberte zwei Fertigpizzen daraus hervor. »Hunger?«

Sie nickte und schlürfte vorsichtig am Kaffee. »Ja, ich glaube, ich könnte einen Happen vertragen.«

Winter ging in die Küche, warf den Ofen an, packte die Pizzen aus und legte sie auf die Bleche, ehe er zurück ins Wohnzimmer ging und sich gegenüber Schäfer auf einen Campingstuhl setzte.

»Sie dürfen sich ruhig neben mich aufs Sofa setzen, Herr Winter«, sagte sie spöttisch und deutete mit der Hand auf den freien Platz neben ihr, auf dem ein großer, hässlicher Fleck prangte.

»Hm … dreckige Hosen und dafür eine reizende Sitznachbarin oder saubere Hosen und ein harter Campingstuhl.« Er erhob sich. »Die Hosen gehören eh in die Wäsche«, grinste er und setzte sich neben sie.

»Und wie nahm Michael seine Versetzung in die Mehrzweckhalle auf?«

Winter zuckte mit den Schultern. »Er wäre lieber hier bei uns geblieben, doch ich habe ihm gesagt, dass es wichtig ist, dass ich meine Augen sowohl hier als auch dort habe … Das hat ihn dann doch überzeugt.«

»Vermutlich ging es Ihnen mehr um seine Sicherheit, habe ich Recht?«

»Ihnen kann man wohl nichts vormachen, Frau Schäfer«, grinste Winter. »Sind Sie schon lange bei der Polizei?«

Sie wiegte den Kopf hin und her. »Gut zwölf Jahre. Davor habe ich mich als Tennisspielerin versucht, aber eine Verletzung brachte meine Karriere zum Stillstand.« Sie zuckte mit den Schultern.

»Tennisspielerin?«, fragte Winter erstaunt. »Also, so richtig professionell?«

Sie lachte. »Na ja, fast. Ich hab's leider nie in die Top 100 geschafft. Die Auslagen waren meist höher als das verdiente Preisgeld. Aber mein Coach meinte, dass ich das Potenzial hätte, es ganz nach vorne zu schaffen. Einmal durfte ich sogar den Fed Cup spielen. Aber dann machte mir meine Schulter Probleme. Sie war ständig entzündet von der starken Belastung, und schließlich musste ich meine Karriere beenden.«

»Schade. Aber irgendwie auch gut, sonst wären Sie heute nicht Polizistin und könnten diesen hervorragenden Kaffee nicht genießen.« Er grinste.

»Da haben Sie auch wieder Recht. Was ist mit Ihnen? Wie ist aus Ihnen ein … Geisterjäger geworden?«

»Ich bin kein Geisterjäger, ich bin Privatdetektiv.«

»Entschuldigen Sie, ich wollte Sie nicht beleidigen, ich …«

»Das haben Sie nicht, keine Angst. Ich … war früher Kriminalkommissar wie Sie.«

Schäfer zog erstaunt die Augenbrauen hoch. »Wo denn?«

»In Bremen.«

»Und … was hat Sie dazu bewogen, Ihre Karriere an den Nagel zu hängen?«

Winter seufzte. »Ich … ich hatte eine … sagen wir mal, etwas eigenwillige Ermittlungsmethode. Aber das ist eine lange Geschichte.«

»Macht doch nichts. Wir haben ja noch ein paar Stunden bis Mitternacht.«

»Na schön. Meine Eltern sind gestorben, als ich noch ein Kind war.«

»Oh, das tut mir leid.«

»Das muss es nicht. Ist schon eine Weile her. Jedenfalls bin ich beim besten Freund meiner Eltern aufgewachsen, bei Ben. Er war … offen für Übersinnliches und hat gependelt, Gläser gerückt, Karten gelegt und dergleichen. Das erste Mal habe ich dann mit zwölf selbst gependelt. Ich war in ein Mädchen aus der Parallelklasse verknallt, Sophia.« Winter schmunzelte, als er an sie zurückdachte. »Sie hatte kurze schwarze Haare, was sie von den meisten anderen Mädchen, die alle lange Haare hatten, abhob. Ich weiß noch, dass ich das ziemlich cool fand. Sie hatte eine kleine Stupsnase und spielte gerne Schach – wie ich. Ich habe mich jedoch nicht getraut, sie zu fragen, ob sie mit mir gehen will, und das habe ich Ben erzählt.

›Warum traust du dich nicht, sie zu fragen?‹, wollte er wissen.

›Weil ich Angst habe, dass sie Nein sagt‹, antwortete ich.

Er lachte, dann ging er in sein Büro und kehrte mit einer kleinen Schatulle zurück.

›Ich glaube, es ist an der Zeit, dir das Pendeln beizubringen, Junge‹, sagte er und grinste verschmitzt. Er öffnete die Schatulle und holte ein schlichtes Pendel hervor. ›Das hat meiner Frau gehört. Es soll nun an dich übergehen.‹

Er zeigte mir, wie's funktioniert, und ich fragte das Pendel, ob Sophia auf meine Frage mit Ja oder Nein antworten würde.« Winter hielt inne und schmunzelte erneut. Vor seinem inneren Auge sah er Ben, wie der – sein eigenes Pendel in der Hand – vorzeigte, wie man richtig pendelte und was man dabei beachten musste.

»Und? Was hat das Pendeln ergeben?« Schäfer musterte ihn neugierig.

»Es hat Ja gesagt. Am nächsten Tag bin ich zu Sophia und habe sie gefragt, ob sie mit mir gehen wolle – und das Pendel hatte Recht. Wir waren fast zwei Jahre zusammen, was eine beachtliche Zeit ist, wenn man unser Alter bedenkt. Danach habe ich angefangen, alles Mögliche auszupendeln. Und später habe ich diese Tätigkeit auch in meinen Ermittlungen als Kriminalkommissar eingesetzt bis …« Er brach ab und seufzte erneut.

»Sie müssen nicht weitererzählen, wenn Sie nicht wollen«, meinte sie, »das ist schon in Ordnung.«

»Nein. Ich schäme mich mittlerweile nicht mehr dafür. Meine Vergangenheit ist Teil meines Lebens. Sie gehört zu mir und hat aus mir den gemacht, der ich heute bin. Die kurze Version der Geschichte ist: Das Pendel hat mich in die Irre geführt. Es hat mich zu einer falschen Entscheidung bewogen, die dazu geführt hat, dass ein kleines Mädchen gestorben ist. Ein Mädchen, das entführt worden ist und das ich hätte befreien sollen. Das hat mich schlussendlich auch völlig zu Recht meinen Job und meine Freundin gekostet.«

»Oh, ich konnte ja nicht ahnen, dass … Das tut mir so leid, Herr Winter!« Schäfer legte ihm mitfühlend ihre Hand auf den Arm. Sie fühlte sich warm an und spendete ihm auch tatsächlich etwas Trost.

Winter atmete einmal tief ein und aus. »Das ist schon o. k. Ich habe mich mittlerweile wieder gefangen und aufgerafft, nachdem ich die letzten sechs Jahre nur so dahinvegetierte. Der Wendepunkt war dieser Fall vor einem halben Jahr.«

»Die Akte Harlekin«, meinte Schäfer, »ich habe davon gelesen. Sagen Sie, wie kommt es, dass Sie diese … übernatürlichen Fälle lösen können, Fälle, bei denen alle anderen versagen? Haben Sie irgendwelche … übersinnlichen Fähigkeiten?«

Winter lachte. »Nein, ich habe keine besonderen übersinnlichen Fähigkeiten, sieht man einmal von meinem Wissen und meinen Erfahrungen mit einigen okkulten Praktiken ab. Das Einzige, was mich von anderen abhebt und mich eher dazu befähigt, solche Fälle zu lösen, ist, dass ich im Gegensatz zu den meisten Leuten wirklich an all diese Phänomene glaube.«

Schäfer nickte nachdenklich. »Verstehe. Nun, dann bin ich froh, dass ich Sie an meiner Seite habe, denn ich glaube nicht an Geister und dergleichen. Zumindest noch nicht. Aber ich lasse mich in der Regel gerne eines Besseren belehren. Auch wenn ich es in diesem speziellen Fall eher vorzöge, dass Sie sich irren und wir es nicht wirklich mit einem Geist zu tun haben.«

»Nun, ich glaube, heute Nacht werden wir die Wahrheit erfahren.«

Sie nickte und wurde sich wohl plötzlich bewusst, dass ihre Hand immer noch auf seinem Unterarm lag, denn sie zog sie rasch zurück und fragte: »Und wie ist es mit Sport? Treiben Sie Sport?«

Winter nickte. »Fernschach.«

»Fernschach?« Sie lachte. »Sie nehmen mich auf den Arm.« Als er den Kopf schüttelte, runzelte sie verwirrt die Stirn. »Sie meinen das ernst? Schach ist doch kein Sport.«

»Technisch gesehen schon. Klar verausgabt man sich nicht körperlich, dafür ist man geistig umso mehr gefordert. Spielen Sie Schach?«

Sie schüttelte den Kopf. »Hab's nie versucht, aber vielleicht bringen Sie es mir ja bei? Zeit genug hätten wir jedenfalls.« Sie sah auf die Uhr. »Bis Mitternacht bleiben noch sechs Stunden. Genug Zeit vor der Geisterjagd, ein neues Spiel zu lernen.« Sie sah ihn lächelnd an, und er nickte langsam.

»Also gut. Ich bringe es Ihnen unter einer Bedingung bei.«

»Und die wäre?«

»Sie gehen mit mir Tennis spielen.«

Sie legte ihre Stirn in Falten, dann lachte sie. »Einverstanden. Aber beklagen Sie sich dann nicht, wenn Ihnen die Bälle um die Ohren fliegen.«

»Käme mir nicht im Traum in den Sinn.«

»Schachmatt!«

Schäfer fluchte und lehnte sich auf der Couch zurück. »Mist, schon wieder.«

»Sie schlagen sich gut, Frau Schäfer«, meinte Winter und begann, die Figuren auf ihre Anfangsposition zurückzustellen. »Sie lernen schnell.«

»Können Sie mich nicht einfach mal gewinnen lassen?«

»Wo wäre denn da der Spaß? Wollen Sie noch eine Runde?«

Bumm, bumm, bumm.

Sie erstarrten. Winter sah auf die Uhr. Es war bereits zehn Minuten nach Mitternacht. Er hatte gar nicht bemerkt, wie die Zeit verflogen war. Erst hatten sie Pizza gegessen und sich noch etwas unterhalten, dann hatte Schäfer ihn erneut gebeten, ihm das Spiel beizubringen, und so hatte er sein Reiseschach hervorgeholt und ihr die Regeln erklärt, ehe sie einige Partien gespielt hatten. Eigentlich hatte er vor Mitternacht noch eine Stunde schlafen wollen.

Bumm, bumm, bumm.

Sie sprangen beide gleichzeitig hoch. Schäfer zog ihre Dienstwaffe und schloss für einen kurzen Moment die Augen, wohl um das Klopfen zu orten. Es klang, als ob jemand mit einem metallenen Gegenstand gegen eines der Fenster hämmern würde. Winter legte den Kopf schief und lauschte ebenfalls. Beim ersten Schlag hatte er das Gefühl gehabt, das Geräusch käme von rechts, beim zweiten jedoch hätte er schwören können, dass es von links gekommen war.

»Soviel zu Ihrer Totenmesse«, knurrte Schäfer angespannt.

Bumm, bumm, bumm.

Diesmal kam es eindeutig von vorne. Schäfer und Winter setzten sich beinahe gleichzeitig in Bewegung und hasteten zur Haustür. Schäfer erreichte sie einen Moment vor Winter, riss sie auf, die Pistole schützend vor sich ausgestreckt. Doch da war niemand. In einer fließenden Bewegung zog sie ihre Taschenlampe, knipste sie an und schlüpfte in die Finsternis hinaus. Winter zog seine Taschenlampe – wesentlich weniger elegant – und folgte ihr. Schäfer war rechter Hand der Häuserwand entlang verschwunden, weshalb Winter sich nach links wandte. Dem Lichtschwert eines Jediritters gleich zerteilte der Strahl seiner Taschenlampe bodennahe Nebelschwaden in der Dunkelheit.

Bumm, bumm, bumm.

Das Geräusch kam nun eindeutig von vorne, er war auf dem richtigen Weg! Winter bog um die Ecke und schlich weiter an der Hauswand entlang. Noch war nichts zu sehen. Er erreichte den Wintergarten und schlich so leise wie möglich darum herum. Er ließ den Strahl seiner Taschenlampe über die bodenhohen Fenster schweifen und wich erschrocken zurück. Auf dem mittleren Fenster des Wintergartens prangten auf Kopfhöhe zwei rote Male, ein jedes mit fünf längeren Auswüchsen – eindeutig Handabdrücke. Das Blut musste noch ganz frisch sein, denn die Abdrücke verliefen langsam und perlten in langen Schlieren nach unten.

Er hörte, wie jemand hinter ihm erschrocken den Atem anhielt und drehte sich um. Schäfer stand hinter ihm, die Taschenlampe auf die blutenden Male gerichtet.

»Nichts?«, fragte er und sie schüttelte den Kopf.

»Ich habe niemanden gesehen. Was nun?«

Winter machte ihr ein Zeichen, still zu sein, und sagte in die Stille hinein: »Ich grüße dich.«

Schäfer sah ihn verwirrt an und er kam sich dabei selbst albern vor, doch er durfte nichts unversucht lassen.

»Was willst du von uns? Wie können wir dir helfen?«, fuhr er fort.

Schäfer schüttelte ungläubig den Kopf. »Sie wollen doch nicht …?«

Winter unterbrach sie mit einer herrischen Geste und lauschte. Erst war es noch einen Moment lang totenstill, doch dann erklang das Geräusch erneut.

Bumm, bumm, bumm, bumm … bumm, bumm.

»Finden Sie nicht auch, dass sich der Rhythmus und die Anzahl der Klopfgeräusche verändert hat?«, fragte Winter

Schäfer leise. »Achten Sie sich beim nächsten Klopfen bitte darauf. Ich glaube, er will uns damit etwas mitteilen.«

»Ernsthaft?« Schäfer sah ihn an, als hätte er den Verstand verloren. »Sind Sie übergeschnappt?«

»Es könnte doch sein, dass …«

Bumm … bumm.

»Das hat definitiv anders geklungen als zuvor«, sagte Winter erregt.

»Das kann Zufall sein«, meinte Schäfer skeptisch.

»Vielleicht. Vielleicht aber auch nicht. Es könnte …« Plötzlich durchfuhr es ihn wie ein Blitz. »Morsezeichen! Das sind Morsezeichen. Nach meiner Frage hat er …« Er versuchte, sich an den genauen Rhythmus des Klopfens zu erinnern. »Es waren drei kurze, ein langes und zwei kurze oder aber ein kurzes, und ein langes Signal. Beim letzten Klopfen kann man nicht genau sagen, ob es lang oder kurz ist, aber bei den anderen …«

»Das kann nicht sein«, sagte Schäfer verwirrt, »das wäre das Zeichen für ein Verkehrsende …«

»Sie haben recht, das ergibt keinen Sinn.«

»Was, wenn es der Klopfcode ist?«, schlug Schäfer plötzlich aufgeregt vor, »den Code, den man vor allem in Gefangenenlagern benutzte, um über Heizungsrohrsysteme Botschaften zu übermitteln?«

»Das ist doch der Code mit der Matrix, die aus fünf vertikalen und fünf horizontalen Feldern besteht, die durch eine kurze Pause voneinander abgegrenzt werden?« Winter runzelte die Stirn und versuchte sich an das Aussehen der Matrix zu erinnern. »Das könnte tatsächlich sein! Sie sind brillant, Frau Schäfer! Dann wären es beim ersten Klopfen vier und zwei Klopfgeräusche gewesen … Das wäre

… ach, verdammt, ich kannte den Code mal auswendig, aber …«

»Ich glaube, das wäre ein W oder ein R, ich bin mir nicht ganz sicher«, meinte Schäfer.

Winter nickte beeindruckt. »Und das zweite Geräusch bestand aus einem Klopfen vor und nach der Pause.«

»Das muss ein A sein.«

Bumm … bumm, bumm, bumm.

»Eins, Pause, drei«, sagte Winter erregt.

Schäfer überlegte kurz. »Ich glaube, C.«

Bumm, bumm … bumm, bumm, bumm.

»H«, sagte Schäfer aufgeregt.

»Wach …«, überlegte Winter, als er die Buchstaben zusammensetzte, »oder Rach …«

Bumm … bumm, bumm, bumm, bumm, bumm.

»Das ist ein E«, sagte Schäfer.

»Wache oder …«

»… Rache«, sagte Schäfer und Winter fuhr es kalt über den Rücken, »es heißt Rache! Aber wie kann das …«

»Scheiße«, entfuhr es Winter, als es ihm plötzlich wie Schuppen von den Augen fiel. »Herr Klein!«

Er sah Betroffenheit in ihren Augen aufblitzen. »Mist, den hatte ich ganz vergessen!«

Sie hasteten los, durchquerten Winters neuen Garten und rannten über die Straße auf Kleins Haus zu. Im ganzen Haus brannte Licht. Winter stürmte die kleine Treppe hoch, die auf die Türe zu führte und polterte dagegen.

»Herr Klein!«, brüllte er, »machen Sie auf!«

Wieder polterte er dagegen, aber es machte ihm niemand auf. Er drückte die Klinke hinunter, doch es war abgeschlossen.

»Ich geh rundherum«, sagte Schäfer und verschwand rechterhand in der Dunkelheit. Winter klopfte noch ein paarmal, dann begann er, wie zuvor bei seinem Haus, dasjenige von Klein linkerhand zu umgehen.

Bumm, bumm, bumm.

Winter erstarrte. Nun erklang das Klopfen auch bei diesem Haus. Das hätte ihn eigentlich nicht weiter überraschen sollen, dennoch tat es dies. Wie konnte der Urheber dieses Geräuschs gleichzeitig hier und bei seinem Haus sein?

Vorsichtig ging er weiter. Auch dieses Haus hatte auf der Rückseite bodenlange Fenster, durch die man in das hell erleuchtete Wohnzimmer sehen konnte. Winter legte die Hände an eines der Fenster und spähte ins Innere. Was er sah, ließ ihn erschrocken zurücktaumeln.

Das durfte nicht wahr sein!

18

Rosa Hermann rümpfte die Nase. Das Räucherwerk aus weißem Salbei erfüllte die Halle mit einem penetranten Geruch, der sie unangenehm an Urin erinnerte.

›Seltsam, dabei mag ich sonst Salbei sehr gerne.‹

In der Mitte der Mehrzweckhalle stand eine feuerfeste Räucherschale und Michael, der Praktikant des Privatdetektivs, saß davor, ein Red Bull in der einen und einen Fächer in der anderen Hand, und wedelte ab und zu damit vor der Schale herum, um den Rauch in der großen Halle zu verteilen.

Natürlich hatte sie den Plan von diesem attraktiven Privatdetektiv und seinem Gehilfen anfangs für gut befunden. Alle gefährdeten Anwohner in der risikoreichen Nacht in einer großen Halle zusammenzutrommeln und von der Polizei bewachen zu lassen, damit nicht noch ein weiteres Unglück geschehen konnte, hatte logisch und vernünftig geklungen. Doch mittlerweile fand sie die Idee nicht mehr ganz so gut. Die große Mehrzweckhalle, die aus roten Ziegelsteinen erbaut war und ein Satteldach hatte, war zwar beheizt und geräumig, doch eigentlich war sie fast zu groß. Die gut zwei Dutzend Bewohner der Hagenorder Straße kamen sich darin ziemlich verloren vor, auch wenn Richard Winter ihnen eingeschärft hatte, dass sie sich so nahe wie möglich um die Räucherschale positionieren sollten, da es schwierig war, eine so große Halle ausreichend mit Rauch zu füllen. Zumindest hatte Bürgermeister Krause dafür gesorgt, dass für jeden eine Campingliege bereitstand, doch sie konnte sich nicht vorstellen, mit ihren sechsundsiebzig Jahren auf einer Campingliege zu übernachten.

»Sind wirklich fast alle da, was?« Wagner saß ihr gegenüber an dem Tisch, auf dem ein Früchteteller mit Äpfeln, Bananen und Mandarinen stand, sowie eine Flasche Mineralwasser und eine Handvoll Becher. Er deutete mit dem Kopf in die Runde. Die meisten saßen wie sie an Tischen und unterhielten sich. In einer Ecke spielten eine Handvoll Kinder am Boden mit Fahrzeugen und Puppen. Zwei Männer lagen lang ausgestreckt auf einer Liege auf der anderen Seite des Raums und am Eingang standen zwei Polizisten Wache.

»Ja, bis auf Brandts, Herberts und Glöckners«, meinte sie, »und natürlich Markus Klein, doch das verwundert mich nicht.«

»Und die Neuen. Wie heißen sie doch gleich?« Wagner zog die Stirn in Falten.

»Weitbrecht.«

Wagner nickte. »Die haben wohl auch nichts zu befürchten.«

»Falls die Theorie Winters stimmt«, sagte sie.

»Meinst du, es ist so? Dass der … der Geist nur uns verfolgt? Uns, die wir Zeuge des … Unglücks waren?«

Rosa Hermann zuckte mit den Schultern. »Zumindest geht dieser Winter davon aus und der scheint mir einen kompetenten Eindruck zu machen. Wenn er falsch liegt, was ich nicht hoffe, dann Gnade Gott den Brandts, Glöckners, Herberts und Weitbrechts.«

»Wo ist er überhaupt, dieser Privatdetektiv? Sollte er nicht hier sein und uns überwachen?«

»Das machen doch die zwei da.« Hermann nickte mit dem Kopf in Richtung der beiden Polizisten, die sich gelangweilt unterhielten. »Zudem ist ja sein … seltsamer Praktikant da.« Sie deutete auf Michael, der auf seinem Smartphone herumdrückte und zwischendurch mit dem Fächer herumwedelte. Sie senkte ihre Stimme zu einem Flüstern und reckte sich am Tisch etwas vor. »Weißt du was? Ich glaube, das ist so ein … Grufti oder wie man dazu sagt. Ja«, bekräftigte sie sich selbst, als Wagner ein zweifelndes Gesicht machte, »schau dir mal seine Fingernägel an! Nicht einmal in meinen jungen Jahren habe ich meine Nägel derart lackiert, und er ist ein Mann und keine Frau! Und dann die Haare erst …«

»Was soll das sein, ein Grufti?«, fragte Wagner.

»Ich weiß auch nicht genau, aber ich glaube, das sind Leute, die … die irgendwie dem Tod huldigen. Schwarze Messen, Rituale und dergleichen. Wenn wir Glück haben, schützt uns seine Präsenz vor dem Geist.«

»Ach was, du redest Unsinn. Der Junge ist doch einfach in der Pubertät und probiert Dinge aus. Zugegeben, er ist ein bisschen … spezieller, als wir es früher waren, aber ihm deswegen zu unterstellen, dass er satanische Rituale und solche Dinge macht … Ich weiß nicht.«

»Ich habe nichts von satanischen Ritualen gesagt«, meinte Hermann etwas beleidigt.

»Seine Präsenz beantwortet aber immer noch nicht meine Frage, wo denn Herr Winter ist.«

Hermann zuckte mit den Schultern. »Ich könnte mir vorstellen, dass Richard Winter in der Hagenorder Straße auf der Lauer liegt und versucht, den … Übeltäter auf frischer Tat zu ertappen und zu eliminieren.«

Wagner machte große Augen und nickte ernst. »Das wär's natürlich. Haben sie denn mittlerweile rausgefunden, wer deinen Hund um die Ecke gebracht hat?«

Hermann schüttelte den Kopf und schluckte leer. »Wenn ich den erwische, der das getan hat, dann …« Sie ballte hilflos die Hände zu Fäusten. »Geist hin oder her, ich werde ihn umbringen!« Die Absurdität ihrer Aussage wurde ihr im selben Moment bewusst, doch entweder bemerkte es Wagner nicht oder er sah darüber hinweg. Sie stand auf.

»Ich geh mal kurz aufs stille Örtchen.«

Wagner nickte.

Hermann durchquerte die große Halle, ging wortlos an den beiden Polizisten vorbei und trat auf den Flur hinaus. Geradeaus lag der Haupteingang, vor dem zwei weitere Polizisten Wache standen, rechter Hand die Toiletten. Unter den argwöhnischen Blicken der Polizisten betrat sie diese und trat erstmal vor den Spiegel. Sie öffnete den Warmwasserhahn und wartete, bis das Wasser warm wurde, ehe sie sich gründlich die Hände wusch.

›Gott, wie bin ich alt geworden‹, dachte sie, als sie in den Spiegel sah. ›Ich könnte beinahe ebenfalls als Grufti durchgehen.‹ Die braungetönten, lockigen Haare, die ihr bis auf die Schultern fielen, konnten nicht über ihr Alter hinwegtäuschen, das von den vielen Falten in ihrem Gesicht verraten wurde. Sie runzelte die Stirn, was es nur noch schlimmer machte, und wandte sich rasch ab. Dann betrat sie die erste WC-Kabine, besah sich die Toilette und nickte zufrieden ob der Sauberkeit, die sie vorfand. Dennoch entnahm sie der WC-Papierrolle ächzend einige Blätter, mit denen sie die Klobrille abwischte, ehe sie sich umdrehte, ihre Hosen herunterließ und sich setzte.

Sie konnte sich noch gut an den verhängnisvollen Tag vor vier Monaten erinnern, als es passiert war: Sie hatte im Wohnzimmer ihre Kleider gebügelt, als sie den Mann verzweifelt hatte rufen hören. Rasch war sie ans Fenster getreten und hatte gesehen, wie ein verletzter Mann die Straße heruntergehumpelt kam. Sein Blick war flehend gewesen, hilflos, entsetzt, er hatte mit den Armen gewinkt und immer wieder etwas geschrien, das sie nicht verstanden hatte. Doch an der Bedeutung der Wörter hatte sie keine Zweifel gehabt. Dann hatte er plötzlich zu ihrem Haus hochgesehen und sein Blick hatte sich direkt in ihren gebohrt, obschon sie wusste, dass das eigentlich unmöglich war, denn ihre Vorhänge waren blickdicht. Trotzdem hatte sie das Gefühl, dass der Mann sie gesehen hatte.

Dennoch – sie kannte den Mann nicht, hatte ihn noch nie gesehen – es war ausgeschlossen, die Türe aufzumachen und zu ihm herauszugehen oder ihn gar hereinzulassen. Zudem hatte er wie ein Ausländer ausgesehen. Wie jemand aus dem Fernen Osten. Es hätte ja sein können, dass das seltsame Gebaren des Mannes nur ein Schauspiel war, eine Falle, um ahnungslose und gutgläubige ältere Menschen wie sie hereinzulegen. Sie malte sich in Gedanken schon aus, wie sie dem Mann die Türe öffnete und ihn hereinbat, um ihm zu helfen – und wie er kurze Zeit später über sie herfiel, um sie – im besten Fall – auszurauben. An andere, weit schlimmere Dinge wollte sie nicht einmal denken.

Nein – es gab ja schließlich genügend starke Männer in der Straße, die dem Mann helfen konnten. Der Ehemann der Lindenbaum arbeitete doch bei einer Security-Firma. Wer, wenn nicht der, war besser dafür geeignet, sich so eines anzunehmen?

Als die vier maskierten Männer hinter dem Fremden auftauchten und ihn mit ihren Eisenstangen verprügelten, schlug Hermann entsetzt die Hände vor den Mund.

Was hatte sie getan? Oder besser – was hatte sie nicht getan? Und noch wichtiger: Was sollte sie jetzt tun?

Entschlossen nahm sie ihr Telefon zur Hand und wählte die Nummer der Polizei. Doch das Besetztzeichen erklang.

Vermutlich hatte bereits jemand anderes die gleiche Idee gehabt, beruhigte sie sich.

Sie legte auf und überlegte, was sie noch tun konnte. Doch ehe sie sich zu einem Entschluss durchgerungen hatte, verschwanden die maskierten Männer wieder und ließen den Fremden bewusstlos – oder tot? – zurück. Sie wusste, dass sie spätestens jetzt hätte hinausgehen sollen, um dem Mann beizustehen, doch sie hatte Angst. Was, wenn die maskierten Männer sie sähen oder zurückkämen? Und wo war eigentlich Herr Lindenbaum, wenn man ihn mal brauchte? Wieso kam dem Mann niemand zu Hilfe? Frau Glöckner war doch Krankenschwester.

Ob sie Frau Glöckner holen sollte? Endlich rang sie sich zu einem Entschluss durch: Sie würde hinausgehen und nach dem Mann sehen. Danach würde sie den ärztlichen Bereitschaftsdienst anrufen.

Sie schlüpfte in ihre Schuhe, nahm den Mantel vom Haken und legte ihn sich um. Dann öffnete sie die Türe und blieb erleichtert stehen. Eben hielten zwei Autos neben dem verletzten Mann. Franke und Jansen stiegen aus dem Polizeiauto und Dreyer, der Arzt von Dorum, aus dem Notarzteinsatzfahrzeug. Dreyer hob den Kopf und ihre Blicke begegneten sich. Hermann hob kurz den Arm und Dreyer nickte ihr höflich zu, ehe er ihr mit Zeichen zu verstehen gab, wieder ins Haus zu gehen. Nichts war ihr in diesem Moment lieber gewesen. Also ging sie ins Haus zurück und beobachtete, wie die drei den bewusstlosen Fremden abtransportierten.

Ein Klopfen riss sie aus ihren Gedanken.

»Was soll das? Ich bin noch nicht fertig«, sagte sie verärgert, »zudem gibt es nebenan noch zwei weitere Kabinen.«

Bumm, bumm, bumm.

Rosa Hermann erstarrte. Dieses Klopfen kannte sie. Es war nicht das normale Klopfen von jemandem, der dringend auf die Toilette musste, sondern es war ein … metallisches Klopfen. Ihr Blick ging nach unten, doch sie konnte hinter dem Spalt, der zwischen Tür und Boden war, keinen Schatten und keine Bewegung ausmachen. Als sie den Blick wieder hob, gefror ihr das Blut in den Adern.

Er war hier.

Hier – in ihrer Kabine.

19

»Frau Schäfer!« Gehetzt sah sich Winter um, erblickte endlich, was er gesucht hatte, ergriff einen faustgroßen Stein und schleuderte ihn auf das Wohnzimmerfenster. Die Scheibe ging klirrend zu Bruch.

»Was ist los?« Schäfer kam atemlos um die Hausecke gerannt, die Pistole erhoben.

»Rufen Sie den Notarzt!«

Winter deutete auf die leblose Gestalt, die in Kleins Wohnzimmer am Boden lag, dann trat er mit den Füßen die Reste der Scheibe aus dem Rahmen und stieg ins Wohnzimmer ein. Ehe er sich neben Klein auf ein Knie herabließ, um ihn zu untersuchen, musterte er aufmerksam die Umgebung. Am gegenüberliegenden Fenster waren blutige Handabdrücke zu sehen, ansonsten wirkte das Wohnzimmer normal auf Winter. Nirgendwo war etwas Verdächtiges zu erkennen, keine Einbruchspuren, keine Beschädigungen. Er ließ sich neben Klein nieder und hob erstaunt die Augenbrauen. Er hatte erwartet, dass Klein übelste Verletzungen aufweisen würde, dass er von einem metallenen Gegenstand zu Tode geprügelt worden war. Doch Klein wies keine äußerlichen Verletzungen auf.

»Der Notarzt ist unterwegs«, teilte ihm Schäfer mit und ließ sich neben ihm in die Hocke sinken.

Winter legte die Hand auf Kleins Brust und hielt sein Gesicht an dessen Nase. Er fühlte den Atem des Mannes und nickte erleichtert.

»Er lebt.«

Sie brachten ihn in die Seitenlage und während Winter ihn überwachte, durchsuchte Schäfer erst das Wohnzimmer und schließlich das ganze Haus, ohne jedoch irgendetwas Ungewöhnliches zu entdecken.

»Denken Sie, dass dies das Werk dieses ... *Stangenmanns* ist?«, fragte Schäfer ihn nervös, als sie zurückkehrte.

Winter zuckte mit den Schultern.

»Keine Ahnung. Vielleicht erlitt er einen Zusammenbruch oder einen Schlaganfall oder sowas, aufgrund des Stresses, der mit dem Klopfen und den blutigen Abdrücken einherging. Vielleicht war die Erinnerung an den Tod seiner Frau vor einem Monat zu viel für ihn?«

Schäfers Handy klingelte.

»Ja?«, sagte sie knapp, als sie das Gespräch entgegennahm. Sie lauschte einen Moment lang und Winter sah, wie ihr Gesicht mit einem Mal an Farbe verlor. »Ja, wir kommen.« Sie nahm das Handy herunter und sah Winter an. »Wir müssen zur Mehrzweckhalle. Es hat einen ... Mord gegeben.«

»Ausgerechnet sie.« Winter sah traurig auf Frau Hermann hinunter, die leblos am Boden in der WC-Kabine lag. Ihr Körper war über und über mit Blutergüssen bedeckt, ihr Gesicht eine einzige blutige Masse, in der man kaum mehr ihre Gesichtszüge ausmachen konnte.

»Was ist passiert?«, wandte er sich an Michael, der nebenan stand und dabei fieberhaft versuchte, nicht hinzusehen. Sein Gesicht war kreidebleich.

»Ich ... weiß nicht«, sagte er mit belegter Stimme. Sein halblanges Haar hing ihm wirr ins Gesicht, doch für einmal schien er es nicht zu bemerken. »Ich war im Mehrzweckraum und plötzlich hörten wir sie schreien. Wir sind alle aufgesprungen und wollten nachsehen, doch einer der Polizisten am Eingang hinderte uns daran, den Raum zu verlassen, während die anderen sich zur Toilette begaben. Doch … es war bereits zu spät.«

Winter fluchte und sah den Polizisten, der sie hereingeführt hatte, fragend an.

»Wie der Junge sagt«, meinte der und zuckte hilflos mit den Schultern. »Als wir eintrafen, lag sie genau so am Boden, vom Angreifer keine Spur.«

»Solltet ihr nicht alle Ein- und Ausgänge sichern?«, mischte sich Schäfer wütend ein.

»Das haben wir, Frau Schäfer. Ich kann es mir auch nicht erklären, wie der Täter hier hereingekommen ist. Geschweige denn, wie er es geschafft hat, wieder hinauszugelangen.«

»Vielleicht … war er schon hier drin, als wir die Halle bezogen haben?«, wagte Michael eine Vermutung zu äußern, doch der Polizist schüttelte entschieden den Kopf.

»Wir haben alle Räume abgesucht, ehe wir euch hereingelassen haben. Und um Ihrer Frage vorzubeugen, Frau Schäfer, das haben wir auch jetzt noch einmal getan, ehe ihr eingetroffen seid. Vom Täter fehlt jegliche Spur.«

Diesmal war es Schäfer, die entnervt fluchte. Sie verließ die Toilette.

»Onkel?«, begann Michael, während sie Schäfer nach draußen folgten.

»Ja?«

»Ich frage mich schon die ganze Zeit, ob es nur Zufall ist, aber … Frau Hermann ist ausgerechnet auf der Toilette ermordet worden. An einem Ort, wo kein Räucherwerk platziert war.«

Winter fiel es wie Schuppen von den Augen. »Du hast Recht. Verdammt! Wie konnte ich nur so naiv sein! Ich hätte auch auf der Toilette eine Räucherschale postieren sollen.«

»Vielleicht hätte es ja auch nichts genutzt«, meinte Michael, »kann ja sein, dass es wirklich nur Zufall war.«

»Ja, vielleicht«, knurrte Winter. »Vielleicht aber auch nicht.«

Sie schlossen zu Schäfer auf, die gerade das Gebäude verlassen hatte und davor auf sie wartete.

»Soviel zu deiner grandiosen Idee, die Anwohner hier zusammenzutreiben«, stieß sie wutentbrannt hervor.

Michael wurde unter ihrem zornigen Blick einen Kopf kleiner.

»Das ist ungerecht, Frau Schäfer«, verteidigte Winter ihn. »Die Idee war gut. Wir konnten ja nicht wissen, dass sich der Täter …«

»Durch Wände bewegen kann?« Sie lachte laut auf. »Tolle Erkenntnis.«

»Aber wie ist so was möglich?«, fragte Michael ratlos.

»Vielleicht solltet ihr beiden die Möglichkeit, dass wir es hier wirklich mit einem Geist zu tun haben, doch einmal ernsthaft in Betracht ziehen«, meinte Winter ruhig.

Schäfer funkelte ihn zornig an, doch in Michaels Augen trat eine Unsicherheit, gepaart mit einer schwelenden, immer größer werdenden Angst, dass Winter seine Worte beinahe leidtaten.

Beinahe.

20

»Wie geht's dir?«

Winter sah Michael kurz von der Seite her an, ehe er sich wieder auf die Straße konzentrierte. Schon als sie von der Hagenorder Straße zur Mehrzweckhalle gefahren waren, hatte es geregnet, doch nun schüttete es wie aus Kübeln und Winter musste sich konzentrieren, da die Fahrbahn kaum mehr sichtbar war.

»Gut.«

Wieder wandte Winter kurz den Blick von der Straße ab und sah Michael an. Der sah starr geradeaus. Seinem Gesicht war keine Regung abzulesen, doch Winter spürte, dass der Junge eine Maske aufgesetzt hatte.

»Hör zu, ich ... ich weiß, es ist nicht einfach, wenn man Zeuge eines Gewaltverbrechens wird.« Winter wartete kurz auf eine Antwort. Als keine kam, fuhr er fort: »Oder ein Mordopfer anzusehen.«

Er sah eine Weile den Scheibenwischern zu, wie sie die strömenden Wassermassen mit vergeblicher Liebesmüh zur Seite schoben. Ganz so wie Sisyphus, der der Sage nach auf ewig einen Felsblock den Berg hinaufwälzen muss, nur um, beinahe oben angekommen, hilflos zuzusehen, wie er wieder ins Tal hinunterrollt.

»Ich kann mich noch gut an meinen ersten Toten erinnern«, sagte er dann. »Es war einer meiner ersten Einsätze bei der Polizei. Wir wurden zu einer Wohnung im Hochparterre eines Hochhauses gerufen, weil sich ein Nachbar

Sorgen um den älteren Herrn machte, der dort wohnte. Der Mann kriegte einmal pro Tag Essen durch einen Menüservice geliefert. Als wir dort anlangten, standen vor der betreffenden Wohnung bereits sechs Essen. Sechs Portionen! Stell dir vor, seit fast einer Woche hatte dieser Mann seine Mahlzeiten vor der Türe nicht mehr abgeholt und niemand von all den Nachbarn oder dem Menüservice hatte Alarm geschlagen – zumindest nicht bis zu dem Tag, an dem wir anrückten. Als niemand auf unser Klingeln reagierte, haben wir die Türe aufgebrochen. Die Wohnung war komplett verwüstet, alle Schränke und Schubladen standen offen und deren Inhalte lagen rundherum verteilt. Das bodenhohe Fenster, das auf den Balkon führte, stand offen – es war aufgebrochen worden. Den Mann fanden wir schließlich in seinem Schlafzimmer mit drei Messerstichen in Hals und Kopf. Er war Opfer eines Raubüberfalls geworden. Er bot einen schockierenden Anblick. Seine Haut schien leicht grünlich verfärbt und marmoriert – der Verwesungsprozess war bereits stark fortgeschritten. Doch das Schockierendste an dem Ganzen war nicht die Verwesung oder die Zeichen der Gewalt. Was mich am meisten schockierte, war, dass die Polizei erst nach sechs Tagen gerufen worden war. Dass sich niemand von den Anwohnern des Wohnblocks zuständig und verantwortlich für den Mann gefühlt hatte. Es war im Grunde dasselbe wie hier mit dem Schicksal des Fremden, der auf offener Straße verprügelt worden ist. Niemand hatte helfen wollen, niemand hatte Anteil am Schicksal des Mannes genommen … Ich habe mir nach dem Einsatz ein paar Tage frei genommen. Ich brauchte den Abstand, um damit klarzukommen. Vielleicht … ist es besser, du machst ebenfalls erst mal eine

Pause. Bleibst ein paar Tage zuhause und … falls du später wieder …«

»Nein!«

Winter sah ihn erneut von der Seite her an. Michael blickte immer noch geradeaus. Tränen rannen ihm über die Wangen, doch er wischte sie nicht fort.

»Ich habe die Schreie gehört. Es war schrecklich. Ich habe noch nie jemanden so schreien gehört. Mit dieser … Lautstärke. Die Schreie waren so hoch, dass es mich selbst schmerzte.« Michael atmete ein paar Mal tief ein und aus, ehe er fortfuhr: »Sie war eine nette, alte Frau. Sie hat es nicht verdient, so zu sterben.«

»Nein, das hat sie nicht.« Winter seufzte.

»Aber wie du sagst, Onkel. Es gehört zu unserem Beruf.«

Unser Beruf.

Michael redete, als wäre er selbst schon Privatdetektiv. Wäre die Situation nicht so tragisch gewesen, hätte Winter schmunzeln müssen, doch so ließ es ihn nur traurig eine Augenbraue hochziehen.

Er parkte den Wagen vor ihrem temporären Haus an der Hagenorder Straße und stieg aus. Der Wind schlug ihm ins Gesicht, kaum hatte er die Türe des Autos aufgemacht, und die Regentropfen prasselten auf ihn ein, als wollten sie ihn verprügeln. Er schlug den Mantelkragen hoch und rannte zur Eingangstüre. Dennoch war er beinahe völlig durchnässt, als er dort ankam. Er fluchte, suchte eilig den Wohnungsschlüssel und schloss auf. Dann trat er hastig ein und betätigte den Lichtschalter. Nichts regte sich.

»Das darf doch nicht wahr sein«, seufzte er.

»Was ist?«, wollte Michael wissen, als er sich hinter ihm in den Flur drängte.

»Kein Licht. Vielleicht ein Stromausfall durch den Sturm oder die Sicherung ist herausgefallen.« Er seufzte. »Eine Taschenlampe wäre jetzt praktisch. Ich fürchte, ich habe meine in Herrn Kleins Haus liegen gelassen. Du hast nicht zufälligerweise eine dabei?«

»Ich habe was Besseres.«

Michael zückte sein Handy und aktivierte die integrierte Taschenlampe.

»Praktisch«, nickte Winter, streifte seinen Mantel ab und zog sich die Schuhe aus. »Kann mein Handy das auch?«

»Sicher«, grinste Michael, dann wurde er plötzlich übergangslos ernst. »Onkel, sieh mal.«

Er ließ den Strahl der Taschenlampe vor ihnen über den Flur schweifen.

»Was ist?«

Der Flur lag leer wie immer vor ihnen. Kaum einen Meter breit, rechts und links weiß gestrichene Wände ohne Bilder oder Verzierungen. Linkerhand eine Tür, die ins Badezimmer führte und vorne öffnete sich der Flur ins Wohnzimmer.

»Auf dem Boden.« Michael hatte seine Stimme gesenkt und flüsterte jetzt. »Das Wasser.«

Winter schaute genauer hin und nun sah er es ebenfalls: Kaum einen Meter vor ihnen befand sich auf dem Boden eine kleine Wasserpfütze. Eigentlich war es eher ein Fleck, kaum daumenlang und halb so breit wie ein Finger. Doch er hatte dort eindeutig nichts verloren.

»Vielleicht ein Spritzer von meinem Mantel«, meinte Winter verwirrt und besah sich die Stelle unmittelbar hinter der Türe, wo sie eingetreten waren. Diese wies mehrere, ungleich größere Pfützen auf.

Michael schüttelte den Kopf und Winter merkte selbst, dass seine Erklärung unstimmig war. Die verdächtige Stelle war zu weit von ihm entfernt, als dass er selbst hätte dafür verantwortlich sein können.

»Jemand war hier«, raunte Michael, »und dieser jemand hat seine Spuren nicht richtig verwischt.« Winter konnte die Angst in seiner Stimme hören.

»Oder ist immer noch da«, knurrte Winter. Er spannte seinen Körper und sah sich nach etwas um, das er als Waffe hätte benutzen können, doch da war nichts. Nur ihre Schuhe und Jacken. Er ballte die Fäuste und presste sich an der Wand entlang langsam nach vorne.

»Ich habe Angst, Onkel«, hörte er Michael hinter sich flüstern.

»Ich auch. Bleib, wo du bist, und sei still!«

Er schlich langsam weiter, konnte aber hören, wie sich Michael hinter ihm ebenfalls in Bewegung setzte. Winter erreichte die Tür zum Badezimmer und spähte hinein. Ein schwacher Lichtschimmer fiel durch das Fenster und er erkannte, dass der Raum leer war.

Da kam ihm eine Idee. Er drehte sich zu Michael um.

»Ich schleiche voraus«, wisperte er. »Du kommst mit der Taschenlampe etwas später nach. Ich gebe dir ein Zeichen, wenn du loslaufen kannst. Gib dir keine Mühe, leise zu sein – im Gegenteil. Falls jemand da ist, wird er denken, dass wir beide bei der Taschenlampe sind und das ist der Moment, in dem ich ihn angreifen werde.«

»Ich soll den Köder spielen?«, fragte Michael entsetzt.

»Irgendwie schon«, grinste Winter, »aber da du ja weiter hinten bist, bist du nicht wirklich in Gefahr – hab' keine Angst.«

Er hoffte, dass dies der Wahrheit entsprach, denn er würde es sich nicht verzeihen können, wenn Michael etwas zustoßen sollte. Dieses Eingeständnis überraschte ihn beinahe selbst. Er kannte den Jungen kaum und dennoch war er ihm in der kurzen Zeit bereits ans Herz gewachsen.

Er schüttelte diese Gedanken ab und konzentrierte sich auf den Flur. Wo würde er den Hinterhalt legen, falls er einen in dieser Wohnung planen würde? ›Ich würde mich im Wohnzimmer um die Ecke verstecken und sobald sich jemand zeigte, würde ich ihn niederschlagen.‹

Winter schlich so leise wie möglich weiter, erreichte das Ende des Flurs und ließ sich auf die Knie herab. Dann gab er Michael das Zeichen zum Loslaufen. Als er sah, wie der Strahl der Taschenlampe sich bewegte, hielt er den Atem an und blickte langsam auf Kniehöhe um die Ecke. Er zuckte überrascht zusammen, als er direkt vor seiner Nase ein Paar Beine erblickte. Einen Moment lang überlegte er, was er tun sollte, ehe ihm klar wurde, dass er nicht viel Zeit hatte. Sobald Michael ihn erreicht hatte, würde der Attentäter auf sie losgehen. Wenn er das Überraschungsmoment für sich nutzen wollte, musste er jetzt handeln. Kurz entschlossen packte er das ihm näherstehende Bein mit beiden Händen und riss, so fest er konnte, daran. Er hörte ein überraschtes Keuchen und dann ein Poltern, als der Fremde hinfiel. Sofort stürzte sich Winter auf ihn und drückte ihn mit seinem eigenen Gewicht zu Boden.

»Michael, das Licht, schnell!«, rief er, dann schien plötzlich seine rechte Schläfe zu explodieren, als irgendetwas mit unheimlicher Gewalt dagegen krachte. Kurzzeitig wurde ihm schwarz vor Augen und unwillkürlich lockerte er seinen Griff, als er sich die schmerzende Schläfe hielt.

Der Fremde nutzte dies gnadenlos aus. Er stieß ihm die Hände vor die Brust, so dass Winter rücklings von ihm hinunterfiel, und rollte sich zur Seite.

Ein Lichtstrahl fiel ins Wohnzimmer, als Michael um die Ecke trat. Winter erkannte eine schemenhafte, dunkle Gestalt, deren Gesicht verhüllt war, und die sich eben aufrappelte. Sie trug einen langen, metallisch glitzernden Gegenstand in den Händen.

›Eine Stange!‹

Sie kam auf ihn zugerast und Winter gelang es gerade noch, sich so weit zur Seite zu drehen, dass die Stange immerhin sein Gesicht verfehlte. Dennoch traf sie ihn so hart an der Schulter, dass er vor Schmerz laut aufschrie. Der Fremde holte erneut aus, da raste etwas – jemand – an Winter vorbei und prallte mit voller Wucht auf seinen Angreifer. Winter blinzelte und erkannte, dass es Michael war, der nun mit dem Fremden rang. Sein Handy hatte er fallen lassen und die Taschenlampe warf nun einen hellen Strahl an die Decke. Der Junge war zwar für sein Alter recht groß, aber doch eher schmächtig und der Ausgang dieses ungleichen Kampfes war von vornherein klar. Michael hatte den Fremden zwar überrascht, doch er würde ihn nicht lange aufhalten können.

Im diffusen Licht sah Winter, dass der Attentäter seine Stange fallen gelassen hatte. Er ergriff sie und rappelte sich hoch, als der Fremde den Jungen wütend von sich stieß. Winter ließ die Stange mit voller Wucht auf den rechten Oberschenkel des Angreifers niedersausen. Ein Schmerzensschrei erklang, doch statt zurückzutaumeln, wie Winter erwartet hatte, stürzte der Attentäter vor, packte die Stange in Winters Händen und entriss sie ihm. Gleichzeitig schnellte sein Kopf vor und verpasste Winter einen Kopfstoß. Dann wirbelte er herum und hastete davon. Einen Moment lang war Winter orientierungslos. Er sah Sterne vor seinen Augen einen irren Tanz aufführen. Er blinzelte und seine Sinne klärten sich wieder.

»Michael?«, rief er, »alles in Ordnung mit dir?«

»Ja, Onkel.«

Winter taumelte zur Haustüre, die offen stand, und starrte hinaus. Der Regen fiel immer noch so dicht, dass alles, was jenseits der Straße lag, von einem Regenvorhang verborgen wurde.

Der Angreifer war nicht mehr zu sehen.

Winter stützte sich schwer atmend an der Türumrandung ab. Seine Schläfe, seine Schulter und seine Stirn pochten wie wild und es fiel ihm schwer, sich überhaupt noch auf den Beinen zu halten.

»Wo ist er?« Michael war hinter ihn getreten, ohne dass er es bemerkt hatte.

»Weg. Er ist weg.« Winter schloss die Türe, schlurfte ins Wohnzimmer zurück und ließ sich auf das Sofa sinken. »Der Scheißkerl ist weg.«

21

Der Fremde hatte keine brauchbaren Spuren hinterlassen. Die kleine Wasserpfütze und die durch den Kampf entstandene Unordnung im Wohnzimmer waren die einzigen Anzeichen, die sie für seinen nächtlichen Besuch finden konnten.

Sie hatten umgehend die Polizei alarmiert und Bernd Franke und Niklas Jansen hatten den Überfall protokolliert und ihnen eingeschärft, nichts anzufassen, bis die Spurensicherung eingetroffen wäre. Diese war kurze Zeit später angerückt, doch Winter bezweifelte, dass ihre Tests irgendwelche brauchbaren Ergebnisse liefern würden. Franke hatte ihm empfohlen, zum Arzt zu gehen, da er immer noch Kopfschmerzen hatte und ihm schwindlig war, doch Winter hatte müde abgewinkt. Er wollte sich nun erstmal schlafen legen, am nächsten Morgen sähe vielleicht alles besser aus.

Doch als Winter am nächsten Morgen erwachte, war ihm immer noch übel und schwindlig. Mühevoll schleppte er sich ins Badezimmer und sah sich im Spiegel an. Die grauen Strähnen in seinen kurzen, schwarzen Haaren schienen zugenommen zu haben, sein Gesicht wies eine ungesunde, bleiche Farbe auf und die blauen Augen blickten ihn müde an. An Stirn und Schläfe prangten zwei große Beulen. Diejenige an der Schläfe hatte sich bereits leicht bläulich verfärbt. Seine Schulter wies ebenfalls einen bläulichen Bluterguss auf. Ächzend zog er sich aus und stellte sich unter die Dusche. Das heiße Wasser war eine Wohltat für seinen geschundenen Körper. Er seufzte genüsslich und schloss für einen kurzen Moment die Augen, doch sofort wurde ihm wieder schwindlig und er stützte sich mit der rechten Hand an der Wand ab.

Er stellte die Brause ab, stieg langsam aus der Dusche und trocknete sich ab. Dann schlurfte er ins Schlafzimmer zurück und legte sich wieder ins Bett. Beinahe umgehend schlief er ein.

Am frühen Nachmittag weckte ihn sein Handy. Er brauchte ein paar Augenblicke, um wach zu werden und sich zu orientieren. Dann ergriff er das Telefon und nahm den Anruf entgegen.

»Ja?«

»Schäfer hier, guten Tag, Herr Winter.«

»Frau Schäfer. Guten Tag.«

»Ich habe von dem Überfall gehört. Wie geht es Ihnen?«

»Nicht besonders gut, fürchte ich. Muss mir wohl eine Gehirnerschütterung oder so zugezogen haben.«

»Waren Sie beim Arzt?«

»Nein, noch nicht, aber …«

»Ich glaube, Sie sollten ihn aufsuchen …»

»Danke für Ihre Fürsorglichkeit, vielleicht werd' ich das tun.«

»Wissen Sie, ich habe heute Morgen mit den Polizisten Jansen und Franke über den Mann gesprochen, der am Tag vor dem Blutmond in Ihrer Straße verprügelt worden ist.«

Winter wurde hellhörig. »Und?«

»Sie sagten aus, dass der Mann noch gelebt habe, als sie ihn abtransportiert haben.«

»Und wohin haben sie ihn gebracht?«

»In die Praxis von Dr. Dreyer. Doch als Dreyer ihn verarzten wollte, sei der Mann geflüchtet. Alle Nachforschungen seien ins Leere gelaufen, sie haben den Mann nicht wiedergefunden.«

»Und haben Sie schon mit Dr. Dreyer gesprochen?«

»Nein. Aber sagten Sie nicht vorhin, Sie würden heute noch zum Arzt gehen, Herr Winter?«

Martin Dreyer war ein hochgewachsener Mann mittleren Alters. Seine kurzen Haare waren bereits grau und sein Gesicht wies viele Falten auf. Seine Mundwinkel schienen stets nach unten zu zeigen. Dennoch war er Winter nicht unsympathisch.

Er saß hinter einem großen Schreibtisch, als Winter eintrat, und begrüßte ihn mit einem »Sie sind also der Geisterjäger?«. Dann bedeutete er ihm, auf seiner Liege Platz zu nehmen, ehe er ihn befragte, weswegen er ihn aufgesucht habe. Winter erzählte ihm, was passiert war, und Dreyer nickte ernst, ehe er auf seinem Bürostuhl an die Liege heranrollte und ihn zu untersuchen begann.

»Ich habe gehört, Sie würden diese Geistersache in der Hagenorder Straße untersuchen? Haben Sie schon etwas herausgefunden?«, fragte Dreyer, als er Winters Kopf abtastete.

»Einige Dinge schon, ja«, gab Winter zur Antwort. »Aber …«

»Die dürfen Sie mir nicht verraten, ich verstehe.« Dreyer ließ sich zu einem Anflug von einem Lächeln hinreißen, was bedeutete, dass seine Mundwinkel sich so weit hochzogen, dass sie eine horizontale Linie bildeten.

»Haben Sie was dagegen, wenn ich Sie ein paar Dinge bezüglich dieser Sache frage?«, wollte Winter wissen.

Dreyer schüttelte den Kopf. »Nicht im Geringsten. Wenn ich helfen kann, sehr gerne.«

»Ich habe gehört, dass vor gut vier Monaten in der Hagenorder Straße ein Mann verprügelt wurde, den Sie dann gemeinsam mit den beiden Polizisten Franke und Jansen abtransportiert haben. Stimmt das?«

Dreyer nickte. »Ja, der arme Kerl sah ziemlich übel aus.« Der Arzt runzelte die Stirn. »Wenn ich ehrlich bin, glichen seine Verletzungen den Ihren, nur dass sie weitaus zahlreicher waren.«

»Wollen Sie damit sagen, dass es möglich wäre, dass mein Angreifer mich mit derselben Waffe angriff, mit der der Fremde damals zusammengeschlagen worden ist?«

Dreyer zuckte mit den Schultern. »Möglich wär's, aber ich bin kein Gerichtsmediziner. Ich kann es Ihnen nicht mit Sicherheit sagen.«

»Was ist damals mit dem Mann passiert? Ist er gestorben?«

Dreyer schüttelte den Kopf.

»Nein. Das war schon eine seltsame Geschichte.« Er runzelte die Stirn und hielt im Abtasten inne. »Er lag hier auf dieser Liege, so wie Sie. Und er war bewusstlos. In der Hagenorder Straße hatte ich erst gedacht, dass die Verletzungen nicht so schlimm wären, weshalb ich ihn in meine Praxis brachte. Doch er blutete aus vielen Wunden und ich befürchtete plötzlich, dass er den Abend nicht mehr erleben würde. Ich nahm mein Telefon und wollte die Kollegen vom Rettungsdienst rufen, damit sie ihn ins Krankenhaus brächten, da … da wachte er plötzlich auf. Er …« Dreyer breitete hilflos die Arme aus, als er fortfuhr: »Er richtete sich auf, schwang die Beine von der Liege und stand auf. Ich ließ das Telefon sinken, ging zu ihm hin und sagte ihm, er solle sich wieder hinlegen, doch er schien mich nicht zu verstehen. Er machte ein, zwei unsichere Schritte Richtung Ausgang, da ergriff ich ihn sachte am Arm und wollte ihn zur Liege zurückführen. Doch der Mann holte aus und versetzte mir einen Schlag mit der anderen Hand, so dass ich ihn losließ und zurücktaumelte.« Dreyer hielt sich die Wange, als ob er den Schlag immer noch spürte. »Der Fremde riss die Tür auf und hastete davon. Ich rief sofort die Polizei und sie suchten nach ihm, doch vergebens. Er tauchte nicht wieder auf. Er war spurlos verschwunden.«

»Hatte der Mann einen Ausweis bei sich? Eine Brieftasche?«

Dreyer schüttelte den Kopf, ehe er Winters Reflexe überprüfte. »Nichts. Nur die Kleider, die er am Leibe trug.«

»Wie sah er aus?«

Dreyer kniff kurz die Augen zusammen, vermutlich, um sich besser erinnern zu können, ehe er antwortete: »Er war groß gewachsen, hager, hatte dunkle Haare, einen Bart und einen dunklen Teint. Ich schätze, er war Araber, seinen Gesichtszügen nach zu urteilen.«

Winter nickte, was eine neue Welle der Übelkeit in ihm hochsteigen ließ. Dreyer zog die Stirn in Falten. Dann zündete er ihm mit einer kleinen Lampe in die Augen. Schließlich nickte er und steckte die Lampe wieder weg.

»Sie haben sich eine ziemlich starke Gehirnerschütterung zugezogen, Herr Winter«, sagte er. »Aber die Tests weisen nicht auf einen erhöhten Druck im Gehirn hin. Allerdings müssen Sie sich zwei Wochen absolut ruhig verhalten und alle äußeren Reize auf ein Minimum beschränken: Handy, Telefon, Computer, selbst das Lesen sollten Sie einschränken. Und falls sich Ihr Zustand verschlimmert, müssen Sie sich umgehend wieder bei mir melden.«

»In Ordnung. Danke, Doktor.«

»Gerne, Herr Winter. Gute Besserung!«

22

Als Winter vor seiner einstweiligen Behausung stöhnend aus dem Auto stieg, fiel sein Blick auf das Haus von Herrn Klein und ihm fiel plötzlich ein, dass er sich gar nicht mehr erkundigt hatte, wie es ihm ging und was letzte Nacht mit ihm passiert war. Er nahm sich vor, nachher sofort Frau Schäfer anzurufen und das Versäumte nachzuholen.

Als er auf sein Haus zuging, sah er vom anderen Ende der Straße her ebenjenen Herrn Klein herankommen. Er hatte den Blick gesenkt und trug eine prall gefüllte Einkaufstüte.

Winter überquerte langsam die Straße und wartete vor Kleins Haus auf ihn. Als er Klein entgegensah, fiel ihm auf, dass dieser stark humpelte. Winter schaute genauer hin und erkannte, dass Klein das rechte Bein nachzog.

»Guten Tag, Herr Klein«, begrüßte er ihn, als er nur noch ein halbes Dutzend Schritte entfernt war.

Klein zuckte erschrocken zusammen, als er Winters Stimme hörte, und sah auf.

»Winter«, knurrte Klein unfreundlich. »Wüsste nicht, was an diesem Tag gut sein soll.«

Er wollte sich an ihm vorbeidrängen, doch Winter machte rasch einen Schritt zur Seite und versperrte ihm so den Weg.

»Ich bin froh, dass es Ihnen wieder besser geht. Was ist denn gestern Nacht geschehen? Frau Schäfer und ich, wir haben sie bewusstlos in ihrem Haus gefunden und …«

»Und da haben Sie meine Scheibe eingeschlagen. Vielen herzlichen Dank auch. Nun muss ich mich auch noch um diesen Schaden kümmern.« Er drängte sich an Winter vorbei und der trat beiseite.

»Was ist mit ihrem Bein passiert?«, rief Winter ihm nach.

Klein drehte sich nicht um, knurrte jedoch: »Hab's mir am Salontisch gestoßen, als ich gestern hingefallen bin.« Er schloss die Türe seines Hauses auf und verschwand im Inneren.

Winter runzelte die Stirn und ging langsam zurück zu seinem Haus. Die Tatsache, dass Klein humpelte, mochte Zufall sein. Es konnte jedoch auch ein Hinweis auf zweierlei Dinge sein: Bröckelmann hatte ihm erzählt, dass einer der Vermummten ungleichmäßig gegangen sei. Was, wenn sich dies auf Herrn Klein bezog? Winter hatte Klein erst ein Mal zuvor gehen sehen –als dieser Wagner in seinem Haus bedroht hatte. Winter konnte sich jedoch nicht erinnern, ob Klein damals bereits gehumpelt war oder nicht. Vielleicht hatte er auch einfach nicht darauf geachtet. Andererseits wäre es auch möglich, dass Klein hinter dem Attentat gestern Nacht steckte … Winter hatte seinem Angreifer mit der Stange auf den Oberschenkel geschlagen! Wer auch immer der Angreifer gewesen war, er würde heute mit Sicherheit nicht normal gehen können.

»Guten Tag, Herr Winter.«

Winter war so in Gedanken versunken gewesen, dass er Herrn Wagner, der nun vor ihm stand, erst jetzt bemerkte. Der alte Mann war in eine dicke Jacke gehüllt und trug eine viel zu kleine Mütze auf dem Kopf. Sie reichte ihm nicht einmal bis über die Ohren und stand nach oben hin auf wie eine Zipfelmütze. Er zog ein kleines Einkaufswägelchen hinter sich her.

»Guten Tag, Herr Wagner. Gehen Sie einkaufen?«

Wagner nickte.

»Wie Sie wissen, verlasse ich mein Haus nicht oft, aber alle paar Wochen, wenn Kühlschrank und Keller leer sind, muss ich leider dran glauben.« Er lachte, doch es wirkte etwas gekünstelt. »Wie geht es Ihnen? Sie sehen nicht gerade … gut aus, wenn Sie die Bemerkung entschuldigen.«

Winter erzählte ihm von dem nächtlichen Überfall. Wagner hörte ihm bedächtig zu. Zwischendurch schüttelte er immer wieder ungläubig den Kopf.

»Nicht einmal mehr in seinen eigenen vier Wänden ist man in dieser Straße sicher. Herr Roth, Frau Klein, Herr Schultheiß, Frau Hermann und nun Sie. Denken Sie, es war wieder der … der Stangenmann?«

Winter verneinte. »Euer Stangenmann hat sich bisher jeden Monat nur ein Opfer geholt. Letzte Nacht war dies Frau Hermann. Der Fremde in meiner Wohnung aber war eine reale Person. Ich habe mit ihm gekämpft, ihn gespürt. Ich denke eher, dass es einer von diesen vier verhüllten Personen war, die vor vier Monaten diesen Fremden auf der Straße verprügelt haben.«

»Sie denken, die sind noch immer hier?« Wagner sah erschrocken aus.

Winter nickte: »Erst Frau Hermanns toter Hund an meiner Türe und nun dieser Angriff. Die Täter fürchten wohl, ich könnte ihnen auf die Schliche kommen.«

»Passen Sie auf sich auf, Herr Winter. Nicht, dass die Sie am Ende auch noch erwischen.«

Winter schüttelte den Kopf, was eine weitere Welle der Übelkeit durch seinen Körper jagte.

»Entschuldigen Sie mich. Ich muss mich eine Weile hinlegen. Der Täter hat mir eine Gehirnerschütterung verpasst. Ich … ich brauche etwas Ruhe.«

Er verabschiedete sich von Wagner und schloss die Tür auf. Hinter sich hörte er einen Wagen halten. Er drehte sich um und verdrehte entnervt die Augen, als er sah, wer aus dem Wagen stieg.

»Herr Winter!« Venus Blessing, die Journalistin der Nordsee-Zeitung, eilte in Schuhen mit so hohen Absätzen auf ihn zu, dass er beinahe Angst hatte, sie könnte stolpern, hinfallen und sich das Genick brechen.

›Wär vielleicht besser so‹, dachte er seufzend.

»Ich habe keine Zeit und kein Interesse, Frau Blessing«, sagte er und drehte sich wieder um.

»Hat Ihnen mein Artikel nicht gefallen?«

»Um ehrlich zu sein, ich habe ihn nicht gesehen.«

»Sie haben ihn nicht gesehen?« Sie klang entrüstet. »*Ghostbuster untersucht mysteriöse Morde in Dorum*. Die Schlagzeile landete auf der Titelseite.«

»Schön, gratuliere.«

»Und wissen Sie, was morgen drinsteht? *Geist mordet weiter: Vierter Mord in Dorum*. Na, wie finden Sie das?«

»Beschissen. Ich hasse Sensationspresse.«

»Sie waren sicher dabei, als es passiert ist? Können Sie mir schildern, was Sie gesehen haben?«, fragte Blessing ungerührt.

Winter drehte sich um. »Hören Sie, Frau Blessing. Ich mache es fortan wie Herr Klein da drüben: Ich werde nicht mehr mit Ihnen sprechen, bis der Fall abgeschlossen ist.

Halten Sie sich also bitte bis dahin von mir fern. Wenn – falls der Fall eines Tages gelöst ist, dann stehe ich Ihnen gerne für ein Interview zur Verfügung. Guten Tag.«

Er trat ein, warf die Türe hinter sich ins Schloss und verriegelte sie.

Michael kam ihm grinsend entgegen.

»Gratuliere, 1:1. Diesmal warst du knallhart.«

»Danke, das war aber auch nötig.«

Michael wollte wissen, was der Arzt gesagt hatte, und Winter erklärte es ihm.

»Zwei Wochen Ruhe, hm?« Michael ging unruhig auf und ab. »Und was mache ich in der Zeit?«

»Dasselbe. Du verhältst dich ruhig. Betrachte es als Ferien.«

Michael seufzte. »Dann gehe ich halt in der Zeit für dich einkaufen und so.« Er runzelte die Stirn. »Aber der Fall … Wir können doch nicht solange nichts tun? Was, wenn …«

»Offenbar mordet der Stangenmann nur bei Vollmond. Das gibt uns einen ganzen Monat Zeit. Ich muss mich jetzt hinlegen. Ich werde noch Frau Schäfer anrufen und dann ein wenig schlafen.«

»Frau Schäfer, hm?« Michael grinste. »Die hat's dir wohl angetan, was, Onkel?«

»Ach, Quatsch. Das ist rein beruflich.«

»Hmm.«

»Hast du eigentlich eine Freundin?«, gab Winter den Ball zurück – im Wissen, dass kein Sechzehnjähriger gerne über so was spricht.

»Eine … Freundin? Ich … nein.«

»Aber es gibt mit Sicherheit ein Mädchen, in das du verknallt bist, oder?«

»Onkel!« Michael stürmte davon.

Winter musste grinsen. Mühsam stieg er die Stufen zum ersten Stock hoch und dachte über Michaels Worte nach. Er hatte nicht ganz Unrecht. Er mochte Frau Schäfer und sie war durchaus eine attraktive Frau. Sabine erschien vor seinem inneren Auge, und das erinnerte ihn daran, dass er mal bei ihr nachfragen sollte, wie es Sydney ging.

In seinem Zimmer angekommen, warf er sich – angezogen wie er war – aufs Bett und nahm sein Handy hervor. Dann wählte er Sabines Nummer.

»Richard? Wie geht's dir?«

»Leider nicht besonders.«

»Was? Warum? Was ist passiert?«

Er erzählte ihr, was geschehen war, und konnte ihren missbilligenden Gesichtsausdruck vor seinem inneren Auge sehen.

»Dann hältst du dich jetzt aber still, ja?«

»Ja, Frau Doktor, das werde ich.«

»Ich meine es ernst, Richard.«

»Natürlich.« Er seufzte. »Wie geht es Sydney?«

»Bestens. Sie fühlt sich sichtlich wohl bei mir. Ich glaube, sie hat sich an die neue Umgebung gewöhnt. Wer weiß, vielleicht will sie danach gar nicht mehr zu dir zurück?«

»Untersteh' dich!«

»War nur ein Spaß. Du, ich muss weiter, ich habe noch eine Sitzung auf dem Kommissariat. Pass auf dich auf, ja?«

»Mach ich.«

Winter lehnte sich einen Moment in seinem Bett zurück und schloss die Augen. Bereits dieses kurze Telefonat hatte ihm Kopfschmerzen bereitet. Dennoch musste er nun noch Schäfer anrufen. Er seufzte und wählte die Nummer.

»Schäfer?«

»Richard Winter. Guten Tag. Ich war beim Arzt, wie Sie es mir befohlen haben.«

»Braver Mann«, antwortete sie und er konnte sich vorstellen, dass sie amüsiert dabei lächelte, als sie fortfuhr: »Und was hat der gute, alte Herr Doktor gesagt?«

»Gehirnerschütterung. Zwei Wochen Bettruhe.«

Sie seufzte. »Das tut mir leid, Herr Winter.«

»Mir auch.« Er erzählte ihr, was der Arzt über den Fall gesagt hatte, ehe er sich nach Herrn Klein erkundigte. »Ich habe ihn gerade getroffen und gefragt, was gestern Abend passiert ist, doch er wollte mir keine Auskunft geben. Wissen Sie Näheres?«

»Ja, Herr Klein wurde von Rettungssanitätern untersucht und behandelt. Er hat versucht, Selbstmord zu begehen. Hat eine Menge Tabletten geschluckt. Wären wir nicht gekommen … Vermutlich war das Ganze zuviel für ihn: Der Tod seiner Frau und dann die letzte Nacht mit dem grauenvollen Klopfen dieses … Stangenmannes, die blutigen Handabdrücke …«

»Musste er denn gestern Nacht ins Krankenhaus?«

»Nein, er wurde vor Ort behandelt. Laut den Sanitätern geht es ihm wieder gut. Er wird allerdings psychologisch betreut.«

»Er war also die ganze Nacht zuhause?«

»Ja, scheint so. Worauf wollen Sie hinaus?«

»Ach nichts, ich überlege nur die ganze Zeit, wer mir letzte Nacht in meinem Haus aufgelauert haben könnte.«

»Herr Klein wird's kaum gewesen sein. Ich glaube nicht, dass er nach dem Selbstmordversuch so fit war, um einen Mann anzugreifen – selbst wenn es ihm wieder gut ging.«

»Ja, Sie haben vermutlich Recht. Es ist nur … Ach, egal.«

»Nein, ist es nicht, sagen Sie's!«

»Er hat vorhin stark gehumpelt. Hat behauptet, das käme von seinem Sturz gestern Abend, aber … der Kerl, der mich überfallen hat … Ich habe ihm mit der Stange auf den Oberschenkel geschlagen.«

»Und nun denken Sie, es könnte Klein sein? Hm … Könnte auch Zufall sein. Wir behalten ihn im Auge.«

»Dann ist da noch die Aussage Bröckelmanns, des Blinden in der Hagenorder Straße, der meinte, einer der vier Angreifer hätte einen unregelmäßigen Schritt gehabt. Auch das könnte auf Klein deuten.«

Winter hörte, wie Schäfer am anderen Ende der Leitung seufzte.

»Reicht wohl nicht für einen Beschluss, sein Haus zu durchsuchen, was?«, fragte Winter. Er konnte beinahe hören, wie Schäfer den Kopf schüttelte.

»Nein, tut mir leid. Da würden wir handfestere Indizien brauchen.«

»Verstehe. Gut, dann …«

»Brauchen Sie was? Soll ich Ihnen was vorbeibringen für die Zeit, in der Sie bettlägerig sind? Oder haben Sie jemanden, der Ihnen hilft? Ihre Frau vielleicht?«

›Versucht sie damit gerade, herauszufinden, ob ich verheiratet bin?‹

»Ich bin alleinstehend, aber mein Neffe, also mein Praktikant, ist da und hilft mir.«

»Ah, gut. Na dann …«

»Das heißt aber nicht, dass ich mich nicht über Besuche freuen würde«, ergänzte Winter und wartete gespannt auf ihre Antwort.

Sie lachte. »Nun, mal sehen. Wenn ich es einrichten kann …«

»Nur dann?«

»Nur dann. Also erholen Sie sich gut. Auf Wiederhören.«

»Wiederhören.«

Winter legte das Handy zur Seite und schmunzelte. *Wenn ich es einrichten kann.*

Er war gespannt, ob sie es sich einrichten würde.

23

Winter hielt sich, so gut es ging, an Dr. Dreyers Empfehlungen. Zwar verbrachte er die meiste Zeit in seinem Bett, doch das Lesen konnte er nicht ganz sein lassen. Was hätte er auch sonst tun sollen? Immerhin ließ Michael sich Schach beibringen und spielte regelmäßig mit ihm. Auch sonst machte sich Michael im Haus nützlich. Er erledigte die Einkäufe und bereitete die Fertigspeisen zu. Ihre Mahlzeiten bestanden denn auch vornehmlich aus Tiefkühlpizzen, Lasagnen und dergleichen. Doch das war für Winter nichts Neues. Er ernährte sich seit Jahren auf diese Weise. Seltsam war nur, dass Michael plötzlich auf Honig schwor und sich beinahe überall Honig draufstrich.

Zwei Tage nach dem Überfall erbarmte sich Michael erneut, mit Winter eine Partie Schach zu spielen. Er kam in sein Zimmer, ein Honigbrot in der einen, das Schachbrett in der anderen Hand. Unter den Arm hatte er sich zudem eine Dose Red Bull geklemmt.

»Hast du mit deiner Mutter telefoniert?«, wollte Winter wissen, nachdem Michael alles auf dem Boden neben Winters Bett abgestellt hatte. »Sie wurde doch gestern operiert?«

Michael nickte. »Ja, hab ich.«

»Und? Muss man dir alles aus der Nase ziehen! Ist alles gut gegangen?«

»Ja. Sie war noch etwas schläfrig von der Narkose und braucht jetzt viel Ruhe, aber ja, alles bestens. Spielen wir nun?«

»Welche Farbe willst du?«, fragte Winter, nachdem sie die Figuren aufgestellt hatten.

»Was für eine Frage!«, grinste Michael. »Schwarz natürlich.«

Winter seufzte. ›Natürlich – das hätte ich wissen müssen.‹

»Also gut, dann fange ich an. Weiß beginnt …«

»… Schwarz gewinnt«, beendete Michael lächelnd den Satz. »Genau so wird es geschehen.«

»Wir werden sehen.« Winter zog den Bauern vor seinem König zwei Felder nach vorne und lehnte sich zurück. Dann betrachtete er Michael, der seinen ersten Zug machte. Plötzlich fiel ihm etwas auf. ›Das kann doch nicht …‹

»Was hast du mit deinen Augen gemacht?«

»Das merkst du erst jetzt?« Michael lachte und strich sich seine Haare aus dem Gesicht, so dass seine Augen noch besser zur Geltung kamen. »Cool, was?«

»Was …«

»Schwarze Kontaktlinsen. Die habe ich schon seit gestern. Echt freakig, oder?«

Winter grinste. »Deine Mutter wird einen Schreikrampf kriegen, wenn sie dich so sieht.«

Michael winkte ab. »Und wenn schon. Ich bin erwachsen und kann machen, was ich will.«

»Du bist sechzehn, Michi.«

»Sag ich doch. Erwachsen. Spielen wir nun weiter?«

»Und was würde dein Vater dazu sagen?«

Michaels Gesicht wurde hart. »Was weiß ich? Der ist ja nicht da. Schon seit über zehn Jahren nicht mehr.«

»Hattet ihr seither keinen Kontakt mehr zu ihm?«

Michael schüttelte den Kopf.

»Hast du nie versucht, ihn anzurufen oder ihm zu schreiben?«

»Warum sollte ich? Er wollte mich ja nicht mehr.«

»Michael, ich kannte deinen Vater zwar nicht wirklich gut, aber ich bin mir ziemlich sicher, dass das nicht stimmt. Es mag sein, dass er sich in eine andere Frau verliebt hat, aber mit dir hatte das Ganze nichts zu tun.«

»Woher willst du das wissen?«, fragte Michael aufgebracht.

»Weißt du eigentlich, dass meine Eltern gestorben sind, als ich vier Jahre alt war?«

Michael schüttelte stumm den Kopf.

»Sie haben sich das Leben genommen, weil sie schwer krank waren. Lange Zeit dachte ich ebenfalls, dass sie mich nicht liebten, manchmal sogar, dass ich schuld daran wäre. Aber heute weiß ich, dass das nicht stimmt. Sie haben mich geliebt und ich würde alles dafür geben, sie noch einmal zu sehen und mit ihnen zu reden.«

Michael senkte trotzig den Blick, sagte aber nichts.

»Kannst du dich eigentlich noch an ihn erinnern?«, fragte Winter ihn nach einer Weile.

Michael schüttelte erst den Kopf, dann nickte er. »Nicht wirklich. Ich war ja erst fünf, als er uns verließ. Ich habe zumindest kein Gesicht vor meinen Augen, wenn ich an ihn zurückdenke. Es ist nur … Eigentlich gibt es nur eine einzige Sache, an die ich mich erinnern kann.«

»Ist es eine gute oder eine schlechte Erinnerung?«

»Eine gute.« Michael lächelte.

»Dann solltest du sie mir erzählen.«

Michael seufzte. »Es war am Heiligabend, im Jahr bevor er … ging. Er sagte mir, dass es dieses Jahr keinen Weihnachtsbaum gäbe, weil wir uns das nicht leisten könnten. Ich war sehr traurig, doch als es Abend wurde, führte mich mein Vater in unseren Garten und da stand er.« Michael wischte sich kurz über die Augen und schluckte, ehe er fortfuhr: »Unser Haus ist umgeben von vielen Büschen und Bäumen und einer davon war ein kleiner Tannenbaum. Meine Eltern hatten ihn geschmückt, Kerzen angebracht und diese angezündet. Es war eine von diesen seltenen weißen Weihnachten und es war traumhaft. Wir standen in unseren Wintersachen vor dem Baum im Garten. Mama sang mit mir *Stille Nacht* und mein Vater erzählte die Weihnachtsgeschichte. Und dann durfte ich mein Geschenk auspacken. Es war ein Schlitten, ein blauer Bob mit Steuerrad, wie ich ihn mir gewünscht hatte. Und als hätte der Himmel nur darauf gewartet, begann es zu schneien, kaum war das Paket offen. Zumindest habe ich es so in Erinnerung.«

»Du solltest den Kontakt zu ihm suchen, Michael«, sagte Winter leise. »Wenn du es nicht tust, wirst du es irgendwann bereuen.«

Eine Woche nach dem Überfall kam Schäfer ihn besuchen. Michael machte ihr die Tür auf und entschuldigte sich dann unter dem Vorwand, noch einkaufen zu müssen. Schäfer trat in Winters Schlafzimmer und rümpfte erstmal die Nase.

»Puh, dicke Luft hier drin. Machen Sie denn nie das Fenster auf?«

»Ich muss mich doch schonen, Frau Schäfer«, antwortete Winter unschuldig, »den Gang zum Fenster würde ich vermutlich nicht überleben.«

Schäfer lächelte pflichtschuldig, trat zum Fenster und riss es auf. Kühle Luft strömte herein und Winter fröstelte.

»Wie geht es Ihnen?«, fragte Schäfer.

Winter zuckte mit den Schultern. »Ein wenig besser, aber mir ist immer noch leicht schwindlig, wenn ich aufstehe.«

Schäfer nickte. »Das ist nicht gut.«

»Haben Sie schon was Neues herausgefunden?«

Schäfer schüttelte den Kopf. »Ich habe mit Dr. Dreyer gesprochen und er hat mir dasselbe erzählt wie Ihnen.«

»Glauben Sie ihm?«

Schäfer wiegte den Kopf hin und her. »Prinzipiell ja. Ich finde ihn überzeugend und aufrichtig.«

»Aber?«

»Die Geschichte klingt einfach zu … unpassend.« Sie setzte sich auf den Bettrand und sah ihn direkt an. »Es kann doch nicht sein, dass ein Mann dermaßen verprügelt wird und dann mir nichts dir nichts aus der Praxis läuft und auf Nimmerwiedersehen verschwindet?«

»Das waren auch meine Gedanken.« Winter richtete sich etwas auf, so dass er in eine sitzende Position kam. »Dennoch bin auch ich noch keinen Schritt weiter.«

»Das sollen Sie auch nicht. Sie müssen sich jetzt erstmal erholen und wieder gesund werden.«

»Das hält mich aber nicht davon ab nachzudenken«, winkte Winter ab, »oder eher, die richtigen Fragen zu stellen. Ich meine … Wir wissen nun, dass ein Mann von vier Personen verfolgt und mit Stangen brutal zusammengeschlagen wurde, ehe er von Franke, Jansen und Dreyer versorgt und abtransportiert wurde. Dann, als Dreyer mit ihm alleine war, wachte der Mann auf und verschwand.« Winter machte eine Pause und sah Schäfer ernst an, ehe er fortfuhr: »Warum wollte der Mann so schnell wie möglich weg? Warum ließ er sich nicht richtig verarzten und wartete, bis er wieder gesund war?«

»Vermutlich hatte er Angst«, schlug Schäfer vor.

Winter nickte. »Vor wem?«

»Vor den Männern, die ihn zusammengeschlagen haben?«

»Das würde voraussetzen, dass der Mann fürchtete, in der Arztpraxis nicht sicher zu sein.«

Schäfer nickte. »Und was können wir daraus schließen?«

Winter zuckte mit den Schultern. »Das weiß ich noch nicht. Aber es gibt noch eine andere Möglichkeit. Der Mann könnte auch Angst vor der Justiz gehabt haben. Sowohl Herr Wagner wie auch Herr Dreyer meinten, der Mann sei ein Ausländer, Herr Wagner vermutete gar, er wäre ein illegaler Migrant gewesen. Vielleicht hatte er Angst, ausgewiesen zu werden.«

Schäfer nickte nachdenklich. »Das wäre möglich und vermutlich wahrscheinlicher.«

»Sind Ihnen weitere Fälle von verschwundenen, illegal Eingereisten bekannt?«

Schäfer schüttelte den Kopf und grinste schief. »Wenn sie illegal eingereist sind, dann können wir es schlecht merken, wenn sie verschwinden.«

»Stimmt.« Winter nickte.

Eine Weile schwiegen sie beide.

»Und …«, begann sie zögernd, »wie geht es Ihnen … psychologisch gesehen?«

»Psychologisch gesehen?« Winter lachte auf. »Gut, wieso? Denken Sie, ich werde in diesen vier Wänden verrückt, weil mir die Decke auf den Kopf fällt?«

»Nein, ich meine nur … Haben Sie denn keine Angst, dass er wiederkommt? Derjenige, der Sie vor einer Woche angegriffen hat?«

Winter zuckte mit den Schultern. »Um ehrlich zu sein, doch. Ich hatte auch schon ein oder zwei Mal Albträume. Aber was kann ich schon tun? Ich habe mir überlegt, zurück nach Bremen zu gehen, während ich untätig herumliegen muss. Aber wenn die mich wirklich umbringen wollen, dann können sie gerade so gut auch in mein Haus in Bremen eindringen. Am besten wäre eine Waffe zur Verteidigung, aber die kriege ich wohl nicht, was?«

Schäfer schüttelte den Kopf. »Ich fürchte nicht, nein.«

Winter lächelte schief. »Ich habe mir einen Pfefferspray zugelegt. Zudem habe ich ja Michael, der auf mich aufpasst. Das muss reichen.«

Schäfer runzelte die Stirn. »Sie wissen aber, dass der Pfefferspray als Tierabwehrspray gekennzeichnet sein muss? Ansonsten ist er illegal.«

Winter nickte.

»Ist er, keine Angst. Übrigens kommt mir da gerade noch ein anderer Gedanke.« Er konnte ein Schmunzeln nicht unterdrücken, was sie fragend die Stirn runzeln ließ. »Sie könnten mich unter Polizeischutz stellen. Jemanden abstellen, der mich bewacht. Zum Beispiel …« Er grinste sie frech an.

»Träumen Sie weiter«, lachte sie, »brauchen Sie sonst noch was, eine Masseuse vielleicht?«

Winter schmunzelte, schüttelte erst den Kopf, dann nickte er. »Eine Köchin wäre nicht schlecht. Michael macht immer nur Fertigpizzen und dergleichen. Sie können nicht zufälligerweise kochen?«

Schäfer zog die Augenbrauen hoch und Winter dachte schon, er wäre vielleicht zu weit gegangen, doch dann lachte sie. »War das nun gerade der plumpe Versuch, mich zum Abendessen einzuladen? Mit mir als Köchin notabene?«

Winter zuckte mit den Schultern und grinste. »Wenn Sie es so verstehen möchten …«

Schäfer stand auf. »Erst müssen Sie mich im Schach einmal gewinnen lassen.«

»Das wird schwierig«, meinte Winter.

»Sie frecher Kerl!« Schäfer drohte ihm spielerisch mit dem Finger und Winter zog den Kopf zwischen die Schultern.

»Tut mir leid, edle Dame, aber Sie schulden mir noch ein Tennismatch, und da mein Körper dies im Moment nicht zulässt, könnten wir das Tennismatch vielleicht gegen ein Abendessen eintauschen?«

Schäfer schüttelte ungläubig den Kopf. »Sie sind ein … «

»Ein bezaubernder Mann?«, schlug Winter vor.

Schäfer lachte. »Eher ein aufdringlicher. Also, ich melde mich, sobald es was Neues gibt.« Sie machte Anstalten, sein Zimmer zu verlassen.

»Was ist denn nun mit dem Essen?«, rief ihr Winter hinterher.

»Wir werden sehen. Was essen Sie denn gerne?«

»Chinesisch.«

Schäfer drehte sich noch einmal um. »Treiben Sie es nicht zu weit, Herr Winter. Sehe ich aus wie eine Asiatin?«

»Na, dann halt italienisch? Oder noch besser … französisch.«

Sie schnaubte und ging. Winter grinste. Er freute sich schon auf ihr nächstes Treffen.

24

Als es am späten Nachmittag des nächsten Tages an ihrer Türe klingelte, ging es Winter schon viel besser und er machte die Türe selbst auf.

Draußen stand Schäfer. Sie hatte eine karierte Mütze gegen die Kälte auf und trug einen langen, schwarzen Filzmantel.

»Darf ich reinkommen?«, fragte sie.

»Aber natürlich.«

Winter machte Platz und Schäfer trat ein. Sie hatte eine große Einkaufstüte in der linken Hand. Ächzend setzte sie sie im Flur ab.

»Was haben Sie denn da in der Tüte?«

»Das ist eine Überraschung.« Sie lächelte, zog den Mantel aus und legte ihn in Ermangelung einer Garderobe auf den Boden. Dann ging sie ihm voraus ins Wohnzimmer, wo Michael auf der Couch saß und fernsah.

»Oh, Frau Schäfer«, sagte er, stand auf und reichte ihr die Hand, »dann … ist es wohl besser, wenn ich …«

»Auf gar keinen Fall«, sagte Schäfer, »du bleibst schön, wo du bist. Ich habe schließlich für drei Personen eingekauft.«

»Eingekauft?«, echote Winter grinsend, »heißt das, Sie …«

»Ich hoffe, Sie haben Hunger, Herr Winter.« Sie trug die Tüte in die Küche und begann, sie auszupacken.

»Kann ich Ihnen irgendwie helfen?«, fragte Winter und folgte ihr.

Schäfer schüttelte den Kopf. »Sie setzen sich am besten zu ihrem … Praktikanten, Herr Winter, und schonen sich.«

Winter tat, wie ihm befohlen, und sah sich mit Michael irgendeine langweilige Talkshow an, während Schäfer sich an die Arbeit machte. Zwei Talkshows später war das Essen fertig und Schäfer servierte ihnen Saltimbocca mit Safranrisotto und Zucchini.

»Sie sind wirklich eine ausgezeichnete Köchin«, sagte Winter, als er von allem probiert hatte. Michael pflichtete ihm bei, auch wenn er die Zucchini verschmähte. Die habe er noch nie gemocht, meinte er.

»Danke. Ist leider so ziemlich das Einzige, was ich kann.« Sie zuckte mit den Schultern. »Das war das Leibgericht meiner Mutter. Dementsprechend kochte sie es häufig und irgendwann brachte sie es mir bei. Seither …«

»War? Lebt sie denn nicht mehr?«

Schäfer schüttelte den Kopf. »Sie ist vor sieben Jahren an Krebs gestorben.«

»Das tut mir leid.«

»Das muss es nicht.«

Es klingelte. Winter sah Michael fragend an. »Erwartest du jemanden?«

Michael schüttelte den Kopf.

»Frauenbesuch vielleicht?« Schäfer zwinkerte ihm zu und Michael wurde hochrot und schüttelte erneut den Kopf.

Winter erhob sich, ging zur Türe und machte auf. Draußen stand Sabine. Sie trug ebenfalls einen langen Mantel und eine Wollmütze, dazu ein paar lederne Handschuhe.

»Richard. Wie geht's dir?«

»Sabine? Das ist … das ist aber eine Überraschung. Was machst du denn hier?«

»Na, das sieht aber nicht aus, als ob du dich über meinen Besuch freuen würdest«, sagte sie gespielt schmollend. »Ich dachte, ich komme dich mal besuchen und seh' nach, wie's dir geht.«

»Das ist … wirklich nett von dir. Doch, natürlich freue ich mich, dich zu sehen, ich …«

»Willst du mich denn gar nicht hereinbitten?« Sie grinste ihn erwartungsvoll an. »Ist recht kalt hier draußen.«

»Aber natürlich, entschuldige, komm herein.«

Sie trat ein, zog den Mantel aus und sah sich vergeblich nach einer Garderobe um.

»Etwas karg hier«, meinte sie. Dann sah sie Schäfers Mantel und legte ihren obendrauf. »Oh, hast du Besuch?«

»Ja, ich …«

»Wer ist es denn?«

Sie ging ihm voraus in die Wohnstube und hielt inne, als sie Michael und Schäfer erblickte. Sie drehte sich halb zu Winter um und warf ihm einen undeutbaren Blick zu, ehe sie zu Michael ging und ihm die Hand gab.

»Hallo Michael.«

Dann ging sie zu Schäfer und reichte auch ihr die Hand.

»Tut mir leid, ich wollte nicht beim Essen stören. Ich bin Sabine Krüger und Sie sind?«

Schäfer erwiderte den Händedruck, stand auf und warf Winter einen fragenden Blick zu, ehe sie antwortete: »Anja Schäfer, freut mich.«

Sie lösten ihre Hände voneinander und Winter sah, wie sich die beiden Frauen misstrauisch und abwägend musterten.

›Wie zwei Boxer, ehe der Gong die erste Runde einläutet.‹

Eine peinliche Stille trat ein. Winter trat zwischen die beiden.

»Kommissarin Schäfer ist die leitende Ermittlerin aus der Polizeiinspektion Cuxhaven in dem Fall, für den ich engagiert worden bin.« Er deutete auf Sabine und ergänzte: »Und Kommissarin Krüger ist meine ehemalige Partnerin bei der Kripo Bremen.«

Sabine sah ihn nur stumm an, hob ihre Augenbrauen.

»… und meine Ex-Freundin«, ergänzte Winter.

Stille.

»Das scheint mir ja ein sehr … professionelles Verhältnis zu sein, das ihr hier pflegt«, meinte Sabine schnippisch.

»Es ist nicht so, wie Sie denken, Frau Krüger«, sagte Schäfer. »Herr Winter hat sich bei mir über die Fertigpizzen seines Praktikanten beschwert und da dachte ich mir, ich koche ihm mal was Anständiges.«

»Sie müssen sich nicht rechtfertigen, Frau Schäfer«, erwiderte Sabine, »es sei denn, Sie haben ein schlechtes Gewissen.«

»Ich …«, begann Schäfer, doch Winter unterbrach sie.

»Setz dich doch, Sabine. Hast du Hunger? Ich glaube, es gibt noch was, wenn du …«

»Nein, danke, ich glaube, ich geh dann besser mal wieder.«

»Sabine, jetzt sei doch nicht gleich eingeschnappt, nur weil ich Besuch habe. Bist du etwa eifersüchtig?«

»Nein, natürlich nicht, ich … Ach, tut mir leid, ihr habt mich einfach auf dem falschen Fuß erwischt. Damit habe ich nun wirklich nicht gerechnet. Ich dachte, du wärst ganz allein, nach Gesellschaft durstend und dann komme ich hierher und …«

»Genau das habe ich mir auch gedacht«, sagte Schäfer lächelnd, »deshalb bin auch ich vorbeigekommen. Bitte, Frau Krüger, setzen Sie sich doch und essen Sie einen Happen.«

Sabine seufzte, schließlich aber nickte sie und setzte sich an den Tisch. Schäfer brachte ihr einen Teller mit den Resten des Menus, die noch in der Küche in der Pfanne verblieben waren.

»Kommissarin, was?«, sagte Sabine schließlich, nachdem sie einen Bissen probiert hatte. »Gehört das zu deinem Beuteschema?«

Winter wurde rot und schüttelte seufzend den Kopf. »Keinesfalls, ich … ich kann doch nichts dafür, dass ich beruflich häufig mit Kommissarinnen zu tun habe.«

»Nicht doch, ich wollte dich doch nur necken.« Sie grinste und legte ihm ihre Hand auf den Arm. Winter sah, wie sie dabei Schäfer ansah und deren Reaktion abwartete. Als Winter zu Schäfer blickte, sah er, dass sie die Bewegung sehr wohl registriert hatte und – obschon sie es sich nicht anmerken lassen wollte – leicht die Nase rümpfte.

Winter seufzte innerlich. Das Worst-Case-Szenario war eingetroffen: Ex-Freundin und Angebetete trifft auf neue Bekannte.

Obschon sich die beiden Frauen sichtlich zusammennahmen, war ihnen anzumerken, dass sich beide in der Situation überhaupt nicht wohlfühlten und der große Knall irgendwann folgen würde.

Der Rest des Abendessens verlief einsilbig. Schäfer und Sabine fragten einander zuerst höflich nach ihrem Arbeitsalltag aus, bevor sie sich nur noch Winter zuwandten und jede so um seine Aufmerksamkeit buhlte. Michael sagte kein Wort und zog sich sofort nach dem Essen in sein Zimmer zurück, während Winter immer wieder versuchte, eine Konversation in Gang zu bringen, an der alle teilhaben konnten.

Als alle fertig waren, wollte Schäfer aufstehen und abräumen, doch Sabine bedeutete ihr, sitzen zu bleiben. Schäfer habe bereits gekocht, deshalb würde sie nun den Abwasch übernehmen. Also blieb Schäfer sitzen und rutschte unruhig auf ihrem Stuhl umher, während Sabine abräumte und den Abwasch erledigte.

»Also, ich … geh dann mal«, sagte Schäfer schließlich, als Winter und sie sich eine Weile angeschwiegen hatten, während hinter ihnen Sabine mit den Töpfen hantierte.

»Das müssen Sie nicht, Sie …«

»Es ist schon spät und ich bin müde«, sagte sie und Winter wusste, dass es eine Lüge war. Einerseits war er froh darüber, dass Schäfer ging, denn die Stimmung war sowieso ruiniert, doch andererseits hatte er beinahe Angst davor, mit Sabine alleine zu sein.

Schäfer ging in die Küche und verabschiedete sich von Sabine, ehe sie zurück in den Flur trat. Winter half ihr in den Mantel.

»Grüßen Sie mir Michael«, sagte Schäfer und Winter nickte.

»Vielen Dank für das leckere Essen und den Besuch«, sagte Winter, »es hat wirklich vorzüglich geschmeckt.«

Schäfer lächelte schief. »Das freut mich. Ich … Auf ein andermal.« Sie wandte sich um und öffnete die Türe.

»Es tut mir leid, dass nun alles so …«, begann Winter, doch Schäfer winkte ab und ging.

Winter schloss die Türe und atmete ein paar Mal tief ein und aus. ›Schlimmer als zwei Mörder in einem Raum‹, dachte er, ehe er vorsichtig zurück ins Wohnzimmer ging.

»Dir scheint es hier ja an nichts zu mangeln«, sagte Sabine, als sie aus der Küche kam und sich wieder an den Tisch setzte.

»Was soll das denn nun wieder heißen?«

»Ach nichts. Ich glaube, es ist besser, wenn ich jetzt auch wieder gehe.«

»Ach Herrgott noch mal, Sabine, du bist doch gerade erst … Jetzt hör auf, eingeschnappt zu sein, nur weil ich eine Frau zu Besuch hatte! Ich habe nichts mit Frau Schäfer, das kannst du mir glauben. Und selbst wenn …«

»Selbst wenn was?«

»Selbst wenn … Wir beide sind ja nicht mehr zusammen, nicht wahr?«

»Nein, das sind wir wirklich nicht.« Sie erhob sich. »Also, gute Nacht, Richard.«

Sie rauschte hinaus und Winter hörte, wie sich wenige Augenblicke später die Türe hinter ihr schloss.

›Verflucht! Weiber!‹

25

In den nächsten beiden Tagen erhielt er keinen Besuch mehr, was ihn nicht verwunderte. Zudem war es ihm gerade recht so. Die Situation hatte auch ihm selbst einiges zu denken gegeben.

Am Nachmittag des dritten Tages nach dem Eklat mit Sabine und Schäfer klingelte es jedoch wieder. Winter schlurfte zur Haustüre und öffnete. Davor stand Venus Blessing.

»Ich sagte doch, ich werde nicht mehr …«, begann Winter verärgert, doch die Journalistin unterbrach ihn.

»Ich will doch auch gar nicht mit Ihnen sprechen, Herr Winter. Ist … Michael da?«

»Michael?« Winter zog verwirrt die Stirn in Falten. »Was wollen Sie denn von Michael?«

»Das kann ich Ihnen leider nicht sagen.«

»Dann kann ich Ihnen leider auch nicht weiterhelfen.« Winter wollte die Türe eben wieder schließen, als Blessing schnell rief: »O. k., ich sag's Ihnen.« Winter öffnete die Türe wieder einen Spaltbreit. »Ich will mit ihm über seine Videos sprechen.«

»Seine Videos?«, echote Winter. »Was für Videos?«

»Na, die Videotagebücher über den Stangenmann.«

»Videos über den Stangenmann? Was … Wollen Sie mich verarschen?«

»Sagen Sie bloß, Sie wissen nichts davon?« Blessing sah auf einmal betroffen aus. Und verlegen. »Das tut mir leid, ich … Es ist wohl das Beste, ich komme ein andermal wieder.«

»Das brauchen Sie nicht. Der Junge ist noch nicht volljährig und ich verbiete Ihnen, ihn zu interviewen. Auf Wiedersehen!« Winter knallte die Türe zu und stapfte zu Michaels Zimmer hoch.

»Michael?«, rief er, klopfte einmal an und machte die Türe auf.

Der Junge saß auf seinem Bett, den Laptop auf dem Schoss.

»Onkel? Wer hat geklingelt?«

»Venus Blessing, die nervige Journalistin.«

Michael grinste. »Und? Hast du ihr mal wieder mehr verraten, als du eigentlich wolltest?«

»Im Gegenteil. Sie hat mir etwas verraten.«

»Ja? Was denn?«

»Sie wollte eigentlich nicht mit mir, sondern mit dir sprechen.«

»Mit mir?« Michael runzelte die Stirn. »Warum mit mir?«

»Wegen deiner Videotagebücher über den Stangenmann.«

»Meine …« Michael hielt inne und sah Winter aus großen Augen an. »Sie wollte mich interviewen? Geilo!«

»Nein, das ist überhaupt nicht *geilo*!«

»Wieso nicht? Hör mal, Onkel, mit meinen Filmkritiken und anderen Videos hatte ich vielleicht fünfzig Views, wenn's hochkam, aber mit dem Videotagebuch über den Stangenmann … Bereits die zweite Folge wurde über dreitausend Mal aufgerufen und über hundert Mal gelikt.«

»Du machst öffentliche Videotagebücher über unseren Fall? Bist du noch bei Trost? Zeig her!« Winter deutete auf den Laptop und Michael schien plötzlich einen Kopf kleiner zu werden.

»Das ist doch nichts Schlimmes«, sagte er kleinlaut, »ich berichte nur über unsere Ermittlungen. Die Leute finden es interessant und …«

»Zeig her!«

Grummelnd drehte Michael den Laptop zu Winter hin und öffnete seinen YouTube-Channel.

»Gloomy Bull?« Winter runzelte die Stirn. »Das ist dein … Pseudonym?«

»Na und?«, meinte Michael trotzig. »Ist doch cool. Ist eine Mischung aus …«

»Deine dunkle Seite und Red Bull?«, schlug Winter vor.

Michael nickte. »So ungefähr.«

Winter besah sich die Videos auf dem Kanal von Gloomy Bull. Die letzten drei waren beschriftet mit »Videotagebuch Der Stangenmann – Geht in Dorum ein Geist um?«, »Videotagebuch Der Stangenmann – Erste Erkenntnisse« und »Videotagebuch Der Stangenmann – Der Vollmond naht«.

Winter setzte sich auf das Bett und klickte wahllos auf das zweite Video. Michael erschien im Bild – noch mit blauen Augen – und sagte: »Hallo, ihr da draußen und willkommen zu meinem zweiten Videotagebuch, das ich über die Ermittlungen zu den geisterhaften Vorkommnissen in Dorum führe. Für diejenigen, die zum ersten Mal einschalten: Ich bin Michael und arbeite als Praktikant bei einem berühmten Privatdetektiv. Unser derzeitiger Fall dreht sich um eine angebliche Geistererscheinung, die immer bei Vollmond Leute umbringt. Über diesen Kanal erfahrt ihr einmal wöchentlich das Neuste aus unseren Ermittlungen. Und los geht's mit den jüngsten Erkenntnissen. Ein Anwohner der vom Spuk befallenen Straße hat uns heute mitgeteilt, dass exakt einen Monat vor dem ersten Mord in eben dieser Straße ein Mann von vier vermummten Gestalten zusammengeschlagen wurde. Ob diese Tat in irgendeinem Zusammenhang mit dem angeblichen Geist steht? Ich …« Winter drückte auf Pause, schloss die Augen und atmete ein paar Mal tief durch.

›Ganz ruhig. Er weiß es nicht besser.‹

»O. k.«, sagte er dann laut und so ruhig wie möglich. »Du löschst sofort alle diese Videotagebücher und wenn du noch einmal so was ins Internet lädst, ist dein Praktikum vorbei, haben wir uns verstanden?«

»Was? Aber … wieso?« Michael schien aus allen Wolken zu fallen.

»Michael, diese Aufzeichnungen sind nicht schlecht. Wenn du das für dich machst, dann ist das o. k. Du darfst sie aber nicht ins Netz stellen. Wer auch immer der oder die Täter sind, wir wollen ihnen einen Schritt voraus sein. Sie dürfen nicht wissen, was wir bereits in Erfahrung gebracht haben. Wenn du alles, was wir herausgefunden haben, publik machst, lieferst du uns ihnen aus. Ganz abgesehen davon, dass irgendwann ein Haufen Schaulustiger hier eintrifft und auf Geisterjagd gehen will. Von der Presse ganz zu schweigen. Und dann ist da noch der Datenschutz! Du darfst die Namen der Orte und Personen nicht in deinen Videos nennen!«

Michael sah betroffen aus. »Tut mir leid, daran … habe ich nicht gedacht, ich …«

»Wenn das alles hier vorbei ist, dann kannst du von mir aus so ein Videotagebuch ins Netz stellen – wenn du die

Namen der Orte und Personen aus dem Spiel lässt, aber nicht jetzt.«

»O. k., Onkel.«

Einen Moment lang schwiegen sie beide. Winter hob die Augenbrauen und deutete auf den Laptop. »Lösch die Videos. Sofort!«

Am nächsten Tag kam Michael in Winters Schlafzimmer. Winter las gerade den Hauptartikel des neusten »mysteries« Magazins, »Geheimakte Archäologie – Was wird uns verschwiegen?« und blickte fragend auf, als der Junge eintrat. Unwillkürlich zuckte er bei dessen Anblick zusammen. Seine schwarzen Augen verwirrten Winter immer noch, wann immer er ihn ansah. Es sah so … unnatürlich aus.

»Ich …«, begann Michael zögernd und brach dann ab.

»Du …?« Winter grinste. Michael wollte irgendetwas, das war ihm deutlich anzusehen.

»Ich … würde gerne heute Abend mit ein paar Kollegen fortgehen.«

»Klar. Viel Spaß.«

»Echt? Einfach so?«

»Hm? Warum nicht? Finde ich gut. Sonst versauerst du mir noch hier drin.«

»Und … du? Kommst du klar alleine?«

Winter lachte auf. »Sehe ich so pflegebedürftig aus? Ich kann dich beruhigen, Michael. Ich bin erwachsen. Vielleicht verhalte ich mich manchmal nicht so, aber doch, ich bin tatsächlich volljährig.«

»Nein, das meinte ich ja nicht, ich … meinte nur … weil … der Angreifer neulich …« Nervös strich er sich seine Haare hinter die Ohren.

»Du hast Angst, er könnte zurückkommen?«
Michael nickte.
»Die habe ich auch. Aber wir dürfen unser Leben nicht von der Angst bestimmen lassen. Wenn er zurückkommt, dann ... werde ich ihm eine ordentliche Tracht Prügel verpassen.« Winter grinste, doch in Wahrheit fühlte er sich nicht annähernd so zuversichtlich, wie er sich Michael gegenüber gab. Wenn ihn tatsächlich jemand angreifen sollte, wäre er so wehrlos wie ein kleines Kind. Die Schwindelanfälle waren immer noch zu stark, als dass er sich ernsthaft würde zur Wehr setzen können.
»O. k. Ja, das ist wohl so, dann ... Wann muss ich wieder zuhause sein?«
»Hm? Keine Ahnung ... Ich würd sagen, ein Uhr, o. k.?«
»Ein Uhr?« Michaels Augen begannen zu leuchten. »Abgefahren. Du bist echt cool, Onkel.«
»Bin ich das? O. k., freut mich.« Er grinste.
»Ja, weißt du, Mama, sie ... Wenn ich mal alleine fort darf, dann muss ich allerspätestens um zehn Uhr wieder zuhause sein, und das ist echt uncool, weil meine Freunde meist länger wegbleiben dürfen.«
»Verstehe. Na, dann viel Spaß.«
»Da ... ist noch etwas.« Michael knetete sich die Hände und sah zu Boden.
»Was denn?«
»Ich ... wäre es vielleicht möglich einen kleinen ... Lohn für meine Hilfe zu kriegen? Ich meine, ich weiß, dass ich nicht allzu viel zur Lösung des Falls beitragen kann, aber immerhin mache ich ja auch was im Haushalt und mein Taschengeld ist schon länger alle und ... Wir würden eben gerne ins Kino gehen ...«

»Schon gut, schon gut, Michi, ich verstehe, kein Problem. Wir haben gar nie über einen Lohn gesprochen. Ich werde mir was überlegen und bis dahin ... Bringst du mir rasch mein Portemonnaie? Es liegt da drüben auf dem Stuhl.«

Michael brachte es ihm und Winter reichte ihm zwei 50-Euro-Noten.

»Reicht das?«

Michaels schwarze Augen wurden groß.

»Klar. Vielen Dank, Onkel. Du bist der Beste!«

26

Winter schrak hoch. Er hatte vom Stangenmann geträumt, der an die Fenster seines Hauses klopfte. Er hatte die blutigen Handabdrücke auf den Scheiben gesehen und das Hämmern gehört, mit dem die Stange gegen das Glas geschlagen worden war.

Winter wischte sich den Schweiß von der Stirn und schauderte. Es war so realistisch gewesen. Er schüttelte den Kopf, wie wenn er damit die verängstigenden Bilder des Traumes loswerden könnte, und sah auf die Uhr: 00:22.

Er hatte das Gefühl gehabt, noch nicht lange geschlafen zu haben, doch offenbar hatte er sich getäuscht.

Bumm, bumm, bumm.

Winter erstarrte. Ein kalter Schauer fuhr ihm über den Rücken. Er erkannte das Geräusch sofort.

›Der Stangenmann!‹

Träumte er immer noch?

Er presste die Augen zusammen, atmete tief durch und kniff sich dann in den linken Handrücken. Der eintretende Schmerz überzeugte ihn davon, dass er wach war.

Bumm, bumm, bumm.

›Das ist unmöglich!‹

Es war noch nicht Vollmond. Bis dahin dauerte es noch mehr als zwei Wochen.

›Der Attentäter ist zurück!‹

Es war die einzig logische Erklärung, die ihm einfiel. Der Mann musste sein Haus beobachtet und darauf gewartet haben, dass Michael ihn in einer Nacht alleine ließ, um zu beenden, was er angefangen hatte. Warum er allerdings den Stangenmann imitierte, war Winter ein Rätsel.

›Vielleicht will er mir Angst einjagen. Mich zu einer leichtsinnigen Aktion provozieren?‹

Er musste so schnell wie möglich hier raus! Doch noch ehe er seinen Gedanken in die Tat umsetzen konnte, hörte er Schritte auf der Treppe.

›Zu spät!‹

27

Geschickt hebelte der vermummte Mann mit dem Brecheisen die verglaste Türe des Wintergartens auf und schlüpfte hinein. Zwei weitere Vermummte folgten ihm schattengleich. Sie trugen armdicke Metallstangen in den Händen. Das bodenhohe Fenster, das ins Wohnzimmer führte, stellte den Mann vor keine größeren Probleme. Es knirschte leise, als er das Brecheisen ansetzte und dieses mit seiner ganzen Kraft als Hebel benutzte, dann schwang es auf. Er nickte den anderen zu und sie drangen ins Haus ein. Der Erste deutete auf die Treppe, die nach oben führte, und schlich voran, während die anderen beiden ihm ebenso leise folgten. Im Obergeschoss zweigten vier Türen ab. Eine davon stand offen und der Mann erkannte sofort, dass es sich dabei um das Badezimmer handelte. Er bedeutete den anderen beiden, sich jeweils ein Zimmer vorzunehmen, und trat selbst vor die erste Türe. Er drehte das Brecheisen in seiner linken Hand so, dass die stumpfe Wölbung – einer Metallstange gleich – nach vorne zeigte. Dann legte er die Hand, die in einem schwarzen Lederhandschuh steckte, auf die Türklinke und sah zu den anderen beiden hin, die ebenfalls in Position gegangen waren. Er nickte ihnen zu, dann drückte er die Türe auf und stürmte ins Zimmer.

Er brauchte einen kurzen Moment, um im dunklen Zimmer das Bett – wie es schien, das einzige Möbelstück des Zimmers – lokalisieren zu können, dann machte er einen Satz darauf zu und ließ das Brecheisen mit voller Wucht darauf niederfahren. Er spürte, wie etwas nachgab, holte erneut aus und schlug wieder zu. Und wieder und wieder.

Schließlich hielt er erschöpft inne, trat zurück, legte den Kopf schief und lauschte. Es war nichts zu hören.

Vorsichtig ging er zur Türe und betätigte den Lichtschalter. Das aufflackernde Licht blendete ihn und er blinzelte ein paar Mal, ehe er richtig hinsehen konnte. Dann trat er erneut zum Bett und fluchte.

Es war leer.

28

Winter ergriff den Pfefferspray, der neben ihm am Boden lag, und stand auf. Für einen kurzen Moment wurde ihm wieder schwindlig und er hielt rasch inne, schloss die Augen und atmete tief durch. Dann öffnete er sie wieder und sah auf seine Bettstatt hinunter. Eine Wolldecke als Unterlage, ein Kissen und eine Jacke als Decke hatten genügen müssen. Erst war er sich komisch vorgekommen und beinahe hätte er sich selbst für verrückt gehalten, als er, nachdem Michael gegangen war, sich seine Schlafstelle für diese Nacht im Keller unten eingerichtet hatte. Nun aber war er froh über diese Vorsichtsmaßnahme. Doch sie würde nichts nützen, wenn er sich nun nicht beeilte. Der Attentäter würde bald merken, dass er sich nicht im Obergeschoss befand, und dann war es nur eine Frage der Zeit, bis er ihn hier unten suchte.

Er eilte in den Flur und erklomm leise die Stufen ins Erdgeschoss hinauf. Den Pfefferspray hielt er abwehrend vor sich, für den Fall, dass vielleicht ein zweiter Attentäter im Erdgeschoss auf ihn wartete. Doch er hatte Glück. Das Wohnzimmer schien leer zu sein. Ein kalter Windzug strömte herein und Winter sah, dass das Fenster zum Wintergarten hin offenstand. Von oben hörte er polternde Geräusche, dann ein Fluchen.

›Rasch jetzt!‹

Er eilte zum offenstehenden Fenster hin und schlüpfte in den Wintergarten, doch wieder überkam ihn Schwindel und er musste sich am Fensterrahmen abstützen, um nicht zu stürzen.

»Da ist er!«, hörte er jemanden hinter sich rufen und dann wieder polternde Schritte auf der Treppe.

Winter fluchte, stieß sich vom Fensterrahmen ab und rannte auf die Wiese hinaus. So schnell er konnte, durchquerte er den Garten und trat auf die Straße.

›Wohin soll ich …? In meinem Zustand ist es ausgeschlossen, dass ich die Attentäter abhängen kann! Ich brauche Hilfe!‹

Er ließ seinen Blick über die Häuserreihe vor ihm schweifen.

›Klein wird mir nicht helfen. Der wird nicht einmal die Türe öffnen. Bröckelmann ist blind. Bis der an der Türe ist, haben sie mich dreimal umgebracht. Wagner ist alt und wird mir ebenfalls keine Hilfe sein. Verdammt!‹

Da fiel ihm ein, dass Herr Lindenbaum, der direkt neben Bröckelmann wohnte, ein Brocken von einem Mann war und bei einer privaten Security-Firma arbeitete.

›Er wird mir nicht helfen. Er hat auch dem Fremden nicht geholfen, als sie ihn zusammengeschlagen haben.‹ Da durchfuhr es ihn wie ein Blitz. ›Dort, wo sie mich zuletzt vermuten würden!‹

Er wandte sich seiner eigenen Haustüre zu, zog den Hausschlüssel hervor und schloss so leise wie möglich auf.

›Lieber Gott, wenn es dich gibt, dann mach, dass sie das Haus durch den Wintergarten verlassen haben!‹ Wenn nicht, würde er ihnen direkt in die Arme laufen.

»Er muss auf die Straße gerannt sein«, hörte er jemanden rufen.

Wieder trampelnde Schritte. Vom Garten her.

Rasch drückte er die Türe auf, schlüpfte wieder ins Haus und machte sie so leise wie möglich zu, ehe er den Schlüssel ins Schloss steckte und abschloss. Dann schlich er ganz langsam den Flur entlang zum Wohnzimmer. Er ließ seinen Blick zum Wintergarten schweifen, doch es war nichts zu sehen. Also huschte er leise die Treppe hinauf zu seinem Schlafzimmer. Die Türe stand offen, das Licht brannte, das Bett war zerwühlt. Er ließ alles, wie es war und stellte sich hinter die Türe, so dass sie ihn nicht gleich sehen würden, sollten sie noch einmal zurückkommen.

›Das dümmste Versteck, das es gibt‹, ging es ihm durch den Kopf. ›Versteck dich doch gleich unter dem Bett.‹

Er versuchte, so leise wie möglich zu atmen und gleichzeitig zu lauschen, doch da war nichts zu hören. Ächzend ließ er sich der Wand entlang zu Boden sinken und lehnte den Kopf gegen die raue Wand hinter ihm. Alles drehte sich um ihn herum und erst jetzt bemerkte er, dass er hämmernde Kopfschmerzen hatte. Er sah das Bett vor sich nur noch verschwommen und schloss die Augen. Dann atmete er einige Mal tief ein und aus.

Winter schrak hoch. Er musste eingenickt sein und irgendetwas hatte ihn geweckt. Sein Hals schmerzte, seine Beine schmerzten, seine Arme schmerzten, sein Kopf schmerzte.

›Mit einer Gehirnerschütterung in dergestalt misslicher Lage zu schlafen, ist definitiv nicht ratsam.‹

Schritte unten im Flur.

›Sie sind zurück!‹

Er versuchte aufzustehen, doch seine Beine waren eingeschlafen und versagten ihm den Dienst. Er presste die Zähne zusammen, stützte sich mit den Armen am Boden ab und versuchte sich hochzustemmen. Es gelang ihm, auf die Knie zu kommen, derweil die Schritte die Treppe hochkamen. Er biss die Zähne zusammen, als das kribbelnde Gefühl in seinen Beinen einsetzte und er am liebsten aufgeschrien hätte.

›Der Pfefferspray! Wo ist …?‹

Sein Blick irrte im Zimmer umher. Der Spray lag zwei Meter von ihm entfernt neben dem Bett. Er musste ihm im Schlaf entglitten und durchs Zimmer gerollt sein. Und nun lag er unerreichbar für ihn im direkten Blickfeld aller, die in sein Zimmer sehen würden.

›Verdammt!‹

Die Schritte hielten vor seiner Türe inne. Winter hielt den Atem an. Dann trat der Fremde ins Zimmer.

»Onkel?«

Winter stieß erleichtert die Luft aus. Michaels Stimme war eine Wohltat und er hätte am liebsten laut losgejubelt.

»Gott sei Dank!«, stieß er stattdessen zwischen zusammengepressten Zähnen hervor.

Michael drehte sich um und sah auf Winter hinunter.

»Was tust du denn da unten? Geht's dir gut?«

»Ging mir nie besser!«, ächzte er. »Könntest du einem alten Mann vielleicht auf die Füße helfen?«

29

Wieder hatten die Attentäter keine Spuren hinterlassen. Winter wusste nicht einmal, wie viele es waren, doch er wusste, dass es mehrere gewesen sein mussten. Schäfer und auch Krause zeigten sich geschockt über den erneuten Attentatsversuch und Krause ließ sogleich eine Alarmanlage durch eine Sicherheitsfirma installieren. Michael derweil beteuerte, abends nicht mehr wegzugehen, solange Winter geschwächt war.

Einerseits war dies Winter alles nicht Recht, doch andererseits war er im Moment schlicht und einfach nicht in der Lage, auf sich selbst aufzupassen. Er fühlte sich wie ein kleines Kind und er hasste es, so hilflos zu sein. Dennoch beruhigte ihn die Alarmanlage ein wenig und sie zeigte auch Wirkung, denn in den nächsten Tagen und Nächten blieb alles ruhig.

Da er auch zwei Wochen nach dem ersten Attentat immer noch leichte Schwindelanfälle hatte, hängte er noch einige Ruhetage an, bis er schließlich gut drei Wochen nach dem ersten Überfall das Gefühl hatte, wieder beschwerdefrei gehen und arbeiten zu können.

Das war eine lange Zeit, um über den Fall und das weitere Vorgehen nachzudenken, und doch war er zu keinem Ergebnis gekommen: Alle Spuren, denen er bisher nachgegangen war, waren im Sand verlaufen und er hatte keine neuen Anhaltspunkte mehr.

Am Morgen seines ersten neuen Arbeitstages stand er auf, ging ins Badezimmer, entkleidete sich und trat in die Dusche. Er stellte das Wasser an, stellte sich unter den Strahl und schloss die Augen. Winter genoss das Gefühl des warmen Wassers, das über seinen Kopf, über seine Schultern und über seinen ganzen Körper rieselte. Nach einem Moment drehte er sich um, und lehnte sich etwas nach vorne, damit der Strahl auf seinen Rücken prasselte. Dabei merkte er, dass ihm das Wasser bis zu den Knöcheln reichte. Stirnrunzelnd öffnete er die Augen und sah hinab. Tatsächlich hatte das Wasser schon den Rand der Dusche erreicht und floss bereits hinaus. Fluchend drehte er den Hahn zu, bückte sich und besah sich den Abfluss. Er war mit Haaren verstopft.

›Kein Wunder, so fließt das Wasser nicht ab!‹

Er griff hinein und zog büschelweise Haare heraus. Im ersten Moment erschrak er und griff sich an den Kopf. Dann aber fiel ihm auf, dass die Haare schwarz waren und er beruhigte sich etwas. Sie mussten von Michael stammen. Doch warum hatte er so viele verloren? Es waren nicht einfach ein paar Haare, wie man sie bei jedem Duschvorgang verliert; es waren so viele, dass man das Ergebnis eigentlich sehen musste.

›Wie sieht Michael denn nun aus?‹

Das Wasser floss nun langsam ab und Winter warf die Haare ins Klo und spülte sie hinunter. Dann trocknete er den Boden des Badezimmers mit einem Badetuch, ehe er fertig duschte, sich anzog und nach unten ging.

Michael saß auf dem Sofa und sah fern. Vor ihm auf dem Tisch standen ein Teller mit einem halben Dutzend Brotscheiben, die mit Honig bestrichen waren, sowie zwei leere und eine angefangene Dose Red Bull. Und Michael … Winter erschrak. Michael hatte sich den Kopf kahlrasiert.

»Und, was sagst du zu meiner neuen Frisur, Onkel?«

»Ich … du … Warum hast du das gemacht?«

»Keine Ahnung. Weil ich es cool finde. Mit den schwarzen Haaren haben mich die Leute so komisch angestarrt.«

›Warte nur, wie sie dich ohne Haare anstarren‹, dachte Winter. Dann ging ihm ein Licht auf und er sagte: »Hast du dir die Haare in der Dusche rasiert?«

»In der Dusche? Nein, wieso?«

»Weil …« Winter hielt irritiert inne. »Nun, weil der Abfluss völlig von deinen Haaren verstopft war.«

»Ach das.« Michael lachte und fuhr sich mit den Fingern durch das Gesicht, wie um seine nicht vorhandenen Haare hinter die Ohren zu streichen, ehe er sich bewusst wurde, dass diese nicht mehr da waren. Peinlich berührt senkte er die Hand und zuckte mit den Schultern. »Tut mir leid, Onkel. Ich … Ich habe tatsächlich in der Dusche begonnen und da habe ich gemerkt, dass das wohl nicht so klug war, also habe ich den Rest außerhalb gemacht. Ich wollte die Haare noch aus dem Abfluss nehmen, aber ich hab's wohl vergessen. Entschuldige.«

»Schon gut.«

Winter setzte sich neben ihn und sah ihn noch einmal genauer an. Michael sah völlig anders aus als an dem Tag, an dem er ihn zum ersten Mal seit mehr als sechs Jahren wiedergesehen hatte. Es waren nicht nur die schwarzen Fingernägel und Augen und die fehlenden Haare, auch sein Teint war bleicher geworden, schien es Winter.

›Die Pubertät verändert die jungen Leute. Ob ich mich damals auch so verändert habe?‹

»Hast du mich nun genug angestarrt?«

Michaels Stimme riss Winter zurück in die Gegenwart und er blinzelte. »Entschuldige, aber … ich muss mich erst an den Anblick gewöhnen.«

»Schon o. k. Also, was machen wir heute?« Michael machte den Fernseher aus und sah Winter gespannt an.

»Weiß ich noch nicht.« Winter schüttelte hilflos den Kopf. »Es gibt keine neuen Anhaltspunkte im Moment. Nach dem ersten Attentat dachte ich, Klein könnte unser Mann sein, doch beim zweiten Versuch waren es mehrere Attentäter. Klein jedoch scheint mir eher der Einzelgänger zu sein. Wir sind in einer Sackgasse und kommen nicht weiter.«

Michael zuckte mit den Schultern und sagte: »Manchmal sieht man das Wesentliche erst, wenn man wieder und wieder darüber spricht. Erzähl mir noch einmal, was wir alles wissen.«

Winter seufzte. »Also gut: Am Tag vor dem Blutmond stolpert ein Fremder durch die Hagenorder Straße. Vier Maskierte verfolgen ihn und verprügeln ihn. Die ganze Straße sieht zu und unternimmt nichts. Als sich der Fremde nicht mehr regt, ziehen die Maskierten ab und die Polizei und Dr. Dreyer erscheinen.«

»Wer hat eigentlich die Polizei alarmiert?«, wollte Michael wissen und biss ein Stück von seinem Honigbrot ab.

Winter sah ihn entgeistert an und war sprachlos.

»Onkel, was ist?«

»Was hast du eben gefragt?«

»Wer die Polizei alarmiert hat. Ich weiß, tut vermutlich nichts zur Sache, aber ich habe nur versucht, dich dazu zu bringen, dass du jedes Detail erwähnst.«

»Und ob das was zur Sache tut!« Winter stand auf.

»Wieso?«

»Weil ich nicht weiß, wer die Polizei alarmiert hat. Ich habe mit fast allen Bewohnern der Straße gesprochen, doch niemand hat erwähnt, die Polizei alarmiert zu haben. Dort setzen wir an. Du bist gut, Michi, du bist wirklich gut!«

Er begann, den Tisch abzuräumen, doch Michael begehrte auf. »Ich bin doch noch gar nicht fertig.«

»Nimm was mit und iss es unterwegs, wir haben zu tun!«

Winter marschierte direkt zum Haus von Herrn Klein. Michael hatte Mühe mit ihm Schritt zu halten.

»Wieso rufen wir nicht einfach die Polizei an und fragen sie direkt?«, wollte er wissen, nachdem er zu Winter aufgeschlossen hatte.

»Das machen wir, Michi. Nachdem wir mit den Anwohnern gesprochen haben. Ich habe da so ein mieses Gefühl, wenn ich an unsere beiden Dorfpolizisten denke, und mein Gefühl hat mich noch selten getäuscht.«

Die erneute Befragung der Anwohner der Hagenorder Straße dauerte fast den ganzen Tag, doch niemand gab zu Protokoll, die Polizei oder den Notarzt gerufen zu haben.

Als sie spätnachmittags zurück zu ihrem Haus gingen, hatten sie alle bis auf fünf Parteien befragt: die Kleves und Ruedenauers, die immer noch jede Aussage ihm gegenüber verweigerten, Frau Hermann, die tot war, von der Winter aber wusste, dass sie die Polizei nicht alarmiert hatte, weil sie ihm dies während der zweiten Befragung erzählt hatte, Herr Schultheiß, das erste Opfer des Stangenmanns, und das Ehepaar, in dessen Haus er nun wohnte. Mit einem Mal wurde er sich bewusst, dass er nicht einmal ihre Namen kannte, geschweige denn ihre Telefonnummer. Er beschloss, den Bürgermeister anzurufen, um an die gewünschten Daten zu kommen, zückte sein Handy und wählte dessen Nummer. Nach wenigen Sekunden ertönte Krauses Stimme an seinem Ohr.

»Herr Winter. Wie geht es Ihnen?«

»Soweit wieder gut, danke der Nachfrage. Ich habe die Ermittlungen wieder aufgenommen und würde gerne noch einmal mit dem Ehepaar sprechen, das in meinem jetzigen Haus gewohnt hat. Könnten Sie mir vielleicht deren Namen und Telefonnummer geben?«

»Aber selbstverständlich. Was denken Sie denn, könnten Sie von ihnen in Erfahrung bringen?«

»Ich möchte lediglich wissen, ob sie damals, als der fremde Mann von den vier Männern verprügelt worden ist, die Polizei alarmiert haben.«

»Warum ist das so wichtig?«

»Das weiß ich noch nicht, Herr Krause, aber manchmal sind es die kleinsten Details, die zur Lösung eines Falles beitragen.«

Krause gab ihm die Nummer von Thomas und Julia Kramer und verabschiedete sich. Winter wählte die Nummer und hoffte, dass nicht Frau Kramer das Telefon abnahm, denn dann würde er mit Sicherheit gar nichts in Erfahrung bringen können. Für einmal hatte er aber Glück. Eine Männerstimme meldete sich am anderen Ende der Leitung.

»Thomas Kramer.«

»Guten Tag Herr Kramer. Mein Name ist Richard Winter.« Er stellte das Telefon auf Lautsprecher, so dass Michael mithören konnte. »Vielleicht erinnern Sie sich an mich. Ich ermittle in den ungelösten Mordfällen, die in der Hagenorder Straße geschehen.«

»Wie könnte ich das vergessen? Natürlich erinnere ich mich an Sie. Was wollen Sie von mir?«

»Nun, ich habe mittlerweile Kenntnis von einem Überfall, der einen Monat vor dem ersten Mord in Ihrer Straße geschehen ist. Der fremde Mann, der von vier maskierten Personen brutal zusammengeschlagen wurde.«

»Das … das sagt mir jetzt gerade nichts, tut mir leid, ich …«

Alleine das Stottern und die Stimmlage Kramers verrieten Winter, dass er log.

»Ich bin sicher, dass Sie sich an jenen Tag erinnern, Herr Kramer. Kurz nach diesem Angriff erschien die Polizei in Begleitung des Arztes Dreyer am Tatort und nahm den Mann mit. Daran werden Sie sich doch mit Sicherheit erinnern?«

»Ich … ich … ja, ich glaube, da war was, aber …«

»Keine Angst, ich will Ihnen nur eine einfache Frage stellen: Haben Sie oder Ihre Frau damals die Polizei alarmiert oder wissen Sie, wer die Polizei gerufen hat?«

»Nein, ich habe nicht … Ich habe die Polizei nicht alarmiert, meine Frau auch nicht und ich weiß auch nichts darüber. Wenn das also alles wäre …«

»Ja, das wäre tatsächlich alles, vielen Dank für die Auskunft, Herr Kramer.«

Winter legte auf und strich sich nachdenklich durch die Haare.

»Also …«, begann Michael zögerlich, »wenn niemand die Polizei gerufen hat … warum ist sie dann gekommen?«

»Du stellst die richtigen Fragen, Michi.«

Michael wollte gegen die Verniedlichung seines Namens aufbegehren, doch Winter ließ ihn nicht zu Wort kommen.

»Es könnte natürlich auch sein, dass jemand von den Befragten gelogen hat, was aber eher unwahrscheinlich ist, denn warum sollten sie ausgerechnet diesbezüglich lügen? Weiter wäre es möglich, dass es die Kleves oder die Ruedenauers waren. Oder der verstorbene Herr Schultheiß, der alleine wohnte. Dennoch, welche Vermutung könnte sich in einem regen, wenn man über deine Frage nachdenkt, Michi?«

»Vielleicht die, dass die Polizei da irgendwie mit drinsteckt?«

Winter nickte. »Und diese Vermutung gefällt mir ganz und gar nicht.«

30

Winter starrte in den Fernseher, wo eine Quizsendung lief, in der sich eine junge Frau mithilfe eines allfälligen Gewinns den Traum einer Weltreise verwirklichen wollte. Doch die Fragen zogen an ihm vorbei, ohne dass er die Antworten der Frau mitbekam. Seine Gedanken kreisten um das Telefonat, das er am späteren Nachmittag mit Franke, dem Polizisten geführt hatte.

»Herr Schultheiß hat uns damals gerufen, Herr Winter«, hatte Franke gesagt, als Winter sich erkundigt hatte, wer die Polizei am Tag des Blutmondes nach dem Angriff auf den Fremden alarmiert habe. Genau die Antwort, die Winter erwartet hatte: Die Person, die man nicht mehr befragen konnte, weil sie tot war.

Winter schüttelte den Kopf, leerte seine Cola-Dose in einem Zug, erhob sich von der schmierigen Couch und schaltete den Fernseher aus. Von oben, aus Michaels Zimmer, drang laute Musik zu ihm herunter.

›Wieder irgend so ein Gothic-Metal-Gegröle.‹

Winter schmunzelte, schlurfte in die Küche und warf die Dose in den dafür vorgesehenen Alusammelbehälter. Dann sah er auf die Uhr: 21:22 Uhr. Er beschloss, nach oben zu gehen und im Bett noch etwas zu lesen. Er löschte das Licht und erklomm die Stufen zum ersten Stock. Dann ging er zu Michaels Zimmer und klopfte an.

Keine Antwort.

Er klopfte noch einmal.

Aber auch diesmal wieder dasselbe Ergebnis.

›Vermutlich ist die Musik so laut, dass Michael das Klopfen nicht gehört hat.‹

Winter öffnete die Tür und hielt den Atem an. So hatte es vermutlich letzte Woche in seinem Zimmer gerochen, als Schäfer ihn besucht, angeekelt die Nase gerümpft und das Fenster aufgerissen hatte: Ein stickiger Geruch, gepaart mit den Schweißausdünstungen eines Teenagers stach ihm in die Nase. Gleichzeitig mischte sich der für Winter unangenehm rauchige Geruch von Räucherstäbchen mit hinein.

Michael saß auf seinem Bett und sah in sein Handy. Laute Musik drang aus den ans Handy angeschlossenen kleinen Boxen, die der Junge neben sich stehen hatte. Musik, von deren Gesang Winter nicht wusste, ob der Sänger (wenn man diesen denn überhaupt so nennen konnte) einfach zu viel geraucht hatte und nun nicht mehr aus dem Husten herauskam oder einfach die Lungenentzündung seines Lebens hatte.

»Hey, kannst du nicht klopfen?«, blaffte Michael ihn an.

»Ich hab geklopft, mach die Musik leiser.«

»Was?«

»Mach die Musik leiser«, schrie Winter.

Michael verdrehte genervt die Augen und stellte die Musik gerade mal so viel leiser, dass sie sich wenigstens verstehen konnten, ohne sich ständig anschreien zu müssen.

»Ich habe geklopft«, wiederholte Winter, »hast du vermutlich nicht gehört, weil die Musik zu leise war.«

Michael zog irritiert die Augenbrauen hoch. »Zu leise?«

»Vergiss es, war ein Scherz. Ich geh nun zu Bett. Werde noch etwas lesen. Kannst du bitte die Musik noch leiser schalten? Sonst krieg ich von dem Geschrei noch Albträume.«

»Ja, ist gut. Gute Nacht.«

»Gute Nacht. Ach: Und zünde bitte nicht die Hütte an mit deinen Räucherstäbchen. Und mach mal das Fenster auf, hier drin stinkt's gewaltig.«

»Ja, mach ich.« Michael wandte sich wieder seinem Handy zu.

Winter wollte gehen, drehte sich aber noch einmal um. »Wie gefällt dir eigentlich dein Praktikum bisher?«

Michael sah auf. Eine Fliege flog ihm um den Kopf.

»Bisher ganz o. k.«, sagte er. Seine Hand schoss nach oben und seine Faust schloss sich in einer unglaublich schnellen Bewegung um die Fliege. »Verdammtes Miststück«, schrie er triumphierend, »die schwirrt mir schon den ganzen Abend um den Kopf, aber einmal ist genug.« Winter sah, wie sich Michaels Gesicht hasserfüllt verzerrte, ehe er die Muskeln seiner Hand kurz anspannte. Dann öffnete er die Faust wieder und die zerquetschte Fliege kam zum Vorschein. Winter verzog angeekelt das Gesicht. Er hasste Fliegen. »Manchmal ist es einfach ein bisschen langweilig. Dürfte bisschen mehr Action sein«, fuhr Michael fort. Er zog ein Papiertaschentuch aus seiner Hose und wischte sich damit die tote Fliege von der Hand. »Bisschen viel Leute befragen, das mag ich nicht so.«

»Die Befragung von involvierten Personen macht einen Großteil meines Jobs aus«, entgegnete Winter. »Wenn dir das nicht liegt, bist du im falschen Beruf. Und natürlich war es die letzten drei Wochen langweilig, weil ich so lange das Bett hüten musste.«

»Ja, ich weiß.«

»Also, dann … gute Nacht.«

»Gute Nacht, Onkel.«

Winter schloss die Türe wieder, ging in sein Zimmer und warf sich auf sein Bett. Dann nahm er das »mysteries«-Magazin zur Hand, das neben dem Bett lag, und schlug es beim nächsten Artikel auf, den er noch nicht gelesen hatte: ›Die magische Macht der Schwarzen Madonna‹. Doch er war müde. Er musste jeden Satz mehrmals lesen, weil er sich nicht konzentrieren konnte, und nach einem Absatz fielen ihm bereits die Augen zu.

Er musste eingenickt sein, denn ein Klingeln weckte ihn. Er schrak hoch und rieb sich müde die Augen.

»Ich geh schon«, hörte er Michael rufen, dann waren dessen Schritte zu vernehmen. Das Geräusch entfernte sich langsam, als er die Treppe hinunter zur Eingangstüre ging.

Winter hatte Mühe, ins Hier und Jetzt zurückzufinden. Er hatte geträumt. Es war ein wirrer Traum gewesen, an dessen Einzelheiten er sich nicht mehr erinnern konnte, doch er hatte ein beunruhigendes Gefühl in ihm zurückgelassen.

Er sah auf die Uhr. 21:52 Uhr. Wer mochte um diese Zeit vorbeikommen? Schäfer vielleicht? Oder …

›Ein neuerliches Attentat?‹

Er schoss hoch.

»Michael?«, rief er, während er aufstand, »warte! Mach noch nicht auf!«

Aus Michaels Zimmer war nach wie vor Musik zu hören, als er auf den Flur hinaustrat. Es klang, als ob jemand pausenlos am Kotzen wäre.

»Michael?«

Winter rannte, immer zwei Stufen auf einmal nehmend, ins Erdgeschoss hinunter, den Flur entlang und zur Haustüre. Diese war geschlossen, doch von Michael war weit und breit nichts zu sehen. Er wollte eben die Türe öffnen, da bemerkte er ein gefaltetes Blatt Papier, das vor der Türe am Boden lag. Stirnrunzelnd nahm er es hoch und klappte es auf. Darauf war mit Computer geschrieben:

Geben Sie den Fall ab und kehren Sie nach Bremen zurück, wenn Ihnen etwas am Leben Ihres Praktikanten liegt. Tun Sie das nicht, erhalten Sie ab sofort jeden Tag ein Stück von ihm zurück. Wie es weitergeht, teilen wir Ihnen mit, sobald Sie unserer ersten Forderung nachgekommen sind.

Wir beobachten Sie!

»Nein!«, stieß Winter entsetzt aus und machte ein paar unsichere Schritte zurück. Er ließ das Papier fallen, stürzte zur Türe und riss sie auf, doch draußen war niemand zu sehen. Die Straße lag still und friedlich vor ihm wie immer.

»Nein«, hauchte er, »das darf nicht passieren! Nicht Michael! Nicht schon wieder ein Kind, das mir anvertraut wurde! NEIN!«

31

Winter hatte seine und Michaels Sachen noch am selben Abend gepackt und war wie in Trance losgefahren.

Er hatte nicht lange überlegen müssen. Der Aufforderung nicht Folge zu leisten hätte bedeutet, Michaels Tod zu riskieren, und das würde er unter keinen Umständen tun. Vor sechs Jahren hatte er bereits einmal eine folgenschwere falsche Entscheidung getroffen. Er war nicht gewillt, diesen Fehler zu wiederholen … Er wollte nicht für den Tod eines weiteren Kindes verantwortlich sein.

Die Gedanken kreisten in seinem Kopf, führten einen wahren Veitstanz auf, während er Dorum auf der Speckenstraße verließ und Richtung Bremen fuhr.

Er wusste, was die Entführer tun würden, wenn er in Dorum bliebe und weiter ermittelte. Doch was er nicht wusste, war, was sie tun würden, wenn er ihnen Folge leistete.

Wie es weitergeht, teilen wir Ihnen mit, sobald Sie unserer ersten Forderung nachgekommen sind.

Das bedeutete, dass es eine zweite Forderung geben würde. Und nach der zweiten vielleicht eine dritte und …

›Verflucht!‹

Winter hämmerte seine Stirn so hart gegen das Lenkrad, dass das Auto einen wilden, unkontrollierten Schwenker nach rechts machte und er für einen kurzen Moment die Sterne sah. Er hob den Kopf und brachte das Auto mit tränenden Augen wieder auf die Fahrspur zurück, ehe er sich auf die Lippen biss, bis er Blut schmeckte.

›Er darf nicht sterben! Er darf nicht sterben!‹

Er konnte später nicht mehr sagen, wie genau er zu seinem Haus in Bremen gekommen war. Auch wenn er natürlich wusste, dass er mit seinem Auto gefahren war, so konnte er sich überhaupt nicht mehr an die Fahrt erinnern. Er war wie entrückt, schloss die Haustür auf und warf sich schließlich hemmungslos heulend auf sein Bett.

Irgendwann, nach einer Ewigkeit, stand er wieder auf, verließ das Haus und fuhr zum nächsten Tankstellenshop, der um diese Zeit noch offen hatte. Dann steuerte er direkt die Kasse an und bellte: »Eine Flasche Jack bitte.«

Die Verkäuferin sah ihn stirnrunzelnd an, beeilte sich dann aber zu nicken und hinter sich eine Flasche Jack Daniels aus dem Regal zu nehmen und vor ihn hinzustellen.

»Sonst noch was?«, fragte sie gleichermaßen unfreundlich wie er.

Winter schüttelte den Kopf, bezahlte und ging. Die Flasche war kalt und doch fühlte er in seinem Inneren so was wie Wärme aufsteigen, als er damit auf sein Auto zu schritt. Er stieg ein und legte die Flasche neben sich auf den Sitz.

Als er zuhause ankam, setzte er sich mit ihr im Wohnzimmer auf den abgewetzten Sessel, in dem Ben immer gesessen hatte. Die Flasche stellte er vor sich auf den vollgestellten Salontisch. Eine Weile sah er sie einfach nur an, unschlüssig, ob er es wirklich tun wollte, ob er die Dämonen der Vergangenheit wirklich wieder heraufzubeschwören bereit war. Seine Hand begann zu zittern, je länger er die Flasche ansah. Dann gab er sich einen Ruck, packte die

Flasche und öffnete sie. Er hielt sie sich an die Nase und atmete das verführerische Aroma ein, dann schloss er die Augen und setzte sie an die Lippen.

»Verdammt!«

Am ganzen Körper zitternd stellte er die Flasche zurück auf den Salontisch und verschloss sie mit dem Deckel. Dann stand er langsam auf und ging rückwärts aus dem Wohnzimmer, ohne die Flasche dabei aus den Augen zu lassen. Als er den Durchgang zum Flur durchschritten hatte, warf er die Türe zu und atmete erleichtert aus.

»Nein, du kriegst mich nicht!«, zischte er und stieg die Stufen zum Schlafzimmer hoch. »Du kriegst mich nicht! Nicht heute, nicht morgen, nie wieder!«

Er warf sich, angezogen wie er war, auf sein Bett und wälzte sich noch lange hin und her, geplagt von vorwurfsvollen Gedanken sich selbst gegenüber, ehe er schließlich in den frühen Morgenstunden endlich in einen unruhigen Schlaf fiel.

Er erwachte von den Sonnenstrahlen, die sein Zimmer hell erleuchteten, und streckte sich gähnend. Dann drehte er sich noch einige Male hin und her und versuchte, wieder einzuschlafen, doch plötzlich fiel ihm ein, warum er wieder in Bremen war und was gestern geschehen war. Sofort war er hellwach und richtete sich auf.

Geben Sie den Fall ab und kehren Sie nach Bremen zurück, wenn Ihnen etwas am Leben Ihres Praktikanten liegt.

Er hatte die Forderungen des Entführers noch nicht vollständig erfüllt. Schweiß trat ihm auf die Stirn und ein kalter Schauer fuhr ihm über den Rücken. Er hoffte, dass es noch nicht zu spät war!

Wir beobachten Sie.

Er nahm sein Handy zur Hand und wählte die Nummer Krauses.

»Krause«, meldete sich der Bürgermeister nach zweimaligem Klingeln.

»Winter hier. Ich muss Ihnen leider eine schlechte Nachricht überbringen.«

»Eine schlechte Nachricht? Was ist passiert?«

»Ich gebe den Fall ab, Herr Krause. Ich werde nicht weiter als Privatdetektiv für Sie tätig sein. Selbstverständlich erhebe ich keinen Anspruch auf das Honorar. Ich hoffe, Sie können Ihr Problem in Bälde lösen und wünsche Ihnen dazu nur das Beste. Wiederhören.«

»Moment, Moment!«, widersprach Krause verdutzt. »Was … warum …?«

»Ich kann Ihnen leider nicht mehr dazu sagen, Herr Krause, es tut mir wirklich sehr leid!« Winter hängte auf und atmete tief durch. Beinahe umgehend klingelte sein Handy. Er sah kurz aufs Display, erkannte Krauses Nummer und drückte ihn weg. Ächzend stand er auf, warf das Handy aufs Bett, ging ins Badezimmer und wusch sich. Dann zog er ein frisches T-Shirt an, ging zurück ins Schlafzimmer und nahm das Handy zur Hand. *Drei verpasste Anrufe*, stand auf dem Display. Zwei stammten von Krause, der dritte von einer ihm unbekannten Nummer.

›Die Entführer vielleicht?‹, ging es ihm durch den Kopf. Er drückte auf den Verbindungsknopf und rief die Nummer zurück.

»Richard?«

Die Frauenstimme kam ihm bekannt vor, doch er konnte sie nicht sofort einem Namen zuordnen.

»Lilliane hier. Schön, dass du mich zurückrufst. Wie geht's dir?«

›Scheiße!‹ Winter verfluchte sich dafür, die Nummer zurückgerufen zu haben.

»Ich … ja, es geht … eigentlich ganz gut«, log er. »Danke. Wie geht's dir? Hast du dich von der Operation erholt?«

»Ja, es geht mir schon viel besser. Ich bin jetzt seit fast zwei Wochen in der Reha-Klinik und habe laut den Ärzten gute Fortschritte gemacht. Morgen werde ich entlassen.«

›Auch das noch!‹, stöhnte Winter innerlich.

»Aber eigentlich wollte ich nachfragen, wie sich Michael so macht«, fuhr Lilliane fort. »Ist er anständig? Gefällt es ihm? Er meldet sich so selten und wenn ich ihn anrufe, ist er stets so einsilbig, deshalb dachte ich, ich frage nun einfach mal dich. Ich hoffe, das ist in Ordnung und ich störe nicht gerade?«

»Also ehrlich gesagt schon.«

»Wunderbar, also wie geht's ihm?«

»Ich …« Schweiß trat ihm auf die Stirn und er leckte sich nervös über die Lippen. »Also, ich habe ihn heute Morgen noch nicht gesehen. Ist ein Langschläfer, dein Michi.«

»Echt? Seltsam, früher hat er nie lange ausgeschlafen. Aber er hat sich sowieso in letzter Zeit etwas seltsam benommen. Diese Teufelsmusik, die er seit Neustem hört. Schrecklich so was! Hat er sie dir auch vorgespielt?«

»Ja, das hat er. Nicht gerade ein Ohrenschmaus, das muss ich zugeben, aber …«

»Freut mich, dass du es auch so siehst. Teenager halt, was? Da verändern sich die Kinder und werden zu richtigen Frauen und Männern. Hach, wenn ich an meine Pubertät zurückdenke …« Sie kicherte. »Dagegen ist das hier ein Klacks.«

›Warte nur, bis du ihn in seinem neuen Dark-Look siehst‹, dachte Winter und sofort durchzuckte es ihn siedend heiß. ›Wenn du ihn überhaupt jemals wieder zu Gesicht kriegst. Scheiße!‹

»Also, wie macht er sich? Kann er etwas zum Lösen des Falls beitragen oder glotzt er nur in sein Handy?«

»Er … nein, nein, er … er ist wirklich gut. Er ist clever, stellt die richtigen Fragen, hat innovative Ideen und … er ist schnell, hat gute Reflexe.«

»Gute Reflexe? Wie meinst du das?«

»Nun, gestern hat er eine Fliege mit der bloßen Faust gefangen und zerquetscht. Im Flug!«

»Er hat was?«

»Eine Fliege im Flug gefangen.«

»Nein, das andere … er hat sie … zerquetscht?«

»Ja, warum?«

»Noch vor einem Jahr hat er den Fliegen Namen gegeben und aufbegehrt, wenn ich sie töten wollte«, lachte sie. »Er wird wohl wirklich langsam erwachsen.«

»Sie hat ihn genervt, ist ihm pausenlos um den Kopf geflogen.«

»Na, freut mich, dass er sich gut macht. Ist er anständig?«

»Ja, das ist er, keine Sorge. Zumindest meistens.«

»Meistens? Was soll das heißen?«

»Nun … neulich hatte er aus dem Nichts einen Wutausbruch. Hat er das des Öfteren?«

»Ein Wutausbruch sagst du?« Sie schwieg eine Weile, dann sagte sie: »Früher nicht, aber seit ein paar Monaten ist mir das zuhause auch ein paar Mal aufgefallen. Er beginnt wohl langsam, rebellisch zu werden. Ach, sie werden so schnell erwachsen …« Sie seufzte. »Und wie kommt ihr voran bei diesem … Geisterfall?« Sie konnte ein Kichern nicht ganz unterdrücken und Winter runzelte verärgert die Stirn.

»Es … es geht ganz gut. Wir … wir kommen voran, aber … es wird wohl noch eine Weile dauern bis …«

»Schön«, fiel sie ihm ins Wort, »freut mich zu hören. Also ich meine, dass ihr gut vorankommt, nicht dass es noch eine Weile dauert. Es ist nur … Darf ich dich vielleicht um einen kleinen Gefallen bitten, Richard?«

›Was ist denn jetzt schon wieder?‹, dachte er kopfschüttelnd. Laut sagte er: »Um was geht's denn?«

»Ich … Es ist mir etwas peinlich, aber … ich habe eine Wellness-Woche im Schwarzwald gewonnen und … Ich weiß, Michael ist jetzt schon fast vier Wochen bei dir, aber du hast doch nichts dagegen, wenn ich noch eine Woche verreise, oder? Meinem Knie würde der Aufenthalt bestimmt gut tun und Michael ist ja ohnehin bei dir und wie du sagtest, dauert es ja noch eine Weile, bis ihr den Fall gelöst habt.«

›Gott sei Dank!‹

»Das ist überhaupt kein Problem, geh nur«, sagte Winter erleichtert. »Michael kann so lange hier bleiben, wie er will.

›Ein Problem weniger.‹

»Vielen Dank, Richard, du hast was gut bei mir! Ich bin dann eine Woche weg, aber wenn was ist … du hast ja jetzt meine Handynummer. Du brauchst sie bloß noch zu speichern … einfach für alle Fälle. Du weißt schon.«

»Ja, klar.«

»Gut, dann … Kannst du ihm noch etwas von mir ausrichten?«

»Ich … also, ehrlich gesagt …«

»Sag ihm bitte, er soll doch das nächste Mal den Anruf entgegennehmen, wenn seine Mutter ihn anruft. Das ist nämlich nicht gerade höflich. Oder zumindest zurückrufen. Ich habe heute Morgen drei Mal versucht, ihn zu erreichen.«

»Ja, also, wie gesagt, er schläft noch. Vermutlich hat er deshalb nicht abgenommen.«

»Ja, ja, die Jugend von heute. Dann soll er halt mal aufstehen. Und sag ihm bitte auch, dass ich eine Woche weg bin. Ich werde mich wieder melden, wenn ich zurück bin, o. k.?«

»O. k., klar, mach ich.«

»Übrigens, danke noch einmal, dass du ihn aufgenommen hast, Richard. Du weißt gar nicht, wie viel mir das bedeutet. Zu wissen, dass er ihn guten Händen ist und machen kann, was ihm gefällt. Das ist nicht selbstverständlich. Also dann, nichts für ungut. Mach's gut, Richard.«

»Ja, du auch.«

›In guten Händen.‹ Winter lachte laut und humorlos auf. ›Verdammt!‹

Er schlurfte ins Wohnzimmer hinunter.

›Wenn ihm etwas zustößt, bin ich dafür verantwortlich. Und es wird ihm etwas zustoßen. Aus der Sache wird er nicht heil herauskommen. Selbst wenn er es körperlich übersteht, dann erleidet er zumindest mit großer Sicherheit ein Trauma und …‹ Sein Blick fiel auf die Flasche Jack Daniels, die immer noch auf dem Salontisch stand. ›Ein halbes Jahr trocken. Scheiß drauf!‹

Er packte die Flasche, öffnete sie und setzte sie ein weiteres Mal an die Lippen. Der Duft machte ihn fast wahnsinnig, doch er trank nicht. Noch nicht.

›Ein halbes Jahr trocken. In guten Händen. Es ist meine Entscheidung und ich möchte es so, bitte, Onkel! Ein halbes Jahr trocken. Schwör mir, dass du dich nicht wieder so gehen lassen wirst. In guten Händen. Scheiß drauf!‹

Er schloss die Augen, hob die Flasche an und trank gierig von der goldenen Flüssigkeit.

32

Richard Winter strich sich etwas Honig auf seine Scheibe Brot und biss herzhaft hinein. Der süße Geschmack bereitete seinem Gaumen ein Hochgefühl. Er spülte den Bissen mit einem Schluck Whiskey herunter und sah sich in der heimeligen Stube um. An der Wand hingen dutzende Porträts von Menschen, die ihm gänzlich unbekannt waren. Ein Sofa mit Karomuster stand an der einen Wand und daneben eine alte Standuhr mit langem Pendel.

›Sieht aus wie das Wohnzimmer der alten Frau Hermann‹, dachte er verwirrt.

Ein Geräusch riss ihn aus seinen Betrachtungen. Ein Rufen. Er legte den Kopf schief und lauschte.

»Musaeada, Musaeada!«

Winter trat ans Fenster und sah hinaus. Eben trat ein junger Mann in sein Gesichtsfeld. Er zog ein Bein etwas nach, versuchte aber dennoch, so schnell wie möglich zu rennen. Dabei rief er immer wieder: »Musaeada, Musaeada!«

Winter sah genauer hin und erschrak. Der kahle Kopf, die schwarzen Fingernägel – es gab keinen Zweifel. Es war Michael.

Als hätte der Junge seinen Blick gespürt, wandte er den Kopf und sah ihn an.

»Ibni!«, schrie er nun. »Ibni!«

Winter wollte zu ihm hinausgehen, doch ehe er reagieren konnte, erschienen vier weitere Gestalten hinter Michael.

Sie waren vermummt und trugen dicke Eisenstangen. Sie schlossen zu Michael auf und ließen ihre Stangen auf ihn niedersausen.

»Nein!«, schrie Winter entsetzt.

»Musaeada, Musaeada!«, brüllte Michael.

Winter rannte zur Türe. Doch als er sie aufriss und ins Freie trat, waren Michael und die Männer verschwunden. Verwirrt drehte sich Winter um und wollte wieder hineingehen, da sah er, dass außen an der Türklinke etwas Blutiges hing: Eine Hand mit schwarzen Fingernägeln.

Er begann zu schreien und taumelte zurück …

Winter schrie vor Schmerz und Überraschung auf, als sein Körper auf dem Boden neben seinem Bett aufschlug. Er brauchte einen Moment, um ins Hier und Jetzt zurückzufinden. Der Traum war so realistisch gewesen. Stöhnend rappelte er sich hoch und setzte sich auf sein Bett. Dann legte er den Kopf in seine Hände und weinte.

›Wenn ich ihn suche oder zur Polizei gehe, wenn ich ihn als vermisst melde, dann …‹ Vor seinen inneren Augen sah er immer noch Michaels Hand von der Türklinke baumeln.

Tun Sie das nicht, erhalten Sie ab sofort jeden Tag ein Stück von ihm zurück.

›Und wenn ich nichts unternehme, ist Michael ebenfalls verloren.‹

Er schniefte, wischte sich die Tränen aus dem Gesicht und richtete sich auf. Ein weiteres Bild erschien in seinem Kopf. Ein kleines Mädchen von vielleicht zehn Jahren in den Griffen eines grobschlächtigen Mannes, der einen schwarzen, vermutlich falschen Bart trug sowie eine Sonnenbrille und eine Baseballmütze. Er hielt dem Mädchen eine Pistole an die Schläfe.

Winter konnte sich noch genau erinnern, wie sich ein einzelner Schweißtropfen von der Stirn des Mannes gelöst hatte und auf dem Kopf des Mädchens aufgekommen war.

Kurz bevor der Mann es erschossen hatte.

Er schloss die Augen, doch das machte es nicht besser. Der Kopf des Mädchens wurde zurückgeworfen, Blut spritzte umher.

Winter stieß einen Schrei aus und öffnete seine Augen wieder. Seine Hand zitterte, als sie die Flasche auf dem Nachttisch ergriff, den Deckel entfernte und sie an seinen Mund setzte.

›Ich kann nicht. Ich kann ihm nicht helfen. Das letzte Mal, als ich es versucht habe, ist ein Mädchen gestorben. Ich kann ihm nicht helfen. Ich kann ihm nicht helfen.‹

Er trank so lange, bis er husten und sich gleich darauf übergeben musste. Die Flasche entglitt seinen Händen, fiel zu Boden und zersprang in tausend Stücke. Winter glitt vom Bett, sank auf die Knie und fiel in sich zusammen. Tränen liefen ihm über die Wangen. Er merkte nicht, wie sich sein Körper, sein Erbrochenes und der Whiskey miteinander vermischten, fühlte nicht, wie die Scherben der zerborstenen Flasche sich in seine ungeschützte Haut bohrten. Da war nur noch eine endlose, kalte Leere, die ihn zu verschlingen drohte.

›Ich kann ihm nicht helfen!‹

33

Sydney bellte bereits, als Winter die letzten Stufen zur Wohnung Sabines hochstieg. Einen Moment lang hielt er schwer atmend inne, alles drehte sich um ihn herum. Die halbe Flasche Jack Daniels, die er heute Morgen getrunken hatte, entfaltete noch immer ihre volle Wirkung.

Nachdem er nach dem Telefonat mit Lilliane zum ersten Mal seit einem halben Jahr wieder zum Whiskey gegriffen hatte, hatte er sich vier volle Tage gehen lassen und dem Alkohol gefrönt, ehe er sich heute endlich dazu überwunden hatte, Sabine aufzusuchen, um Sydney zurückzuholen.

Er schloss für einen kurzen Moment die Augen, um sich zu sammeln – was ein Fehler war, denn alles begann sich zu drehen und ihm wurde schwindlig –, ehe er tief durchatmete und sich so gerade wie möglich aufrichtete. Dann zog er einen Pfefferminz-Kaugummi aus der Manteltasche, steckte ihn sich in den Mund und klingelte.

»Ruhig, Sydney«, hörte er Sabine sagen, doch Sydney ließ sich davon nicht beeindrucken.

›Braves Mädchen.‹

»Richard? Was machst du denn hier?«, sagte Sabine, als sie die Türe öffnete. »Und wie bist du in den Block reingekommen?«

Sydney flitzte an ihr vorbei und sprang wild an Winter hoch. Winter kraulte ihr den Kopf, ließ sich dann auf ein Knie herab und streichelte sie zärtlich. Dann erhob er sich ächzend wieder, während Sydney freudig wedelnd um ihn herumlief. »Es kam gerade jemand raus, als ich reinwollte. Der Mann war so freundlich mich reinzulassen, also …«

»Ich dachte, du wohnst jetzt in Dorum?«, unterbrach sie ihn stirnrunzelnd. »Hast du den Fall schon gelöst?«

Er schüttelte den Kopf. »Nein, ich … ich bin nur gekommen, um … Sydney zu holen, ich …«

»Richard!«, sagte Sabine streng und Winter sah, wie sich ihre Stirn umwölkte, »hast du getrunken?«

Winter grinste schief. »Nur einen kleinen Schluck, ich …«

»Du stinkst, als ob du in ein Schnapsfass gefallen wärst«, wetterte Sabine. »Ich dachte, du bist trocken? Du hast mir doch hoch und heilig versprochen, nie wieder einen Tropfen Alkohol anzufassen?«

»Also genau genommen habe ich den Alkohol nicht angefasst, nur die Flasche und …«

»Verdammt, Richard! Was ist passiert? Warum hast du das getan?«

»Das … ach, weißt du«, lallte er, »das ist doch jetzt egal. Jedenfalls vielen Dank dafür, dass du zu Sydney geschaut hast. Kannst du mir noch das Hundefutter bringen, das ich dir mitgegeben habe?«

»Nein, verdammt, das kann ich nicht. Du kommst jetzt herein und erzählst mir, was passiert ist!«

»Ist das ein Befehl oder ein … Wunsch?«

»Ein Befehl, verdammt noch mal!« Sie packte ihn am Kragen seiner Jacke und zog ihn in die Wohnung. Dann stieß sie ihn grob auf die schwarze Ledercouch im Wohnzimmer.

Sydney sprang neben ihn auf das Sofa und legte ihm ihren Kopf auf den Schoss.

Sabine brachte ihm ein Glas Wasser und sagte streng: »Trink!«

»Aber eben warst du doch noch wütend auf mich, weil ich getrunken habe …«, sagte Winter, doch er verstummte, als er Sabines Blick sah. »Schon gut, schon gut.« Er stürzte das Glas herunter und knallte es auf den Tisch.

»Erzähl!«, befahl Sabine. Sie baute sich mit verschränkten Armen vor ihm auf.

Winter seufzte und erzählte ihr alles.

»Ich … verstehst du, ich kann nicht! Ihm darf nichts passieren! Ich kann es nicht ertragen, für den Tod eines weiteren Kindes verantwortlich zu sein!«, wisperte er, nachdem er mit seinem Bericht geendet hatte.

Sabine hatte sich mittlerweile ihm gegenüber hingesetzt und nickte langsam und nachdenklich.

»Das hört sich nicht gut an. Aber du kannst doch deswegen nicht einfach aufgeben und … Du warst doch selbst Polizist, Richard! Du kennst doch die Vorgehensweise der Polizei bei einer Entführung! Du musst die Polizei ermitteln lassen. Das hier gehört nicht zu meinem Zuständigkeitsbereich … Aber diese Freundin von dir, wie hieß sie noch gleich? Schäfer? Wir müssen sie davon in Kenntnis setzen, so dass sie eine Fahndung einleiten kann.«

»Der Klassiker. Als ob die nicht merken würden, dass die Polizei nach ihnen fahndet. Und was würde dann wohl mit Michael passieren, hm? Nein, nein, es darf nicht so enden wie vor sechs Jahren!«

»Richard! Als Polizistin muss ich bei Kenntnis einer Straftat die Behörden einschalten. Es ist meine Pflicht. Du weißt, dass die Polizei niemals das Leben einer Geisel gefährden würde.«

»NEIN!« Winter schoss hoch. »Es muss nur so ein verdammter Idiot den Fall bearbeiten, wie ich es damals war, und … Nein! Ich habe Sabine, meiner Freundin, all dies erzählt und nicht der Polizistin. Missbrauche mein Vertrauen bitte nicht!«

Sabine seufzte schwer, dann nickte sie.

»Also gut. Keine Polizei. Aber wenn du nicht die Behörden einschalten willst, dann musst du wenigstens im Verborgenen nach ihm suchen.«

»Ja, der Gedanke ist mir auch schon gekommen, aber wenn sie es rauskriegen, dann …«

»Und was, wenn niemand nach ihm sucht? Irgendwann wird sich seine Mutter nicht mehr damit zufriedengeben, dass ihr Sohn mittags noch schläft. Spätestens sie wird die Polizei einschalten.«

»Du denkst also, ich sollte ihn suchen?«

Sabine nickte. »Ja, das denke ich. Ich kann dir dabei helfen, wenn du …«

Winter winkte ab. »Nein, ich möchte nicht, dass noch mehr Unschuldige da mit reingezogen werden. Aber … was, wenn ich versage? Wenn sie rauskriegen, dass ich ermittle? Wenn sie ihn umbringen?«

»Richard, du warst früher Polizeikommissar. Du weißt doch selbst am besten, dass Entführungsopfer nicht von alleine wieder freikommen. Michael wird nicht wieder auftauchen, wenn ihn niemand befreit.«

Winter nickte.

»Ja, du hast Recht, ich … Ich glaube, ich bin einfach in Panik geraten, als ich den Zettel gefunden habe und … Michael gehört zu meiner Familie, verstehst du? Er ist zwar ein entfernter Verwandter, aber er ist mein Verwandter. Es gibt nicht mehr viele Menschen, von denen ich das behaupten kann, verstehst du?«

Sabine nickte traurig und nahm seine Hand in ihre. Sie fühlte sich warm und weich an.

»Ich weiß, Richard, ich weiß. Und genau deshalb werde ich dir helfen. Wir waren doch früher ein gutes Team, findest du nicht auch?«

»Ja, natürlich, aber …«

»Oder möchtest du lieber, dass diese Schäfer dir hilft?« Sie ließ seine Hand los und sah ihn forschend an.

»Nein, natürlich nicht, aber …«, beeilte er sich zu versichern.

»Dann«, unterbrach sie ihn wieder, »ist es besiegelt. Du nüchterst dich jetzt erstmal aus. Und dann planen wir das weitere Vorgehen.«

»Dafür haben wir keine Zeit! In drei Tagen ist Vollmond. Bis dahin …«

»In diesem Zustand bist du eine Gefahr und ein Risiko für uns beide. Ehe du nicht nüchtern bist, machen wir gar nichts.«

»Und was ist mit deinem Job? Du musst doch arbeiten und …«

»Kein Problem. Wenn nötig werde ich ein paar Tage freinehmen. Wir finden Michael schon, Richard, keine Angst.«

34

»Du willst *was?*«

Sabine sah ihn an, als hätte er eben vorgeschlagen, zum Mars zu fliegen, um die Marsmenschen um Hilfe zu bitten.

Er hatte Sabines Vorschlag, sich gründlich auszunüchtern, wohl oder übel befolgen müssen, denn sie hatte ihn nach Hause begleitet, allen Alkohol aus seinem Haus entfernt und war dann den restlichen Tag und die Nacht über geblieben, so dass er gar nicht in der Lage gewesen wäre, weiteren Alkohol zu beschaffen. Sie hatte auf seiner Couch übernachtet, obschon er ihr sein Bett angeboten hatte. Doch sie hatte dankend abgelehnt – vermutlich in dem Wissen, dass es für ihn ein Leichtes gewesen wäre, in der Nacht hinauszuschleichen und sich irgendwo einen Whiskey zu besorgen, wenn sie im Schlafzimmer oben geschlafen hätte. Nun saßen sie am Küchentisch und frühstückten, während Winter bereits übelste Kopfschmerzen von dem beginnenden Alkoholentzug plagten.

»Ich will in die Polizeistation Dorum eindringen und sie unter die Lupe nehmen«, knurrte Winter.

»Bist du verrückt geworden?«, fragte Sabine. »Warum um alles in der Welt willst du ausgerechnet dort mit der Suche beginnen?«

»Du musst doch zugeben, dass sich die beiden Polizisten bisher sehr verdächtig verhalten haben. Erst verweigern sie die Zusammenarbeit mit mir und dann kommt raus, dass sie rein zufälligerweise genau dann am Tatort erscheinen, als die Täter gerade verschwunden sind und der Mann halbtot am Boden liegt. Das schreit nach Antworten. Die beiden hängen mit drin, da verwette ich mein Haus darauf!« Er biss missmutig in das Stück Brot, das er mit Butter und Erdbeermarmelade bestrichen hatte.

»Selbst wenn. Warum glaubst du, dass wir dort fündig werden? Warum nicht bei ihnen zuhause?« Sabine blies über ihre Kaffeetasse und trank dann vorsichtig einen Schluck.

»Die beiden sind verheiratet, ich habe ihre Eheringe gesehen. Ich glaube kaum, dass sie irgendetwas, was auf ihre Verbrechen hindeuten würde, zuhause verbergen würden, wo eine neugierige Ehefrau darauf stoßen könnte.«

»Aber dafür in der Polizeistation, wo neugierige Kollegen darüber stolpern könnten«, spottete Sabine.

»Die beiden arbeiten alleine dort«, sagte Winter. »Keine neugierigen Kollegen.«

»Und was erhoffst du dir, dort zu finden?«

»Das weiß ich noch nicht genau. Aber wenn sie wirklich mit drinhängen, dann könnte es sein, dass wir zum Beispiel persönliche Dokumente des vermissten Mannes finden oder die Tatwaffen oder einen Hinweis darauf, wo sie Michael festhalten oder vielleicht sogar Michael selbst. Du brauchst ja nicht mitzukommen, Sabine. Ich verstünde das. Dein Job steht auf dem Spiel. Wenn man dich erwischt, wie du in die Polizeistation Dorum einbrichst, bist du die längste Zeit Kommissarin gewesen.«

»Nein, ich komme mit, auch wenn ich dein Vorhaben immer noch nicht gutheißen kann. Zudem glaube ich nicht, dass wir dort etwas finden, das uns weiterhelfen wird.«

»Kein Problem, ich bin offen für bessere Vorschläge.«

Sabine seufzte und schwieg. Schließlich sagte sie: »Und was ist mit Sydney?«

»Was soll mit ihr sein?«

»Ich meine, es könnte schließlich sein, dass wir länger fort sind.«

Winter runzelte die Stirn und dachte nach. Endlich antwortete er: »Du hast Recht. Ich werde Frau Breitner, meine Nachbarin, fragen, ob sie nach Sydney sehen kann, bis ich wieder zurück bin.« Er nickte und breitete die Arme aus. »Dann wäre das also beschlossen. Wir fahren noch heute Nacht nach Dorum.«

Sabine nickte ergeben, dann stand sie auf, fuhr sich mit den Fingern durch die Haare und sah ihm dann in die Augen.

»Richard, ich … wollte mich schon länger bei dir entschuldigen.«

»Wofür?«

»Für die Szene, die ich gemacht habe, als ich dich neulich besucht habe.«

»Ach, das war doch nichts. Schon in Ordnung.« Winter winkte ab. Er hatte keine Lust, jetzt darüber zu reden.

»Doch, im Nachhinein war es mir nicht recht. Im Gegenteil, es war mir peinlich. Ich habe mich aufgeführt wie eine eifersüchtige Ehefrau, dabei …« Sie zögerte. »Wie auch immer. Es würde mich für dich freuen, wenn du jemanden gefunden hättest, der dir entspricht.«

Sie sah ihn gespannt an. Winter musste sich ein Grinsen verkneifen. Nun wusste er genau, wohin das Gespräch führen sollte. Sabine versuchte herauszufinden, ob er eine Beziehung mit Schäfer hatte oder nicht. Oder ob er beabsichtigte, mehr von Schäfer zu wollen als bloß ein Abendessen.

Er ließ sie bewusst noch etwas zappeln und antwortete nicht. Stattdessen stand er ebenfalls auf, ging zu Sydney, die es sich auf der Couch bequem gemacht hatte, und streichelte sie.

»Habt ihr denn … etwas miteinander?«, fragte sie schließlich, als ihr die auf ihnen lastende Stille offenbar zu drückend wurde.

Winter sah auf und schüttelte den Kopf. ›Noch nicht‹, dachte er, doch laut sagte er: »Da ist nichts, Sabine, keine Angst. Kann es vielleicht sein, dass du doch etwas eifersüchtig bist?« Er ließ von Sydney ab und machte einen Schritt auf sie zu, doch sie wandte sich ab und schüttelte den Kopf.

»Nein, ich freue mich bloß für dich, das ist alles.«

»Da gibt es nichts zum Freuen, Sabine, wirklich nicht.« Er fuhr sich verlegen mit der Zunge über die Lippen, nickte dann, wie um es sich selbst noch einmal zu bestätigen, und sagte schließlich: »Ich werde dann mal zu Frau Breitner gehen und sie fragen, ob sie heute Abend und morgen früh nach Sydney sieht.«

»Ja, mach das«, sagte Sabine, setzte sich nun ihrerseits neben Sydney und streichelte sie.

Winter wollte noch etwas sagen, ließ es aber dann bleiben, ging in den Flur, zog sich die Schuhe an und streifte sich den Mantel über.

›Warum ist bloß immer alles so kompliziert?‹, dachte er und seufzte.

35

Die Polizeistation Dorum war glücklicherweise nicht gerade wie eine Festung gesichert. Das dreistöckige Ziegelsteinhaus besaß auf jeder Seite normal verglaste Fenster ohne Vergitterungen. Die Rückseite des Gebäudes grenzte an die Hauptstraße und der Vordereingang war hell erleuchtet, doch die rechte Seite befand sich etwas im Dunkeln und wurde von einer größeren Lagerhalle gedeckt. Winter und Sabine schlichen sich im Schutze der Dunkelheit an diese rechte Seite. Nirgendwo brannte Licht.

»Und wie willst du nun da hineinkommen?«, fragte Sabine und beobachtete angespannt ihre Umgebung.

Es war eine dunkle Nacht, der Mond war hinter Wolken verschwunden und das einzige Licht, das zu ihnen drang, kam vom Haupteingang des Polizeigebäudes und von der Rückseite, wo die Straßenlaternen brannten.

Winter stellte seinen Rucksack ab und zog ein rostiges Brecheisen hervor.

»Auf die altmodische Art«, grinste er.

»Du willst doch nicht tatsächlich mit dem Ding …?«

Winter nickte vielsagend, streifte sich dünne Lederhandschuhe über und machte sich an dem Fenster über ihm zu schaffen. Es war nicht das erste Mal, dass er ein Fenster so aufhebelte. Er hatte es in der Ausbildung zum Polizisten geübt und auch danach in seiner Detektivlaufbahn bereits einmal gemacht, als er belastende Beweise für das Fremdgehen eines Ehemannes gesucht (und auch gefunden) hatte. Es dauerte nur kurz, ehe ein leises Knirschen ertönte und er das Fenster aufdrücken konnte.

»Bitte sehr.«

Sabine verdrehte die Augen, zog ebenfalls ein Paar feine Lederhandschuhe über ihre Finger und ignorierte seine hilfreich ausgestreckten Hände, ehe sie sich am Rahmen hochzog. Dann verschwand sie im Inneren des Gebäudes.

Winter sah sich noch einmal um, ehe auch er sich hochzog und ins Gebäude eindrang. Als er neben Sabine anlangte, hatte sie bereits ihre Taschenlampe hervorgenommen und angeknipst. Der Lichtstrahl fuhr durch den Raum und offenbarte ein unaufgeräumtes Büro: Auf einem Pult stapelten sich Papiere und Aktenmappen; daneben standen eine halbvolle Kaffeetasse und ein Computer im Standby-Modus. Sabine ließ das Licht der Taschenlampe über die Wände fahren und beleuchtete ein Poster eines Bikinimodels sowie eines der Fußballmannschaft von Werder Bremen. Ein Schrank, ein Ordnermöbel, ein abgenutzter Bürostuhl sowie zwei Stühle aus Holz vor dem Pult komplettierten die Ausstattung.

»Wird 'ne Weile dauern, bis wir uns durch dieses Material gearbeitet haben«, sagte Sabine, als sie den Berg Papier auf dem Pult etwas ratlos musterte.

»Ich denke nicht, dass wir das müssen. Wenn es etwas Verdächtiges zu finden gibt, dann finden wir es bestimmt nicht hier im Büro oder in einem der öffentlich einsehbaren Räume. Ich denke, wir sollten uns auf den Keller und die oberen Stockwerke konzentrieren.«

Sabine nickte erleichtert.

Sie verließen das Büro durch eine der beiden Türen und fanden sich im Eingangsraum wieder, in dem der Tresen stand, an dem sich Winter vor einigen Wochen vergeblich um Informationen bemüht hatte. Der Raum beinhaltete zwei weitere Schreibtische. Diese waren etwas aufgeräumter als derjenige im Büro. Weitere Ordnermöbel und Schränke säumten die Wände, jedoch fehlten hier die Poster, welche die persönlichen Vorlieben der Polizisten widerspiegelten. Stattdessen hingen zwei Bilder an der Wand, moderne Kunst: Das eine Bild zeigte zwei rote, diagonale Pinselstriche, die von einem grünen, unregelmäßigen Strich gekreuzt wurden, während das andere eine Reihe blauer Wellenlinien zeigte, die von einer Handvoll schwarzer Kreise durchbrochen wurden.

»Schau mal, Sabine«, grinste Winter, »die Polizisten hier sind Seelenverwandte von dir. Willst du dir eines davon mitnehmen?«

»Sehr witzig.«

»Ich wette, der ›Künstler‹, der diese Bilder gemacht hat«, fuhr Winter abfällig fort, dabei betonte er das Wort Künstler, »erhält mehr Geld für so ein Bild als ich für ein Dutzend gelöster Fälle.«

Sie betraten den Flur hinter dem Tresen. Von dort führte eine Treppe nach oben und eine nach unten. Zudem zweigten zwei weitere Türen davon ab. Sabine sah ihn fragend an. Winter zuckte mit den Schultern.

»Wo würdest du etwas verstecken, wenn du etwas zu verbergen hättest?«, fragte Winter.

»Vermutlich im Keller.«

Winter nickte.

»Ich schlage vor, wir teilen uns auf.«

Er zog nun ebenfalls eine Taschenlampe aus seinem Rucksack hervor.

»Einer sucht den Keller ab und der andere die Obergeschosse. Je schneller wir wieder raus sind, desto besser.«

Sabine nickte. »Einverstanden. Irgendwelche Vorlieben?«

»Ich übernehme sonst den Keller.«

»Sonst?«

»Ich nahm an, du würdest lieber die oberen Geschosse untersuchen. Oder liege ich da falsch?«

»Wieso sollte ich die oberen Geschosse dem Keller vorziehen?«

»Keine Ahnung. Weil die meisten Leute sich vor dunklen Kellern fürchten vielleicht?«

Sabine lachte abfällig. »Du solltest mich langsam besser kennen. Von uns beiden warst du stets der Ängstlichere.«

»Bitte wie?«

»Ich erinnere mich da an den Fall mit dem toten Clown, den wir hinter dem Zirkus im Müllcontainer fanden. Und stell dir vor, ein bestimmter Kommissar ließ mir den Vortritt und wollte sich die Leiche partout nicht ansehen.« Sie grinste.

»Das ist unfair. Du weißt genau, dass ich an Coulrophobie leide. Das war eine Ausnahme.«

»Genau.« Sie lachte und stupste ihn leicht in die Seite. »Obschon es da noch diesen Fall gab, wo wir uns in ein Schlachthaus schleichen mussten und du …«

»Ist ja gut, ist ja gut. Willst du den Keller übernehmen?«

»Nein, wo du doch schon mal deine männliche, heroische Seite entdeckt hast, will ich dir nicht reinfunken.« Sie lachte noch einmal und ging nach oben.

Winter schüttelte seufzend den Kopf und nahm die Treppe nach unten. Sie endete vor einer Türe. Er öffnete sie und abgestandene, stickige Luft schlug ihm entgegen. Er ließ die Türe offen, so dass zumindest ein Hauch frischer Luft zu ihm nach unten drang, ehe er den Flur dahinter betrat. Davon zweigte auf jeder Seite eine Türe ab. Winter entschied sich für diejenige links und fand sich in einem Raum wieder, der ein Dutzend Regale und Schränke enthielt. Allesamt waren sie mit Aktenordnern vollgestellt.

›Das Archiv. Zu viel Material zum Durchsehen.‹

Er schloss die Türe wieder und nahm den gegenüberliegenden Raum in Angriff. Darin stand ein großer Tank, von dem aus unzählige Rohre und Leitungen in die Wände und Decke führten.

›Heizungsraum. Verdammt. Hoffentlich hat Sabine mehr Glück.‹

Er schloss die Türe und wollte wieder nach oben gehen, als er meinte, aus den Augenwinkeln eine Bewegung wahrgenommen zu haben. Er wandte den Kopf und besah sich die Wand am anderen Ende des Flurs noch einmal genauer.

Da war nichts.

Doch er hätte schwören können, zuvor …

Da war es wieder.

Die Wand vor ihm hatte sich leicht bewegt, als ob …

›Als ob es sich dabei nicht um eine Wand, sondern um einen Vorhang handeln würde.‹

Winter streckte die Hand aus und fuhr über die Wand vor ihm – tatsächlich! Es handelte sich nicht um rauen Stein, sondern um eine täuschend echte Imitation desselben! Es war eine Art Banner, das vor der eigentlichen Wand hing. Der feine Luftzug, der durch die offene Kellertüre in den Flur drang und vermutlich vom offenen Fenster im Büro herrührte, hatte den Vorhang in eine leichte Schwingung versetzt. Winter schob das Banner beiseite und war nicht überrascht, dahinter eine verschlossene Türe zu entdecken.

›Bingo!‹

Er kramte in seinem Rucksack herum, fand das spezielle Taschenmesser, das er während seinen Ermittlungen zum ›Harlekin-Fall‹ von Catherine gekriegt hatte, und machte sich an die Arbeit. Erst entnahm er dem Messer den Spanner, ein L-förmiges Werkzeug, mit dem man den Zylinder spannte und drehte. Danach klappte er die Haken aus, mit deren Hilfe er die Kernstifte im Zylinder abtastete und in die richtige Höhe brachte.

Als er damals mithilfe dieses Werkzeuges in Brunners Wohnung eingedrungen war, hatte er kaum eine Minute gebraucht, um das Schloss zu öffnen, doch diesmal war es schwieriger. Das Schloss war neueren Ursprungs als dasjenige in der Altbauwohnung Brunners und leistete mehr Widerstand. Mehrere Minuten lang bearbeitete Winter die Kernstifte mit dem Haken, ehe er den Spanner endlich drehen und das Schloss öffnen konnte. Erleichtert atmete er ein paar Mal tief ein und aus, dann öffnete er die Türe.

Stickige, abgestandene, aber kühle Luft schlug ihm entgegen. Doch was der Strahl seiner Taschenlampe ihm offenbarte, ließ ihm den Atem stocken: Der Boden des Raumes bestand aus hellen Fliesen; in der Mitte stand eine weiße, höhenverstellbare Liege, darüber war eine große Lampe mit drei separaten Scheinwerfern angebracht. Auf der linken Seite befanden sich ein Waschbecken mit einem Desinfektionsbecken sowie eine Kommode auf Rädern mit einem halben Dutzend Schubladen. Rechts und links der Liege standen zwei Infusionsständer. Dahinter befand sich ein Narkosegerät und auf einem fahrbaren Tischchen lagen allerlei chirurgische Instrumente sowie Verbandsmaterialien. Auf einem kleinen Tisch an der gegenüberliegenden Wand gab es einen abgeschalteten Computer, daneben einen großen Wandschrank. Zu seiner Rechten schließlich war ein Medikamentenschrank zu sehen, sowie eine Kühltruhe.

›Ein Operationsraum‹, schoss es ihm durch den Kopf. ›Was zur Hölle …?‹

Er betätigte den Lichtschalter neben der Türe und nach einem kurzen Moment flackerten die Deckenlampen auf. Winter schaltete die Taschenlampe aus, schritt langsam durch den Raum und betrachtete die Ausstattung genauer. Er öffnete die Schubladen der Kommode. Sie enthielten weitere medizinische und chirurgische Geräte und Materialien, doch in der untersten Schublade fand Winter ein halbes Dutzend Pässe.

›Meine Fresse! Was geht hier vor?‹

Winter nahm die Pässe heraus und öffnete sie nacheinander.

›Djamal Rashid, Shailender Kukava, Levani Tabagua, Yaver Rashid, Ainar Kirsipuu, Lukas Kazlauskas‹, las er und schüttelte ungläubig den Kopf. ›Wer seid ihr? Und was ist mit euch passiert? Was haben sie euch angetan?‹

Er nahm sein Smartphone heraus, fotografierte die Pässe und legte sie zurück in die Schubladen, ehe er seinen Rundgang fortsetzte. Als Nächstes öffnete er den großen Wandschrank an der Rückseite des Raumes und erstarrte. Er enthielt zwei weitere Aktenordner, sowie eine Vielzahl Geräte, deren Funktionen sich ihm nicht auf den ersten Blick erschlossen. Doch im untersten Abteil auf der linken Seite befanden sich vier schwere, metallene Stangen.

›Die Tatwaffen!‹

Schritte auf der Treppe hinter ihm rissen ihn aus seinen Gedanken. ›Sabine. Sie wird wohl oben nichts gefunden haben‹, dachte er, während er mehr zu sich selber wiederholte: »Es ist alles hier. Die Identitäten der Opfer, die Tatwaffen, das OP-Zimmer. Vermutlich illegaler Organhandel!«

»Sehr scharfsinnig«, ertönte eine ihm bekannte Stimme hinter ihm. Aber sie gehörte nicht Sabine.

Winter schoss herum und hob abwehrbereit die Fäuste, was seinem Gegenüber nur ein Kichern entlockte. Niklas Jansen, der blonde Polizist mit dem ungepflegten Dreitagebart, hielt eine Pistole in der Hand, die er auf Winters Brust gerichtet hatte. Hinter ihm trat Bernd Franke ein, der Polizist mit dem stets grimmigen Blick.

»Ich hoffe, Sie haben intakte Organe, Herr Winter. Haben Sie einen Spenderausweis?« Jansen lachte über seinen eigenen Witz und kam einen Schritt näher, während Franke neben ihn trat.

»Wer hat euch alarmiert?«, fragte Winter, mehr um Zeit zu gewinnen als aus Neugier. Unauffällig sah er sich nach etwas um, das er als Waffe gebrauchen konnte. Die vier Stangen lagen nur eine Armlänge hinter ihm. Wenn er es schaffte, sie zu erreichen …

»Denken Sie, wir sind völlig bescheuert?« Es war Jansen, der antwortete. »Das Türschloss löst einen stillen Alarm aus, wenn es nicht mit dem dazugehörigen Schlüssel geöffnet wird.«

›Verdammt!‹ Winter schüttelte verzweifelt den Kopf.

»Wissen Sie, dass Sie soeben das Todesurteil für ihren Praktikanten unterzeichnet haben?«, knurrte Franke.

»Nein!« Winter zuckte zusammen. »Michael hat nichts damit zu tun. Bitte, lasst ihn frei, er ist doch noch ein Kind. Meinetwegen tötet mich, aber nicht Michael, ich flehe euch an.«

»Sie töten wir sowieso. Aber auch Organe von Kindern finden Abnehmer. Sehr gute sogar.«

»Ihr Monster!«, schrie Winter und wollte sich auf sie stürzen, doch Jansen hob seine Pistole ein wenig höher und schüttelte den Kopf.

»Das würde ich bleiben lassen, Herr Winter, es sei denn, Sie möchten gleich jetzt sterben.«

Winter schnaubte verächtlich, hielt dann jedoch inne. »Was spielt es denn für eine Rolle, ob ich jetzt oder in ein paar Stunden sterbe, wenn ich sowieso dem Tod geweiht bin?«

»Nun, mit ihrem Tod können Sie durchaus noch etwas Gutes tun. Ihre Organe werden einem anderen Menschen helfen zu überleben. Wenn wir Sie jetzt töten müssen, wird diese letzte gute Tat in ihrem Leben wegfallen, denn dann wird es uns wohl nicht gelingen, Ihnen Ihre Organe rechtzeitig zu entnehmen.«

»Als ob es darum gehen würde! Ihnen geht's doch allein ums Geld! Verdient man als Polizist heutzutage so schlecht, dass man sich einem derartig widerlichen Nebenverdienst widmen muss?«, fragte Winter provozierend.

Jansen winkte ab. »Sie wollen gar nicht wissen, wie schlecht man als Polizist bezahlt wird.«

»Ich war selbst Polizist, aber mir reichte mein Lohn allemal.«

»Sie waren ja auch Kriminalkommissar«, erwiderte Franke wütend und zog nun auch seine Pistole, mit der er vor Winters Gesicht herumfuchtelte. »Nicht Dorfpolizist wie wir beide. Aber ich wette, mit Ihrer Detektei verdienen Sie sich auch nicht gerade eine goldene Nase.«

»Jetzt sowieso nicht mehr«, höhnte Jansen.

»Wer ist noch in den Fall involviert?«, wollte Winter wissen.

»Das geht Sie überhaupt nichts an«, zischte Franke.

»Da ihr mich sowieso umbringt, könnt ihr es mir ebenso gut erzählen.«

»Halten Sie den Mund! Sie werden ihn noch früh genug zu Gesicht kriegen.«

»Wen?«

»Bringen wir es hinter uns?«, fragte Franke seinen Kollegen Jansen.

»Nein, wir müssen warten, bis er hier ist. Hast du nicht zugehört? Wir dürfen ihn nicht zu früh töten, sonst bringen uns seine Organe nichts mehr.«

Winter fuhr es kalt den Rücken herunter. Die beiden sprachen über seinen Tod, als würden sie darüber debattieren, wer die Getränke fürs bevorstehende Feierabendbier einkaufen müsste. Unauffällig machte er einen kleinen Schritt nach hinten, in Richtung des Schrankes und der vier Stangen darin. Dann noch einen kleinen Schritt.

»Und was machen wir so lange? Ich habe keine Lust, noch länger mit diesem abgehalfterten Detektiv zu sprechen«, murrte Franke. »Dann betäuben wir ihn. Wir schlagen ihn nieder und fesseln ihn oder so.«

»Ja, ich denke …«

Weiter kam Jansen nicht, denn hinter ihnen trat Sabine in den Raum und rief: »Hände hoch und keine Bewegung. Polizei!«

Die beiden Polizisten erstarrten und reagierten dann mit etwas Verzögerung beide gleich: Sie drehten sich um ihre eigene Achse und eröffneten das Feuer. Fast gleichzeitig schoss auch Sabine ihre erste Kugel ab. Winter zog den Kopf zwischen die Schultern, ging in die Knie und ergriff eine der schweren Stangen, während ihm die Kugeln als Querschläger um die Ohren pfiffen.

»Fuck! Sie hat mich erwischt«, hörte er einen der Polizisten schreien.

Er sah, wie Franke sich die Seite hielt und gleichzeitig Deckung hinter der Liege suchte. Jansen stürmte mit vor sich gestreckter Pistole in Richtung Türe. Sabine war nicht mehr zu sehen. Vermutlich hatte sie sich in den Flur zurückgezogen.

Winter erhob sich mit der Stange wieder und stürzte sich auf Franke. Der bemerkte ihn, kurz bevor er ihn erreicht hatte, und drehte sich leicht zur Seite, so dass ihn die Stange, statt wie geplant am Kopf, nur an der Schulter traf. Dennoch wurde er zur Seite geschleudert und ließ seine Waffe los. Sie schlitterte über den Boden davon in Richtung Türe.

»Sabine! Jetzt!«, schrie Winter und warf sich auch noch auf Jansen, der sich überrascht zu ihm umdrehte. Im selben Moment stürmte Sabine erneut in den Raum. Jansen wich Winters Schlag aus und richtete die Pistole auf ihn, doch ehe er feuern konnte, war Sabine bei ihm und trat ihm von hinten zwischen die Beine. Jansen stöhnte auf und sank in die Knie. Winter schlug ihm die Pistole aus den Händen.

»Richard, Vorsicht!«, rief Sabine und stieß ihn zur Seite.

Keinen Moment zu früh, denn eine weitere Kugel peitschte an ihm vorbei und verfehlte ihn nur um Haaresbreite. Franke hatte Jansens Pistole ergriffen und richtete sie eben ein zweites Mal auf Winter. Sabine hob ihre Waffe und schoss. Franke schrie vor Schmerzen auf, als ihn Sabines Kugel in der rechten Schulter traf, und ließ die Pistole fallen. Sofort stürzten sich Winter und Sabine auf ihn und rangen ihn nieder.

»Kümmere dich um den anderen«, keuchte Sabine, »ich hab ihn.«

Winter richtete sich schwer atmend wieder auf. Doch Jansen war verschwunden.

»Scheiße! Er ist weg!«

Winter ergriff die Pistole, die vor seinen Füßen am Boden lag und rannte hinter Jansen her. Als er das Erdgeschoss erreichte, hörte er, wie die Eingangstüre zufiel. Er spurtete durch den Flur, öffnete die Türe und sah gerade noch, wie ein Wagen mit quietschenden Reifen davonfuhr. Er hob die Pistole, zielte und ließ sie dann wieder sinken. Er wollte nicht unnötig Aufmerksamkeit auf sie lenken. Vermutlich hätte er den Wagen nicht mit einer Kugel zum Stillstand gebracht und zu mehr Schüssen wäre er nicht gekommen, denn das Auto verschwand soeben aus seinem Sichtfeld, als es um die Ecke und auf die Hauptstraße bog.

Er rannte zurück in den Keller zu Sabine, die Franke Handschellen angelegt hatte und soeben seine beiden Wunden notdürftig versorgte. Winter kniete sich neben ihn hin und packte ihn an den Schultern, so dass der Polizist schmerzerfüllt aufschrie.

»Wo ist Michael?«

»Leck mich!«

Winter drückte noch einmal fester zu. Franke schrie erneut auf.

»Wo ist Michael?«

»Am …«, stöhnte Franke, hielt inne und sog tief Luft ein.

»Am wo?«

»Am … Arsch. Er ist am Arsch«, kicherte Franke.

Winter richtete die Pistole auf Frankes Stirn. »Sagen Sie mir, wo Michael ist oder ich schwöre bei Gott, ich knalle Sie auf der Stelle ab!«

»Richard«, schrie Sabine entsetzt, »das …«

»Das werden Sie nicht tun«, lächelte Franke. Blut rann ihm über die Lippe, doch er schien es nicht zu bemerken, »denn das bringt Ihnen Michael auch nicht zurück, nicht wahr? Und selbst wenn? Was habe ich vom Leben noch zu erwarten, nun da wir aufgeflogen sind? Ich verbringe den Rest meines Lebens im Knast. Vielleicht ist es da besser, gleich zu sterben?«

»Wie Sie meinen«, knurrte Winter und setzte dem Polizisten die Pistole auf die Stirn.

»Richard!« Sabine fiel ihm in den Arm und drückte ihn zur Seite. »Hast du den Verstand verloren? Willst du zum Mörder werden?«

»Ich …« Winter erwachte wie aus einem Traum. Er ließ die Pistole fallen und setzte sich auf den blanken Fußboden. »Ich … muss Michael finden, ich …«

»Wir finden ihn, Richard. Aber nicht auf diese Weise!«

»Ihr werdet ihn nie finden«, lachte Franke hämisch. »Oder doch, ich muss mich verbessern: Ihr werdet seine Leiche finden.«

Winter holte aus und versetzte Franke einen Kinnhaken, der ihn zurückschleuderte, so dass er mit dem Hinterkopf auf dem Boden aufschlug und einen Moment benommen liegen blieb.

»Richard!«, stieß Sabine entrüstet aus und besah sich Franke besorgt.

»Entschuldige, aber das musste sein«, knurrte Winter. »Er wird nicht daran sterben.«

Franke stemmte sich stöhnend wieder in eine sitzende Position hoch.

»Wenn Sie den Mund aufmachen, dann, um uns zu helfen«, knurrte Winter. »Ansonsten schweigen Sie, wenn Sie sich nicht noch weitere Schläge einfangen wollen.«

Franke erwiderte nichts mehr und sah sie nur böse an.

»Also«, begann Sabine. »Lass uns in aller Ruhe darüber nachdenken.«

»Wir haben keine Zeit dafür, Sabine. Wir müssen Michael befreien, ehe es zu spät ist!«

»Ich weiß, aber es nützt auch niemandem etwas, wenn wir jetzt in Panik verfallen. Also: Wo könnte Michael stecken? Wenn er nicht hier ist, kommen die Wohnungen oder Häuser der beiden Polizisten infrage. Was noch?«

Winter dachte nach. »Die beiden haben das hier nicht alleine durchgezogen. Denk dran, es waren vier Maskierte, die den Fremden zusammengeschlagen haben und da hinten im Schrank liegen vier Stangen. Sie haben von jemandem gesprochen, der bald kommen würde.« Plötzlich ging ihm ein Licht auf. »Der Arzt. Dreyer. Er und die beiden Polizisten waren unmittelbar nach dem Verbrechen am Tatort und haben den Unglücklichen abtransportiert. Dreyer hat ausgesagt, dass der Mann danach von der Liege in seiner Praxis aufgestanden und verschwunden sei, doch ich wette mein ganzes Vermögen darauf, dass sie ihn hierher gebracht und ihm seine Organe entnommen haben.«

»Dreyer könnte also der dritte Täter sein. Doch wer ist die vierte Person?«

Sabine und Winter sahen beinahe gleichzeitig zu Franke hin. Der tat, als hätte er ihre Frage nicht gehört, und sah bemüht gleichgültig ins Leere. Winter trat vor ihn hin und stieß ihn mit dem Fuß an.

»Wer ist die vierte Person?«, wiederholte er Sabines Frage. Als Franke nicht antwortete, holte Winter erneut zum Schlag aus und Sabine machte schon Anstalten, dazwischen zu gehen, doch Franke zuckte zurück und sagte: »Schon gut, schon gut. Der vierte Mann war Karl Schultheiß.«

»War?«, fragte Sabine.

»Ja«, antwortete Franke. »Er wohnte in der Hagenorder Straße, aber er ist tot. War der Dritte, der diesem Stangenmann zum Opfer fiel. Drei Monate nach dem … Vorfall.«

Winter runzelte die Stirn. »Zwei Polizisten, ein Arzt und … Herr Schultheiß? Was war sein Part in der Geschichte? Warum er?«

Franke seufzte. »Jansen und ich, wir haben die Flüchtlinge aufgegriffen. Dreyer hat ihnen die Organe entnommen und Schultheiß war für den Vertrieb zuständig. Er hatte die nötigen Kontakte und hat die Organe über das Darknet vertrieben.«

Winter schüttelte den Kopf. »Unglaublich. So viel Boshaftigkeit in einem so kleinen Dorf.«

»Ach, kommen Sie! Spielen Sie nicht den Heiligen! Diese Vagabunden waren illegal hier. Sie waren selbst an ihrem Schicksal schuld! Wir haben dafür gesorgt, dass sie nicht länger hierblieben und damit nicht noch mehr Mäuler zu stopfen sind. Zudem haben wir todkranken Menschen das Leben gerettet.«

»Und ganz nebenbei ordentlich Kohle gemacht. Sagen Sie, glauben Sie diesen Mist wirklich oder wollen Sie sich das nur glauben machen, um nachts besser schlafen zu können?«

»Das ist die Wahrheit! Da draußen gibt es unzählige kleine Kinder, die auf Ersatzorgane warten und dabei qualvoll draufgehen, weil es einfach nicht genug Spenderorgane gibt. Wir nehmen Verbrechern das Leben und schenken es Unschuldigen.«

»Schenken?« Sabine zog die Augenbrauen hoch. »Ich nehme nicht an, dass ihr die Organe verschenkt habt.«

»Wohl kaum, aber selbst wenn«, Winter schüttelte abfällig den Kopf, »wer sind Sie, dass Sie sich erlauben, über Menschen zu richten und zu entscheiden, wer zu leben verdient und wer nicht?«

»Richard, hör auf, der Mann ist krank!« Sabine wandte sich angeekelt ab. »Wir müssen uns auf den Fall konzentrieren, um Michael zu retten. Wir haben also nun nicht nur zwei, sondern vier Eigenheime zu überprüfen.«

»Nicht unbedingt. Würdest du eine gefangene Geisel in deinem Haus verstecken?«, fragte Winter mit hochgezogenen Augenbrauen.

»Wenn ich alleinstehend wäre schon. Wenn ich allerdings mit einem Partner oder einer Familie zusammenleben würde …«

»Genau. Ich habe mit allen dreien gesprochen und alle trugen sie Eheringe. Das Haus von Schultheiß wurde bereits verkauft und neu bezogen. Ich gehe davon aus, dass sie Michael an einem anderen Ort verstecken.«

»Verdammt. Aber wo?«

»Wenn ich das wüsste.« Winter schoss einen zornigen Pfeil Richtung Franke. Der aber hielt seinem Blick gelassen stand.

»Vielleicht in der Arztpraxis von Dr. Dreyer?«, schlug Sabine vor.

Winter schüttelte den Kopf. »Zu riskant. Er hat eine Arzthelferin, die ... Moment! Dreyer! Wagner hatte erzählt, dass Dreyer Vorsitzender irgendeines Fördervereins sei, etwas mit einem Leuchtturm!«

»Leuchtturm? Das sagt mir was. Es gibt hier ein Leuchtturmdenkmal, ist ganz in der Nähe!«

»Moment, ich geh mal auf deren Website.« Winter holte sein Smartphone aus der Tasche und tippte darauf herum, bis er auf der Homepage des Fördervereins Leuchtturmdenkmal Obereversand war. »Also, der Leuchtturm befindet sich gut sieben Kilometer nordwestlich von hier. Öffnungszeiten: ›Das Museum ist zurzeit aufgrund einer Neukonzeption und -orientierung geschlossen.‹ Bingo!«

»Gut gemacht, Richard!« Sie klopfte ihm auf die Schulter und streckte ihm ihre Hand hin, um ihm auf die Beine zu helfen.

Dankbar ergriff er sie und zog sich hoch. Ihre Hand fühlte sich warm an und um ein Haar hätte er sie näher zu sich herangezogen, doch er unterdrückte den Drang und ließ sie los.

Seine Regung musste ihm deutlich im Gesicht abzulesen gewesen sein, denn sie räusperte sich unangenehm berührt und sagte: »Denken wir das Gleiche?«

›Vermutlich nicht, denn ich würde dich am liebsten umarmen und küssen.‹

Laut sagte er: »Er muss dort sein! Was machen wir mit ihm?« Er deutete auf Franke.

»Wir nehmen ihm Handy, Pistole und Schlüssel weg, schließen ihn hier ein und alarmieren gleichzeitig die Polizei. Deine Frau Schäfer.«

»Das ist nicht *meine* Frau Schäfer«, entgegnete er gereizt.

»Ja, ja, wie auch immer.«

Sie verließen die Polizeistation, stiegen in Sabines Auto und fuhren los.

»Hoffentlich kommen wir nicht zu spät«, seufzte Winter, nachdem er Schäfer alarmiert hatte.

»Das glaube ich nicht«, entgegnete Sabine, ohne den Blick von der Straße zu nehmen. Es hatte zu schneien begonnen und das Licht der Scheinwerfer wurde von den Schneeflocken und dem nassen Asphalt so stark reflektiert, dass das Erkennen der Straße ihre ganze Konzentration verlangte. »Das würde ihnen nichts bringen – im Gegenteil, sie hätten dann kein Druckmittel mehr.«

»Ja, du hast bestimmt Recht.«

Nervös rief Winter auf seinem Smartphone noch einmal die Website des ›Fördervereins Leuchtturmdenkmal Obereversand‹ auf und klickte sich durch die Seiten.

»Also, der Leuchtturm wurde 1886/87 errichtet, bereits 1923 wurde aber das Richtfeuer gelöscht, aufgrund der Verlegung des Weser-Hauptfahrwassers in den Fedderwarder Arm. Danach wurde der Leuchtturm zu einer Zufluchtstelle für Schiffbrüchige bis zum Jahr 2000. 2003 wurde er versetzt von Eversandwatt nach Dorum-Neufeld, wo er nun steht. Er ist 35,5 Meter hoch, bei einer Feuerhöhe von 29 Metern, und 112 Tonnen schwer. Seit 2004 gibt es eine Dauerausstellung im Turm zum Thema ›Lebens- und Arbeitswelt der Leuchtfeuerwärter im ausgehenden 19. Jahrhundert‹. Eine Außentreppe mit 84 Stufen führt auf die unterste Galerie des Turmes. Dort befindet sich der Lagerraum. 17 Stufen darüber die Leuchtturmküche mit original erhaltener Einrichtung, in der dritten Etage das Dienstzimmer und darüber der Laternenraum, wo die Wärter das Leuchtfeuer zünden und löschen mussten. Zuoberst gibt es eine zweite Galerie, mit, ich zitiere: ›imposantem Blick auf den Dorumer Kutterhafen, die Schifffahrtsstraße Weser und die Schifffahrtsstraße Elbe mit den alten und neuen Leuchttürmen‹.«

»Nur haben wir tiefste Nacht. Ich glaube kaum, dass wir heute was sehen«, warf Sabine ein.

Winter schüttelte den Kopf. »Vermutlich nicht, aber, hey, hör dir mal das an: ›Möchten Sie gerne an einem außergewöhnlichen Ort heiraten? Der Leuchtturm Obereversand bietet Ihnen dafür ein besonderes Ambiente für einen Tag, den man nie vergisst. Im Dienstzimmer der Leuchtfeuerwärter geben Sie sich Ihr Ja-Wort.‹ Na, wie klingt das?«

»Nun, zumindest weiß ich nun, wo ich nicht heiraten werde«, knurrte Sabine.

»Wieso denn nicht? Der Turm ist echt schön.«

»Möchtest du tatsächlich an dem Ort heiraten, wo aller Voraussicht nach Michael festgehalten und was weiß ich noch Schlimmes geschehen wird?«

»Nein, natürlich nicht«, sagte Winter kleinlaut, »aber – hey, heißt das, du ziehst eine Hochzeit mit mir in Betracht?«

»Spinnst du? Wie kommst du denn darauf?«

»Ich habe dich gefragt, warum du nicht dort heiraten würdest, und du hast geantwortet, ob ich denn tatsächlich dort heiraten möchte … Das klingt für mich nach einem seriösen Planungsgespräch zwischen zwei Verlobten.«

Sabine musste lachen. »Ja, sicher. Träum weiter, Richard.«

»Mach ich, Sabine, mach ich.«

»Werde erstmal wieder trocken.«

»Ich bin trocken, Sabine. Die letzten Tage waren … einmalige Ausrutscher, ehrlich! Wer kann's mir denn verdenken, nach allem, was geschehen ist?«

Sie wollte etwas antworten, aber da sahen sie in der Ferne einen Leuchtpunkt aufblitzen.

»Das muss der Leuchtturm sein«, sagte Winter und deutete nach vorne, wo durch das Schneegestöber etwas oberhalb vom Horizont ein blinkendes Licht zu sehen war.

»Hast du nicht gesagt, das Leuchtfeuer wurde gelöscht oder so?«

»Ja, aber irgendwo auf der Seite habe ich gelesen, dass sie es wieder entzündet haben. Moment.« Er rief erneut die Seite auf und las laut vor: »»14. August, 2004. Zündung des Leuchtturms Obereversand gegen 20.00 Uhr. Auszug aus der Ansprache des 1. Vorsitzenden: Schon im Jahr 2000 ging der Verein im Rahmen der Erforschung der Geschichte des Leuchtturms auf die Suche nach der ehemaligen Optik. Diese blieb allerdings bis heute verschwunden. Anfragen bei unterschiedlichen Institutionen blieben erfolglos. Dank der wohlwollenden Unterstützung des Wasser- und Schifffahrtsamtes Bremerhaven wurden wir dann fündig. Eine Optik wurde dem Verein als Dauerleihgabe für dieses Projekt überlassen und nach der Wiederherstellung der Einbauten in der Laterne durch den Verein in den Laternenraum eingebracht.««

»Scheint eine rechte Touristenattraktion zu sein, dieser Leuchtturm«, meinte Sabine.

»Ja, vielleicht müssten wir ihn mal bei Tag besichtigen.«

Sie hielten weiter auf das blinkende Licht zu und fuhren durch die Hafensiedlung Dorumer Neufeld, die direkt vor dem Leuchtturm gelegen war. Rechts von ihnen lag der zu dieser Zeit weitgehend verlassene Campingplatz, links die Dorumer Wasserlöse, der Kanal, an dem die Schiffe angedockt waren.

»Da vorne«, sagte Winter aufgeregt und deutete auf zwei geparkte Wagen auf dem Platz vor dem langen Steg, der zum Leuchtturm führte, »das ist das Auto, in dem Jansen davongebraust ist! Wir sind am richtigen Ort.«

Sabine nickte und parkte direkt neben den anderen beiden Fahrzeugen. Dann zog sie ihre Pistole und stieg vorsichtig aus. Winter folgte ihrem Beispiel. Er hatte Frankes Waffe mitgenommen und hielt sie nun schussbereit vor sich, als er sich Sabine anschloss. Ein kalter Wind brauste ihm um die Ohren, als er seinen Fuß auf den schneebedeckten Parkplatz setzte.

»Ausgerechnet heute muss der erste Schnee fallen«, schimpfte er.

»Sieh es doch einmal positiv«, meinte Sabine, »bei diesem Schneegestöber können wir uns besser anschleichen. Zudem ist die Wahrscheinlichkeit so geringer, dass einer von ihnen außen auf der Plattform steht und Wache hält.«

Winter nickte widerstrebend, während seine schwarzen Halbschuhe sich mit Schnee vollsogen und schon nach wenigen Schritten die Nässe durchließen. Er fluchte. Er konnte nasse Füße nicht ausstehen. Doch er hatte nicht daran gedacht, seine Winterschuhe mit nach Dorum zu nehmen. Wer hätte denn auch ahnen können, dass an der Nordsee bereits Mitte November Schnee fallen würde? Er wandte den Blick wieder nach vorne. Vor ihm erstreckte sich ein gut hundert Meter langer Steg über das Wattenmeer und dahinter türmte sich ein dunkler, viereckiger Koloss in den Nachthimmel auf. Der eigentliche Turm selbst saß auf einer gut zwanzig Meter hohen Gitterkonstruktion. Rechts davon führte eine Außentreppe mit – wie Winter nun wusste – 84 Stufen auf die erste Galerie des Turms hinauf. Von dort aus schlängelte sich eine zweite, kleinere Außentreppe wie eine Wendeltreppe bis zur zweiten Galerie hoch. Die Fenster des obersten Stockwerks waren hell erleuchtet und unter der Leuchtturmspitze brannte das Leuchtfeuer, das seinen weiten Schein wechselweise nach allen Seiten warf.

Der Anblick war ehrfurchtgebietend. Winter kam es fast so vor, als sei ein Riese aus dem Meer gestiegen und würde mit einer Laterne in der Hand über die kleine Hafeneinfahrt wachen.

»Kommst du?«

Sabines ungeduldige Stimme riss ihn aus seinen Gedanken. Er blinzelte, gab sich einen Ruck und folgte ihr. Sie hatte den Steg bereits betreten und ging vorsichtig auf den Leuchtturm zu. Rechts und links von ihnen breitete sich das Watt aus, so weit er in der Dunkelheit sehen konnte. Ein durch die Gezeiten trockengelegter Streifen Meer. Als ob der Riese durch sein Auftauchen die gesamten Wassermassen zurückgedrängt hätte.

Zügig, aber vorsichtig überquerten sie den Steg und gelangten an den Fuß der Außentreppe.

»Denkst du, sie erwarten uns?«, fragte Sabine.

Winter wiegte den Kopf hin und her.

»Weiß nicht. Sie müssen die Möglichkeit in Betracht ziehen, dass Franke ihren Standort verraten hat, aber vermutlich gehen sie davon aus, dass er dichthält und wir nicht wissen, wo sie sind.«

»Wie wollen wir vorgehen? Wollen wir uns aufteilen? Einer von uns könnte über die zweite Außentreppe bis nach oben gehen und dann von der zweiten Galerie in den obersten Stock eindringen, während der andere von der ersten Galerie in den Turm gelangen und sich nach oben arbeiten könnte?«

Winter schüttelte den Kopf. »Zu gefährlich. Wir bleiben zusammen. Wir gehen unten rein. Wenn wir Glück haben, befindet sich Michael in einem der beiden unteren Geschosse, so dass wir ihn schon mal aus der Schusslinie nehmen können.«

»Und wenn nicht?«

Winter knurrte etwas Unverständliches und stieg dann die erste Außentreppe empor. Als er bei der ersten Galerie anlangte, war er etwas außer Atem und hielt einen Moment inne. Sabine folgte ihm und überholte ihn.

»Nicht schlappmachen, alter Mann«, wisperte sie ihm zu.

»Ich? Nie im Leben, ich habe nur auf dich gewartet.«

Sie zog die Augenbrauen hoch, sagte aber nichts dazu. Vorsichtig schlichen sie zur Türe, die in den Turm führte. Sabine drückte die Klinke herunter und Winter war erleichtert zu sehen, dass die Türe aufschwang und nicht abgeschlossen war.

Dahinter war es stockdunkel. Sie nahmen ihre Taschenlampen hervor und erleuchteten das Innere. Es handelte sich um den ehemaligen Lagerraum, der nun, da das Museum geschlossen war, mit allerlei alten Gegenständen ausgefüllt war. Rasch durchschritten sie den kleinen Raum und stiegen die Treppe hoch, die auf der anderen Seite nach oben führte.

»Pst. Ich höre etwas«, flüsterte Sabine.

Tatsächlich, nun konnte auch Winter Stimmen vernehmen. Sie sprachen in lautem, erregtem Tonfall miteinander. Als ob sie sich streiten würden.

Vorsichtig erklommen sie die letzten Stufen und kamen in die ehemalige Küche. Vor ihnen befand sich ein hölzerner Geschirrschrank, in der Mitte des Raumes ein Holztisch mit zwei Stühlen, worauf ein Tischset stand, sowie ein Feldstecher. Auf der anderen Seite ein kleiner Herd, bestehend aus zwei Herdplatten mit darunterliegenden Schubladen fürs Anfeuern mit Holz. Daneben hingen alte Schöpflöffel an der Wand. An der rückwärtigen Wand des Raumes befand sich eine Nische, in der ein Bett stand.

Auch dieses Zimmer war leer. Rasch durchschritten sie den Raum und öffneten die Türe, die zur nächsten Treppe führte. Jetzt waren die Stimmen deutlich zu vernehmen.

»... hier und jetzt ein Ende.«

Das war die Stimme Jansens, des Polizisten.

»Und dann?« Die erregte Stimme Dreyers, des Arztes. »Wenn wir ihn töten, haben wir nichts mehr gegen Winter in der Hand.«

»Und? Dann bringen wir ihn auch um.«

»Dafür ist es zu spät. Ihr hättet es erledigen sollen, als ihr die Gelegenheit dazu hattet.«

»Wir? Wenn du nicht zu dumm und ungeschickt gewesen wärst, hättest du es schon damals erledigen können und ...«

Winter machte Sabine ein Zeichen, ihm leise zu folgen. Sie schlichen langsam nach oben, während sie weiterhin die Beschuldigungen und Beschimpfungen hörten. Im dritten Stock angekommen, schob Winter die Türe langsam einen Spaltbreit auf. Ein unangenehmer Duft schlug ihm entgegen. Winter konnte ihn nicht einordnen, doch er nahm an, dass Michael seit seiner Gefangennahme hier eingesperrt war und deshalb darin dicke Luft herrschte.

Vor einem kleinen Schreibtisch stand Jansen. Glücklicherweise wandte er ihm den Rücken zu. In der Mitte des Raumes befand sich ein kleiner Tisch, worauf ein aufgeschlagenes Buch, ein Tintenfass mit Feder, ein weiterer Feldstecher, ein Glas Wasser, eine Schale mit zwei Pfeifen und ein Zündholzschächtelchen standen. Dreyer konnte er nur hören. Er musste auf der anderen Seite des Raumes sein. Doch wo war Michael?

»Und was, wenn Franke uns verrät?«, fragte Dreyer eben.

»Das wird er nicht. Wir haben geschworen, einander nicht zu verraten, falls einer von uns auffliegt. Und selbst wenn – wir sind bewaffnet, sollen sie nur kommen.«

»Mein Onkel wird mich auch so finden«, mischte sich eine neue Stimme in das Gespräch ein.

›Michael! Gott sei Dank!‹ Winter fiel ein Stein vom Herzen. Doch die Tatsache, dass Michael auch in dem Raum war, machte die Sache umso komplizierter. Dass er weder ihn noch Dreyer sah, machte es auch nicht unbedingt einfacher.

»Halt den Mund, du Freak«, zischte Jansen. »Wenn es nach mir ginge, würde ich dir eine Kugel in deinen hässlichen Grufti-Schädel jagen.«

Winter hatte erwartet, dass Michael kleinlaut beigeben, zu weinen anfangen oder doch zumindest gehorchen und den Mund halten würde, doch Michael ließ es nicht dabei bewenden.

»Ich bin kein Freak und nicht hässlicher als du, Amöbenhirn!«, zischte er wütend.

»Du verfluchter …«

Winter sah, wie Jansen aus seinem Blickfeld verschwand, wohl um drohend auf Michael zuzugehen.

Das war der Moment! Er gab Sabine ein Zeichen, stieß die Türe ganz auf und stürmte hinein. Michael saß mit bleichem Gesicht auf einem Stuhl links vom Tisch. Dreyer stand dahinter, Jansen davor. Beide hatten eine Pistole in der Hand. Jansen hatte die andere Hand zum Schlag erhoben, doch als Winter ins Zimmer stürmte und »Hände hoch! Polizei!« rief, erstarrte er in seiner Bewegung. Dreyer jedoch hielt seine Waffe gegen Michaels Schläfe und lächelte kalt.

»Herr Winter«, sagte er. »Wie ich sehe, haben Sie sich gut von Ihrer Gehirnerschütterung erholt. Das freut mich. Und wen haben wir denn da?«, fügte er hinzu, als Sabine hinter Winter in den Raum kam. »Ihre Freundin?«

»Lassen Sie die Waffen fallen!«, befahl Sabine und richtete ihre Pistole auf Jansen, während Winter Dreyer ins Visier nahm.

»Diesem Befehl können wir leider nicht nachkommen, Frau Wie-auch-immer-ihr-Name-lautet«, sagte Dreyer lächelnd. »Ich fürchte im Gegenteil, dass Sie die Ihren fallen lassen müssen, wenn Sie nicht wollen, dass wir diesem … schrecklichen Jungen das Gehirn wegpusten.«

Winter zuckte bei den Worten zusammen und Jansen drehte sich langsam zu ihm um.

»Keine Bewegung!«, schrie Sabine, doch Jansen ignorierte sie, drehte sich ganz um und breitete die Arme aus.

»Wollen Sie wirklich einen Polizisten ermorden?«, sagte er lächelnd.

»Und wollen Sie eine Kommissarin erschießen?«, konterte Sabine. »Kriminalpolizei Bremen.«

»Dann befinden Sie sich eindeutig außerhalb Ihres Zuständigkeitsbereiches«, sagte Jansen. »Hierfür ist die Kriminalpolizei von Cuxhaven zuständig.«

»Ich mache euch einen Vorschlag«, sagte Winter, hinter dessen Stirn es wie wild arbeitete. »Ich lege meine Pistole hier auf diesen Tisch. Ihr lasst Michael mit Sabine gehen und könnt danach mit mir verfahren, wie ihr wollt.«

»Nein, Onkel!«, schrie Michael, doch Dreyer lachte nur.

»Haben Sie wirklich das Gefühl, wir lassen den Jungen und die reizende Polizistin dort einfach so gehen? So läuft das leider nicht.«

»Und wie läuft es dann?«, knurrte Winter.

»Ihr lasst die Waffen fallen oder die Wände dieses altehrwürdigen Gebäudes werden mit Hirnmasse neu gestrichen«, zischte Jansen und Dreyer kicherte: »Wir wollten die Ausstellung ja sowieso überarbeiten. Warum nicht mal mit etwas moderner Kunst?«

»Ihr seid verrückt«, sagte Winter, »das …«

»Jetzt!«, befahl Dreyer. »Ich zähle bis drei! Eins …«

›Scheiße!‹ Winter sah keinen Ausweg. Er musste die Waffe weglegen oder Michael würde sterben. Doch wenn er das tat, waren sie alle drei tot.

»Zwei …«

Er sah zu Sabine hinüber. Schweiß glitzerte auf ihrer Stirn. Ihre Hand mit der Pistole zitterte.

»Dr…«

Michael warf sich mit seinem Stuhl nach hinten und brachte Dreyer aus dem Gleichgewicht. Seine Hand schoss nach oben und ein Knall erfüllte die Luft, als sich seine Waffe entlud. Sabine schrie auf und Winter sah aus den Augenwinkeln, wie sie zurücktaumelte. Jansens Arm schoss nach oben, seine Waffe richtete sich auf Winter. Der sprang nach vorne, schlug den Arm Jansens zur Seite und brachte ihn mit seinem eigenen Gewicht zu Fall. Sie fielen beide hart zu Boden. Die Pistole entglitt Winters Hand. Jansen schlug ihm ins Gesicht und befreite sich aus seinem Griff, als Winter zusammenzuckte und sich instinktiv die blutende Nase hielt. Jansen rappelte sich auf und ergriff die Flucht nach vorne – hin zur einzigen anderen Türe des Raumes, die wohl auf die obere Galerie führte. Winter fluchte, stemmte sich ebenfalls hoch und wollte ihm folgen, doch dann warf er noch einen Blick über die Schulter zurück: Dreyer und Michael rangen am Boden miteinander. Sabine kniete schwer atmend an der hinteren Wand und hielt sich die blutende linke Seite.

›Verdammt!‹

Mit einem einzigen Schritt war er bei Michael und Dreyer.

Im selben Moment stieß Dreyer Michael von sich und wollte wieder seine Pistole auf ihn richten, doch Winter trat sie ihm aus der Hand, schlug ihm ins Gesicht und stieß ihn nach hinten, so dass er gegen das Fenster in seinem Rücken taumelte. Dann hob er die Pistole vom Boden auf und drückte sie Michael in die Hand.

»Pass auf ihn auf!«, wies er ihn an, ehe er zu Sabine ging. »Sabine? Alles in Ordnung?«

Sabine winkte ab. »Alles … o. k. Geh du … ihm nach«, keuchte sie. »Wir passen auf … diesen Dreckskerl auf.« Sie stemmte sich mühsam auf die Beine und schloss für einen Moment schwer atmend die Augen.

Winter nickte, hob seine eigene Waffe auf und hetzte hinter Jansen her.

Schneeflocken führten vor seinen Augen einen irren Tanz auf und ein eisiger Wind schlug ihm ins Gesicht, als er auf die zweite Galerie hinaustrat. Doch ungleich stärker schmerzte die Faust Jansens, die sich desselben Ziels annahm. Der Polizist hatte ihn direkt hinter der Türe erwartet. Winter wurde zurück- und gegen die Reling in seinem Rücken geschleudert, die Pistole entglitt ein weiteres Mal seinen Händen. Ehe er sich wieder fangen konnte, setzte Jansen ihm nach und rammte ihm seine rechte Faust in den Magen. Alle Luft wurde aus seinem Körper gepresst. Er keuchte auf, krümmte sich zusammen und fiel auf die Knie. Ein weiterer Faustschlag traf seinen Nacken und warf ihn zu Boden.

»Sie Scheißkerl!«, schrie Jansen, packte ihn und zog ihn wieder auf die Füße. »Ich bringe Sie um!«

Er stieß ihn wieder gegen die Reling und holte ein weiteres Mal zum Schlag aus. Als seine Faust vorschoss, ließ sich Winter auf die Knie fallen und packte mit beiden Händen die Beine des Polizisten. Dann drückte er ihn mit aller Kraft, die ihm noch verblieben war, nach oben und schleuderte ihn über sich hinweg nach hinten. Jansen schrie überrascht auf, als er den Boden unter den Füßen verlor. Sein Schrei veränderte sich, als er realisierte, was mit ihm geschah. Erst Entsetzen und schließlich Todesangst mischten sich mit hinein, als er über die Brüstung glitt und in der Tiefe verschwand.

Winter lehnte sich schwer atmend mit dem Rücken gegen die Reling und schloss die Augen. Dann atmete er ein paar Mal tief durch. Der Schrei Jansens war verklungen und außer dem tobenden Wind war nichts mehr zu hören. Ächzend stemmte er sich wieder hoch, wischte sich den Schnee aus dem Gesicht, hob seine Pistole auf und ging zurück ins Innere des Leuchtturms.

Als er die Türe zum obersten Stock durchschritt, blickte er in die Mündung einer Pistole.

»Waffe weg!«, bellte Dreyer. Sein Gesicht war dort, wo Winter ihn geschlagen hatte, rot angeschwollen und aus seiner Nase tropfte Blut, doch er saß auf dem Stuhl hinter dem Tisch und hatte eine Pistole in der Hand.

›Was zum Teufel ist geschehen?‹

Winter ließ seinen Blick langsam durch das kleine Zimmer streifen. An der Rückwand befand sich – wie schon im Raum unter ihnen – eine Koje, in der sich Michael und Sabine nun befanden.

»Waffe weg!«, wiederholte Dreyer ungeduldig.

Winter gehorchte und ließ seine Pistole fallen.

»Es ist aus, Dreyer. Wir wissen alles. Kommissarin Schäfer ist ebenfalls informiert. Wir haben Ihren Operationsraum, wir haben die Pässe der Opfer, die Stangen, mit denen ihr auf das Opfer eingeprügelt habt – wir haben alles.«

»Smartphone«, bellte Dreyer.

Winter gehorchte, zog sein Smartphone aus der Tasche und warf es auf den Tisch.

»Wo ist Jansen?«

»Tot. Ist vom Turm gefallen.«

»Scheiße!« Dreyer stand erregt auf und fuchtelte mit der Pistole vor Winters Gesicht herum. »Dafür werdet ihr sterben! Ihr alle! Rein in die Koje, los!«

Winter gehorchte und setzte sich neben Sabine und Michael auf die Matratze. Dreyer ergriff Winters Pistole und Smartphone, humpelte zur Türe, die nach oben führte, und schloss sie mit einem Schlüssel ab. Da ging Winter ein Licht auf.

»Sie sind der hinkende Mann«, sagte er. »Bröckelmann sagte noch, einer der Täter sei unregelmäßig gegangen. Aber … warum ist mir das in Ihrer Praxis nicht aufgefallen?«

»Vielleicht, weil ich mich nicht von meinem Bürostuhl erhoben habe, Sie Dummkopf!«, zischte Dreyer.

»Dann sind Sie auch der Attentäter, der mich in der Hagenorder Straße überfallen hat? Und später sind Sie zusammen mit den Polizisten zurückgekommen, um zu Ende zu bringen, was Sie angefangen haben?«

Dreyer drehte sich um und kniff die Augen zusammen. »Sie haben mir beinahe den Oberschenkel gebrochen, aber ich werd's Ihnen zurückzahlen, keine Angst.«

»Was soll das bedeuten?«

Dreyer beachtete seine Frage nicht. Ohne weitere Worte ging er durch die andere Türe, die nach unten führte. Er zog sie hinter sich zu und schloss auch diese ab. Winter hörte, wie seine Schritte auf der Treppe nach unten verklangen.

»Was ist passiert?«, wollte er von Sabine wissen. Erst jetzt sah er, dass sie kaum mehr bei Bewusstsein war. Sie musste viel Blut verloren haben.

»Es war meine Schuld«, antwortete Michael an ihrer Stelle. »Sie wollte zu uns herüberkommen, doch dann ist sie zusammengebrochen. Ich eilte an ihre Seite, um ihr zu helfen, und den Moment hat Dreyer ausgenutzt. Er hat mir die Pistole aus der Hand gerissen und … Es tut mir leid, Onkel.«

»Alles o. k.« Winter wandte sich an Sabine. »Sabine? Kannst du mich hören?«

Doch Sabine antwortete nicht. Sie hatte das Bewusstsein verloren.

36

Winter hatte Sabines Wunde notdürftig mit einem Stück Stoff aus seinem Hemd verbunden und sie dann in die Seitenlagerung gebracht, ehe er die Schlösser der Türen untersuchte.

»Habe ich auch schon versucht«, sagte Michael hinter ihm. »Sind robust genug, um uns hier drin festzuhalten.«

»Wir werden sehen«, murmelte Winter und rüttelte an der Türklinke. Da drang ihm ein bekannter Geruch in die Nase: Rauch.

›Scheiße!‹

Er trat ans Fenster, öffnete es und sah nach unten. Er hatte sich nicht getäuscht. Aus dem Erdgeschoss des Leuchtturms loderten Flammen.

»Was ist, Onkel?«, fragte Michael alarmiert und trat neben ihn.

»Er hat den Turm in Brand gesetzt! Scheiße!«

Winter ging zur Türe, die nach oben führte, und warf sich mit seinem geschundenen Körper dagegen, nur um qualvoll aufzuheulen, als eine Welle des Schmerzes durch seine Schulter jagte.

»Wir … wir werden sterben … nicht wahr, Onkel?«

»Nein, werden wir nicht.« Winter zog sein Werkzeug hervor, mit dem er diese Nacht schon einmal ein Schloss geknackt hatte. »Ich kriege dieses Schloss schon auf, keine Angst«, sagte er zuversichtlicher, als er sich fühlte. Rauch quoll bereits unter dem Türspalt zu ihnen herein.

»Tränke deinen Pullover mit dem Wasser aus dem Glas und lege ihn vor den Türspalt, schnell!«, wies er Michael an, während er sich am Türschloss zu schaffen machte. Wieder entnahm er dem Werkzeug den Spanner, führte ihn ins Schloss ein und drehte ihn, ehe er einen Haken nach dem anderen ausklappte und ebenfalls einführte, um die Kernstifte abzutasten und in die richtige Höhe zu bringen. Doch auch dieses Schloss war neueren Ursprungs und Winter bekam es mit der Angst zu tun, als es nicht aufspringen wollte.

›Wir werden hier drinnen sterben!‹, ging es ihm durch den Kopf, obschon er versuchte, diese Gedanken zu verdrängen und sich ganz auf seine Aufgabe zu konzentrieren.

»Wir könnten … vielleicht aus dem Fenster springen«, schlug Michael vor. Winter sah über die Schulter. Der Junge stand am Fenster und blickte nach unten.

»Das sind mindestens fünf Meter. Vermutlich mehr«, knurrte Winter und hebelte mit dem Haken im Schloss herum. »Wir würden uns alle Knochen brechen. Und vielleicht wartet Dreyer sogar da unten auf uns, um uns den Garaus zu machen.«

»Immer noch besser als zu verbrennen«, entgegnete Michael. »Spürst du die Hitze?«

Natürlich spürte Winter sie. Es war heiß geworden. Unnatürlich heiß. Und nicht nur das: Der Rauch quoll nicht nur durch den Türspalt, sondern auch durch die Ritzen des rot gestrichenen Holzbodens. Wenn sie das Fenster nicht geöffnet hätten …

»Mach auch die anderen Fenster auf«, zischte Winter und hustete. Auch Michael hatte bereits zu husten begonnen. Er befolgte Winters Anweisung, riss auch das andere Fenster und die kleine, runde Luke auf und sog die frische Nachtluft gierig ein.

»Onkel?«

»Was?«, zischte Winter genervt.

›Lass mich meine Arbeit machen, Junge!‹

»Der Boden. Er … dort vorne beim Pult. Er wird schwarz.«

»Scheiße! Ich krieg das verdammte Schloss nicht auf! Nimm Sabine und trage sie hierher zum Fenster, sonst erstickt sie, los!«

Er hörte, wie Michael gehorchte und die Kommissarin ächzend über den Boden schleifte. Wieder konzentrierte er sich auf das Schloss, doch es fiel ihm schwer, sich darauf zu fokussieren. Er konnte kaum atmen und er schwitzte, als säße er bereits in der Hölle.

An der hinteren Ecke des Raumes krachte es und der Teil des Bodens, worauf der Schreibtisch stand, verschwand in der Tiefe. Flammen schossen durch das entstandene Loch herauf und trieben Winter Tränen in die Augen.

›Scheiße, Scheiße! So darf es nicht enden! Nicht mit Michael! Nicht mit Sabine!‹

Er verdoppelte seine Anstrengungen, doch die verdammten Stifte wollten einfach nicht auf seine Bemühungen reagieren. Er ließ das Werkzeug los und rammte die Türe noch einmal mit seinen Schultern, doch vergebens.

»Lass es uns gemeinsam versuchen, Onkel«, hörte er Michael hinter sich.

Winter nickte und sie warfen sich gemeinsam gegen die Türe, während der Tisch in der Mitte des Raumes in der Tiefe verschwand.

Etwas splitterte, als sie sich gegen die Türe warfen, dann hörte er einen Knall. Gerade als sie sich erneut gegen die Türe werfen wollten, wurde sie nach innen aufgedrückt und Schäfer erschien mit gezogener Pistole in der Türe, die nach oben auf die zweite Galerie führte.

»Herr Winter?«

»Gott sei Dank!«, stieß Winter aus, »schnell, Michael, raus mit dir!«

Er hob Sabine hoch und wartete ungeduldig, bis Michael im Durchgang verschwunden war, dann warf er noch einen letzten Blick auf die Überreste des ehemaligen Arbeitszimmers der Leuchtturmwärter, ehe er Michael nach oben folgte und das tobende Inferno hinter sich zurückließ.

37

Es war ein Spießrutenlauf: Nachdem sie die zweite Galerie erreicht hatten, machten sie sich sofort über die obere Außentreppe auf den Weg nach unten. Diese äußere Treppe bestand zwar aus Metall, war aber am Leuchtturm befestigt, und dieser brannte lichterloh. Die Flammen schossen aus den längst zersplitterten Fenstern hinaus und die Hitze war so stark, dass Winters Augenbrauen versengt wurden. Er trug Sabine auf den Schultern und konnte dadurch nicht schnell gehen, was die Hitze nur umso unerträglicher machte. Als er gut die Hälfte der Treppe hinter sich hatte, geriet er in Panik, weil ihm die Hitze den Atem nahm.

›Ruhig! Atmen!‹, versuchte er sich zu beruhigen. ›Du hast es gleich geschafft.‹

Von vorne konnte er eine Sirene hören, doch ob Polizei, Feuerwehr oder Krankenwagen konnte er nicht sagen. Die Hitze nahm ihm nicht nur die Sicht, sondern auch beinahe den Verstand. Als er am Fuße der Treppe auf der Höhe der ersten Galerie ankam, machte er noch einige torkelnde Schritte nach vorne auf die zweite Außentreppe zu und weg von der Hitze, dann sank er erschöpft auf die Knie und ließ Sabine so sanft wie möglich zu Boden gleiten.

»Herr Winter?« Es war Schäfers Stimme, die zu ihm drang. »Alles in Ordnung? Wir müssen weiter! Der Leuchtturm kann jeden Moment einstürzen.«

Als hätte jemand auf dieses Signal gewartet, hörte Winter hinter sich etwas poltern. Das ganze Gerüst, auf dem der Turm stand, erzitterte und Winter streckte die Hand aus, um sich am Geländer festzuhalten, doch er führte die Bewegung nicht zu Ende.

›Wenn der Turm einstürzt, nützt mir das Geländer auch nichts mehr‹, dachte er. Laut keuchte er: »Ich muss nur kurz verschnaufen, ich … kann nicht mehr.«

»Wir haben keine Zeit dazu«, drängte Schäfer. Sie war vor ihn hingekniet und sah ihn eindringlich an.

›Weißt du eigentlich, wie schön du bist?‹, dachte Winter seufzend.

»Was? Danke, aber … ich glaube, das ist nicht der richtige Zeitpunkt. Geht es … Ihnen gut?«

Winter schauderte und war plötzlich hellwach. Hatte er diesen Gedanken wirklich ausgesprochen?

›Scheiße!‹

Er stemmte sich ächzend hoch.

»Wir können dir ja helfen, Sabine zu tragen«, sagte Michael, doch Winter winkte ab.

»Die Treppe ist zu schmal. Und alleine bist du zu schwach. Helft mir, sie hochzuheben.«

Gemeinsam luden sie Sabine wieder auf Winters Schultern. Wieder krachte etwas hinter ihnen, was das Gerüst erzittern ließ. Winter wagte nicht, zurückzusehen. Er betrat die zweite Außentreppe und machte sich an den Abstieg.

›84 Stufen. Verdammt! 1, 2, 3 …‹ Er zwang sich, jeden Tritt zu zählen und langsam Stufe für Stufe zu nehmen. Es nützte ihnen nichts, wenn er mit Sabine auf den Schultern stürzte und sich und ihr alle Knochen brach. ›24, 25, 26 …‹

Als er endlich unten ankam und auf den langen Steg hinausstolperte, traten Schäfer und Michael neben ihn und nahmen ihm Sabine von den Schultern. Eine Handvoll Leute kamen auf sie zu gerannt. Winter sah zwei uniformierte Polizisten und drei Sanitäter, die eine Liege zwischen sich trugen.

»Haben Sie … Dreyer erwischt?«, keuchte er und stützte sich schwer atmend auf dem Geländer des Stegs ab.

Schäfer nickte. »Ja, wir haben ihn, Herr Winter. Es wird alles gut. Wir haben ihn.« Sie legte ihm ihre Hand auf den Arm und er nickte müde, während die Sanitäter Sabine auf die Trage legten und eine erste Untersuchung vornahmen.

»Irgendwo am Fuße des Turms liegt Jansen«, sagte Winter und deutete hinter sich. »Ist vermutlich tot. Habe ihn über die Brüstung geworfen. Ging leider nicht anders.«

»Alles klar. Wir werden ihn suchen.« Schäfer drehte sich um und sprach mit ihren Kollegen.

Winter atmete ein paar Mal tief durch, dann humpelte er zu Michael. Der sah zum brennenden Leuchtturm hinauf.

»Alles in Ordnung, Michi?«

»Du sollst mich nicht so nennen, Onkel.« Michael wandte den Blick nicht vom Leuchtturm. Doch irgendetwas in seiner Stimme ließ Winter innehalten. Er hatte gerade etwas Spöttisches antworten wollen, doch Michaels Stimme war todernst. Winter nickte.

›Michael ist in dieser Nacht erwachsen geworden‹, dachte er.

»In Ordnung, Michael«, sagte er dann und legte ihm den Arm um die Schultern. Michaels Haut fühlte sich seltsam kalt an. Beinahe wäre Winter zurückgezuckt, doch er ließ sich nichts anmerken. »Lass uns nach Hause gehen.«

»Nach Hause?« Michael hob die Augenbrauen und sah ihn nun doch an. »Du meinst in dieses Geisterhaus?«

Winter nickte.

»Ja, in dieses Geisterhaus.«

38

»Sie sehen schrecklich aus, Herr Winter.«

Schäfer hatte ihnen zwei Tassen Kaffee gemacht und sich in Winters provisorischer Bleibe ihm gegenüber auf einen Stuhl gesetzt. Winter saß auf dem Sofa, die warme Kaffeetasse in der Hand und sah sie an.

»Danke für das Kompliment. Ich sage Ihnen, dass Sie schön sind, und Sie antworten damit, wie schrecklich ich aussehe. Wirklich sehr ermutigend.«

»Oh, entschuldigen Sie, so habe ich das nicht gemeint.« Schäfer wurde rot.

»Ich auch nicht«, meinte Winter grinsend. »Eigentlich wollte ich das vorhin nur denken. Ich wusste nicht, dass ich es laut ausgesprochen habe, bis Sie geantwortet haben.«

»Es ist wohl für alle etwas zu viel gewesen in dieser Nacht.« Schäfer lächelte und meinte dann: »Eigentlich wäre es doch jetzt, nach allem, was wir durchgemacht haben, an der Zeit, dass wir uns duzen, finden Sie nicht auch?«

»Sollte nicht der Ältere der Jüngeren das Du anbieten?«

»Ernsthaft? Ich wusste gar nicht, dass Sie so ein Traditionalist sind.«

»War nur ein Spaß. Aber natürlich, Sie … ich meine, *du* hast Recht.«

Schäfer nickte. »Das freut mich, Richard. Wie geht es Michael?«

Winter zuckte mit den Schultern.

»Er ist sofort in sein Zimmer gegangen. Ich glaube, er steht unter Schock. Aber das wird schon wieder. Weißt du schon etwas von Sabine?«

Schäfer schüttelte den Kopf. »Sie sind auf dem Weg ins Krankenhaus. Sie hat viel Blut verloren, aber nun ist sie in guter Obhut. Das wird schon wieder mit deiner Freundin.«

Winter seufzte. »Sie ist nicht meine Freundin. Jedenfalls … nicht mehr, nicht so. Sie … ach, ich weiß doch auch nicht, es ist alles so kompliziert.«

Schäfer nickte. »Ich weiß.« Sie seufzte und erhob sich. »Also, dann …«

»Da ist noch etwas, das keinen Aufschub duldet.« Winter stand ebenfalls auf. Schäfer sah ihn fragend an. »Morgen ist Vollmond. Es ist nicht damit getan, die Schuldigen zu verhaften. Wir müssen den … Geist ebenfalls aufhalten, sonst haben wir morgen Nacht das nächste Mordopfer.«

Schäfer nickte. »Also noch immer Gespenster …? Gut, nehmen wir mal an, es ist wirklich so: Wie machen wir das? Wie hält man einen Geist auf?«

»Ich bin mir nicht sicher, aber ich vermute, dass wir den Geist zur Ruhe bringen, wenn wir seine Leiche finden und verbrennen. Damit würden wir seine Bindung zur Erde kappen und ihn erlösen.«

»Also, wir reden hier von einer Feuerbestattung eines Mordopfers …«, versuchte Schäfer den Vorschlag Winters in ihre Realität zu übertragen und nickte. »Das wird nicht ganz einfach, selbst wenn wir sie finden. Die Opfer müssten erst untersucht und die Feuerbestattung von einem Richter genehmigt werden. Das dauert alles seine Zeit.«

»Die haben wir nicht, Anja! Kannst du das nicht schon mal vorsorglich beantragen? Und alle Rechtsmediziner, die euch zur Verfügung stehen, mobilisieren, damit sie die Leichen innerhalb kürzester Zeit untersuchen können?«

Schäfer seufzte und zuckte mit den Schultern. »Ehrlich gesagt, glaube ich nicht, dass das geht, doch ich werde mein Bestes tun. Zudem müssen wir erstmal hoffen, dass Franke oder Dreyer uns verraten, wo sie die Leichen entsorgt haben. Du meintest doch, Franke wäre nicht gerade kooperativ gewesen.«

»Ich denke schon, dass er mitmachen wird, schließlich steht auch sein Leben auf dem Spiel. Früher oder später würde der … Stangenmann auch zu ihm kommen.«

»Also gut, ich werde mich gleich morgen früh darum kümmern.«

»Gut, ich werde morgen den Bürgermeister aufsuchen und ihm klarzumachen versuchen, dass Dorum zwei neue Polizisten und einen neuen Arzt braucht.«

Schäfer nickte und eine Weile sahen sie sich stumm an, beide unschlüssig, was sie sagen oder machen sollten.

›Geh hin, nimm sie in den Arm und küss sie!‹

Doch der Moment zerrann. Schäfer nickte noch einmal, drehte sich um und ging.

Und Winter blieb alleine zurück.

39

Es ging bereits gegen Mittag zu, als Winter erwachte. Und dies zum ersten Mal seit Wochen mit einem guten Gefühl. Zwar konnte er nicht ganz sicher sein, dass sie den Geist mit dem Verbrennen der Leiche würden erlösen können, doch er war zuversichtlich. Zudem hatten sie so ganz nebenbei den Mord am Fremden aufgeklärt. Etwas, was eigentlich gar nicht zu seinem Auftrag gehörte. Zwei der vier Mörder waren tot, die anderen beiden in Polizeigewahrsam. Und das Wichtigste: Michael war frei und außer Gefahr.

›Sabine!‹

Sofort waren alle guten Gefühle wie weggeblasen. Sabine war gestern schwer verwundet eingeliefert worden. Er musste sofort im St. Joseph-Hospital in Bremerhaven anrufen und sich nach ihrem Zustand erkundigen.

Er schoss auf, schnappte sich sein Mobiltelefon und wählte die Nummer des Krankenhauses. Doch zu seiner Verärgerung wurde ihm die Auskunft verweigert, da er sich nicht als Angehöriger ausweisen konnte. Also rief er Schäfer an.

»Richard? Wie geht es dir?«

Schäfer klang müde. Vermutlich hatte sie sich nicht den gleichen Luxus wie er gönnen und ausschlafen können. Beinahe überkam ihn ein schlechtes Gewissen. Aber nur beinahe. Es musste schließlich auch Vorteile haben, selbstständig zu sein. Er grinste.

»Gut, danke. Weißt du schon was Neues von Sabine? Ich habe im Krankenhaus angerufen, doch sie wollen mir keine Auskunft erteilen, weil ich nicht mit ihr verwandt bin.«

»Nein, leider nicht, aber ich werde mich erkundigen und dir Bescheid geben.«

»Danke. Hast du schon was aus den Gefangenen herausgekriegt?«

»Ja. Franke und Dreyer haben uns unabhängig voneinander denselben Standort genannt, wo sie die Leichen deponiert haben.«

»Sehr gut! Dann hast du die Überreste bereits gehoben?«

»Nein, da gibt's noch ein kleines Problem.«

»Problem? Was denn?«

»Sie haben die Leichen ins Dorumer Moor geworfen. Ich ...«

»Ins Dorumer Moor? Das ist doch gleich neben Sievern, wo Michael wohnt?«

»Genau, ich habe heute früh ein Team hingeschickt, aber bisher noch nichts von ihnen gehört. Wenn wir Pech haben … Ich weiß nicht, wie lange es dauern wird, bis sie die Leichen finden.«

»Scheiße! Kannst du nicht mehr Leute hinschicken?«

»Ich habe bereits alle verfügbaren hingeschickt. Aber vielleicht reicht es ja.«

»Hoffen wir's. Danke für die Auskunft.«

»Gerne.«

Beunruhigt ging Winter zu Michaels Zimmertüre und klopfte an.

»Michael! Aufstehen! In einer halben Stunde gehen wir zum Bürgermeister und erstatten ihm Bericht über die Vorkommnisse letzte Nacht.«

»Ich komme nicht mit«, tönte es von drinnen.

»Wie meinst du das, du kommst nicht mit? Wir stehen kurz davor, den Fall abzuschließen. Das ist wichtig!«

»Mir geht es nicht so gut. Ich habe … Kopfweh und mir ist schlecht und … Die letzten Tage waren wohl etwas zu viel des Guten.«

Winter hatte das Zögern in Michaels Stimme wohl bemerkt. Er fragte sich, was es zu bedeuten hatte. Waren die Kopfschmerzen nur ein Vorwand?

Er beschloss, einzutreten und von Angesicht zu Angesicht mit Michael zu sprechen. Doch als er die Türklinke hinunterdrückte, bewegte sich nichts. Es war abgeschlossen.

»Wieso hast du die Türe abgeschlossen?«

»Genau darum!«, erklang die wütende Stimme Michaels. Etwas sanfter fügte er hinzu: »Ich möchte einfach einen Moment alleine sein, Onkel. Ist das zu viel verlangt nach allem, was ich durchgemacht habe?«

»Nein, natürlich nicht. Ich … Soll ich deine Mutter anrufen? Sie ist zwar noch in den Ferien, aber ich bin sicher, wenn sie erfährt, was passiert ist, wird sie sofort zurückkommen. Wenn du also nach Hause willst … Der Fall ist ja mehr oder weniger abgeschlossen, also …«

»Nein! Ich will nicht nach Hause. Ich brauche nur etwas Ruhe, o. k.?«

»O. k., dann … dann gehe ich alleine zu Herrn Krause. Ich schaue später noch mal nach dir. Brauchst du was?«

»Nein, danke.«

Winter ging nach unten und inspizierte den viel zu leeren Kühlschrank. Schulterzuckend nahm er sich einen Toast, legte eine Scheibe Schinken obendrauf, ehe er hineinbiss und sich in der Garderobe den Mantel überwarf und die Schuhe anzog.

Michael verhielt sich seltsam. Doch war es ihm zu verdenken nach allem, was passiert war? Winter hoffte, dass ihm die letzten Tage nicht einen ernsthaften psychischen Schaden zugetragen hatten. ›Wundern würd's mich nicht.‹

Er verließ das Haus, stieg in sein Auto und fuhr los.

›Was sollen wir tun, falls Schäfers Team die Leichen nicht findet? Der letzte Versuch, alle in der Mehrzweckhalle zusammenzutrommeln, war gründlich misslungen. Ich habe keine Ahnung, wie wir den nächsten Mord verhindern sollen.‹

Beim Rathaus angekommen, stieg er aus, schlug seinen Mantelkragen hoch, da es wieder zu schneien begonnen hatte, und stieg die Stufen zum Eingang empor. Dann klopfte er an das Schiebeglas und wurde von Alma sogleich in Krauses Büro gelassen.

Der Bürgermeister erwartete ihn hinter seinem Schreibtisch sitzend. Als Winter eintrat, erhob er sich lächelnd, kam ihm entgegen und schüttelte ihm die Hand.

»Gratuliere, Herr Winter. Wie ich höre, haben Sie einen Organhändlerring aufgedeckt. Und das in unserer kleinen Gemeinde! Ich kann es immer noch nicht glauben!«

Winter nickte.

»Ja, stille Wasser gründen tief, wie man so schön sagt. Also wissen Sie bereits alles?«

Krause schüttelte den Kopf. »Frau Schäfer hat angerufen und mich über die wichtigsten Punkte in Kenntnis gesetzt. Aber natürlich würde ich gerne alles aus erster Hand erfahren. Bitte, setzen Sie sich und erzählen Sie. Möchten Sie etwas trinken?«

»Ein Kaffee wäre nicht schlecht.«

»Kommt sofort.«

Krause bestellte Winter einen Kaffee über das interne Telefon, ehe er sich setzte und ihm bedeutete, zu beginnen. Winter erzählte Krause alles, was in der vergangenen Nacht geschehen war. Der Bürgermeister hörte aufmerksam zu und unterbrach ihn nur dann und wann, um genauere Informationen zu erhalten.

»Jetzt verstehe ich auch, warum Sie mich vor einer Woche anriefen und kündigten«, sagte Krause, nachdem Winter geschlossen hatte. »Also, ich muss Ihnen ehrlich sagen, dass ich schockiert bin, dass Herr Dreyer da mit drinsteckt. Ich kenne Dreyer schon seit … seit meiner Kindheit. Wir sind zusammen hier aufgewachsen. Ich kann immer noch nicht glauben, dass er in die ganze Sache involviert ist. Franke und Jansen andererseits … Die beiden waren mir immer unsympathisch. Aber natürlich hätte ich nie gedacht, dass die zwei so viel Dreck am Stecken hätten. Ich …«

Sein Redefluss wurde vom Klingeln von Winters Telefon unterbrochen. Winter nahm es hervor und erkannte Schäfers Nummer.

»Das ist Frau Schäfer«, entschuldigte er sich. »Vielleicht gibt es Neuigkeiten. Haben Sie was dagegen, wenn ich …?«

»Nein, nein, gehen Sie nur ran.«

»Ja, Frau … was gibt's, Anja?«

»Richard. Gute Nachrichten. Unsere Leute haben die Leichen gefunden. Sie wurden eben gehoben.«

»Wie viel sind es?«, fragte Winter und zählte in Gedanken noch einmal die Pässe durch, die er im Keller der Polizeistation gefunden hatte. Es waren sechs gewesen.

»Sechs. Das müssten alle sein, oder?«

»Genau.« Winter atmete erleichtert aus. »Gute Arbeit. Wie sieht es mit dem Gerichtsbeschluss fürs Einäschern aus?«

»Ich habe ihn erhalten, unter der Voraussetzung, dass die Gerichtsmediziner die Leichen bis dahin untersucht haben. Sie arbeiten gerade daran. Dem Krematorium habe ich ebenfalls Bescheid gegeben, sich bereitzuhalten. Ich bin zuversichtlich, dass wir die Leichen bis heute Abend eingeäschert haben.

»Mir fällt ein Stein vom Herzen, Anja. Vielen Dank. Ich bin gerade bei Herrn Krause und werde ihn informieren. Ich bin sicher, er ist genauso erleichtert wie ich.«

»Gerne. Also, auf Wiederhören.«

»Und?«, fragte Krause, als Winter aufgehängt hatte.

»Sie haben die Leichen und werden sie heute noch verbrennen. Das bedeutet, dass wir den Geist heute los sein könnten.«

»Könnten? Sie sind sich also nicht sicher, dass es funktioniert?«

»Nein«, sagte Winter ehrlich. »Ich kann nur Vermutungen anstellen. Sehen Sie, es gibt so viele Theorien zu Geistern und ihrer Erlösung wie es Menschen auf dieser Erde gibt. Damit betreten wir nicht die Pfade von erforschter Wissenschaft, sondern vielmehr diejenigen von Versuch und Irrtum. Ob es wirklich klappt, sehen wir erst heute Nacht.«

Krause nickte. »Und … was sollen wir für Vorbereitungen treffen, falls es nicht klappt?«

»Ich würde für heute Nacht einen Krankenwagen und ein Polizeiteam in der Hagenorder Straße stationieren. Nur für den Fall.«

»Ja, so machen wir's. Ich kläre alle weiteren Details mit Frau Schäfer.«

»Wunderbar!« Winter erhob sich. »Hoffen wir auf eine ruhige Nacht.«

»Das hoffe ich auch, Herr Winter. Vielen herzlichen Dank für alles!« Krause reichte ihm die Hand. »Auch im Namen von Herrn Rashid. Dank Ihnen kann er nun endlich seine verdiente Ruhe finden.«

»Gerne. Aber loben wir den Tag nicht vor dem Abend. Warten wir mal die Nacht ab.« Winter drehte sich um, da fiel ihm etwas auf. Er hielt inne. »Woher kennen Sie den Namen von …«, sagte er laut und drehte sich halb um. Er sah gerade noch, wie etwas Großes, Metallisches auf ihn zu raste, dann explodierte etwas an seiner Stirn und ein rasender Schmerz breitete sich in seinem Schädel aus.

›Scheiße!‹, fuhr es ihm noch durch den Kopf, dann wurde ihm schwarz vor Augen.

40

Er erwachte mit hämmernden Kopfschmerzen. Als er die Augen öffnete, drehte sich alles um ihn herum und ein grelles Licht blendete ihn dermaßen, dass ihm Tränen in die Augen schossen. Er schloss sie wieder, atmete tief durch und öffnete sie dann vorsichtig ein zweites Mal. Blinzelnd sah er sich um. Über ihm strahlten drei starke Scheinwerfer auf ihn herunter. Zu seiner Rechten befand sich eine Kommode auf Rädern, ein Infusionsständer und ein Waschbecken, links ein weiterer Infusionsständer sowie ein Schrank und eine Kühltruhe.

›Der Operationsraum unter der Polizeistation!‹

Er schoss hoch, doch etwas hielt ihn zurück. Als er an sich herabsah, bemerkte er, dass seine Beine und Arme auf die Liege gefesselt waren.

›Scheiße! Nicht schon wieder!‹

Es erinnerte ihn schlagartig an damals, als der Harlekin ihn gefangen genommen hatte. Auch damals war er niedergeschlagen worden und auf einer Liege gefesselt erwacht.

›Krause hängt mit drin? Dann waren es fünf Mörder? Oder war die Beteiligung von Schultheiß erfunden? Doch warum hat mich Krause dann engagiert?‹

Tausend Fragen schossen ihm durch den Kopf, während er sich vergeblich bemühte, die Fesseln zu lösen oder doch zumindest zu lockern.

›Wie lange war ich bewusstlos? Ob es schon Abend ist? Oder vielleicht schon der nächste Morgen? Anja. Michael.

Irgendjemand muss mich doch vermissen und nach mir suchen!‹

Er hörte Schritte, dann wurde die Türe geöffnet und Krause kam herein.

»Ah, schön, sind Sie wieder unter den Lebenden, Herr Winter?«, sagte der Bürgermeister mit einem falschen Lächeln. Dann zuckte er bedauernd die Schultern und schüttelte den Kopf. »Warum haben Sie meinen Fehler nicht einfach ignoriert und sind rausgegangen? Es wäre alles so viel einfacher gewesen.«

»Sie sind der vierte Mörder«, presste Winter hervor. »Franke, Jansen, Dreyer und Sie. Was ist mit Schultheiß?«

»Schultheiß?« Krause lachte. »Hat Ihnen jemand erzählt, Schultheiß wäre mit von der Partie gewesen? Das war gelogen, aber gut gelogen.«

»Dann waren Sie der Mann, der die Fäden gezogen hat. Derjenige, der die Kontakte hatte?«

»Selbstverständlich.« Er breitete lächelnd die Arme aus. »Man muss seine Kontakte pflegen und einzusetzen wissen.«

»Warum das alles? Nur des Geldes wegen?«

»Nur? Das Streben nach mehr Geld ist und war schon immer eines der größten Motive der menschlichen Spezies. Geld, Macht und Religion – dafür werden Kriege ausgetragen.«

»Als hätten Sie Geldprobleme! Als Bürgermeister haben Sie doch längst alles, was Sie brauchen.«

»Wo denken Sie hin? Als Bürgermeister einer so kleinen Gemeinde arbeite ich ehrenamtlich. Ich kriege nur eine kleine Aufwandsentschädigung. Daneben arbeite ich als Physiotherapeut für einen Hungerlohn. Wussten Sie, dass der Physiotherapeut in der Liste der schlechtbezahltesten Jobs letztes Jahr an zwölfter Stelle lag? Mit einem durchschnittlichen Jahresgehalt von rund 26.000 Euro?« Krause sah Winter erwartungsvoll an, doch als dieser nicht antwortete, fuhr er fort: »Ich habe eine Familie mit vier Kindern zu ernähren, und nun raten Sie mal, was man heutzutage zum Beispiel für eine Niere verlangen kann? Um die hunderttausend Euro! Dagegen kommt mein bescheidenes Gehalt nicht an.«

»Pff … als ob das all diese Verbrechen rechtfertigen würde.«

»Tut es auch nicht. Sie haben gefragt, warum ich es mache und ich habe Ihnen geantwortet.«

»Sehr liebenswürdig, dann können Sie mir vielleicht auch erklären, was denn eigentlich nun wirklich geschehen ist an jenem verhängnisvollen Tag vor dem Blutmond?«

Der Bürgermeister seufzte. »Jansen und Franke haben zwei illegale Migranten aus Syrien aufgegriffen und sie verhaftet. Wie Sie sicher gemerkt haben, waren es nicht die ersten Migranten, denen wir Organe entnommen haben.« Er zuckte gleichgültig mit den Schultern.

»Moment! Es waren zwei? Es waren zwei Flüchtlinge?«

Krause nickte.

»Aber … jetzt versteh ich. Zwei Rashids. Das Wort, das er geschrien hat, *Ibni* – mein Sohn, sie … Das waren Vater und Sohn?«

Krause zuckte mit den Schultern. »Vermutlich. Und?«

»Ihr habt die beiden also am selben Tag gefangengenommen?«

»Ja, haben wir. Wieso, was macht das für einen Unterschied?« Krauses Stimme wurde allmählich ärgerlich.

»Das … das weiß ich noch nicht, aber … Wie ging es weiter? An jenem Tag?«

In Winters Kopf begann es zu arbeiten. Es fühlte sich an, als hätte jemand seinem Hirn ein 1000-teiliges Puzzle ohne Randteile hingeworfen. Er hatte Mühe, sich auf Krauses Worte zu konzentrieren.

›*Musaeada. Ibni.* Er hat Hilfe für seinen Sohn gesucht!‹

»Wie immer haben die beiden sie in den Keller gebracht, wo sie sie gemeinsam mit Dreyer betäuben und operieren wollten …«

»Mit *betäuben* meinen Sie wohl töten?«

›Dann waren es vielleicht von Anfang an zwei Geister und nicht nur einer?‹, schoss es ihm durch den Kopf, während Krause in seiner Erzählung fortfuhr. ›Aber selbst wenn, dann müsste er nun ebenfalls erlöst sein. Schäfer wollte alle Leichen verbrennen lassen.‹

»Es ist ein sanfter Tod, glauben Sie mir, Herr Winter. Sanfter als der, der Sie in Bälde ereilen wird, das kann ich Ihnen versichern. Eine Narkose, aus der sie nicht mehr erwachten. All die Male zuvor ist es gutgegangen, doch an jenem Tag war es das erste Mal, dass sie zwei Migranten auf einmal gefasst hatten. Und statt den einen provisorisch in eine Zelle zu sperren und nur den anderen in den Raum zu bringen, so dass man sie einen nach dem anderen hätte betäuben und operieren können, brachten diese Idioten beide gleichzeitig herunter. Als Rashid sah, wie Dreyer den Jungen betäubte, ist er ausgerastet. Er hat Panik gekriegt und Sie wissen ja, zu was Menschen, die in Panik geraten, fähig sind. Er hat sich befreit und es hat ein Handgemenge gegeben. Jansen und Franke haben noch auf ihn eingeschlagen, doch Rashid gelang die Flucht. Ich war gerade auf dem Weg zum Polizeirevier, stand bereits auf der Treppe zum Keller, da ist er mir entgegengekommen, hat mich zur Seite gestoßen und ist an mir vorbeigerannt. Wir haben sofort die Verfolgung aufgenommen und … Nun ja, den Rest haben Sie ja selbst herausgefunden.«

»War er tot, nachdem ihr ihn in der Hagenorder Straße verprügelt habt?«

»Nein, aber nahe dran. Er ist auf dieser Liege, wo Sie jetzt residieren, friedlich eingeschlafen.«

»Und wer hat den Hund von Frau Hermann umgebracht und Michael entführt?«

»Ach das. Franke und Jansen waren wütend auf mich. Sie waren nicht damit einverstanden, dass ich Sie engagiert hatte. Sie wollten Sie wieder loswerden. Ich glaube, es war Franke, der den Hund umgebracht hat. Vielleicht war's auch Jansen, spielt eigentlich keine Rolle. Ich fand's keine gute Idee, wie Sie sich sicher vorstellen können. Genauso wenig wie die beiden Attentate auf Sie, die zu Lasten von Dreyer, Jansen und Franke gingen. Michael wurde von Dreyer entführt. Auch er war nicht von Ihnen begeistert. Aber letztendlich haben Sie Ihren Zweck erfüllt, Herr Winter, auch wenn dank Ihnen nun leider die ganze Sache aufgeflogen ist.«

»Selber schuld. Warum haben Sie mich auch engagiert?«

»Nicht um den Mord an diesem Migranten aufzuklären! Sie sollten nur diesen verdammten Geist vertreiben, der hinter uns allen her ist!«

»Tut mir leid, aber ich arbeite eben gründlich.«

»Ja, und nun sehen Sie, wohin das führt.« Krause schüttelte erneut bedauernd den Kopf. »Sie haben Ihre Arbeit wirklich zu gut gemacht, Herr Winter. Eigentlich kann ich Ihnen keinen Vorwurf machen. Der Fehler lag bei mir. Jansen und Franke waren von Anfang an dagegen gewesen, Sie zu engagieren. Doch ich wusste nicht, wie ich mir sonst helfen sollte. Dieser … Geist brachte einen nach dem anderen um, der in die Sache involviert gewesen war. Früher oder später wäre die Reihe auch an mir gewesen.«

»Sie Armer«, spottete Winter.

»Aber dieses Problem ist ja nun dank Ihnen gelöst.«

»Ist … die Nacht schon vorbei?«

»Nein, aber bald. Sie haben ganz schön lange geschlafen, Herr Winter. Gut, zugegeben, ich habe etwas nachgeholfen. Da ich Sie erst nach Feierabend aus dem Rathaus bringen konnte, habe ich Ihnen noch etwas gespritzt, was Sie eine Weile länger schlafen ließ.«

»Sie haben …? Wie spät ist es?«

»Null Uhr dreißig.«

»Und der Geist? Ist er schon irgendwo aufgetaucht?«

»Nein, aber das wird er gleich.«

»Wie meinen Sie das?«

»Unser Geist hat noch ein letztes Leben zu nehmen, ehe er in den Ruhestand darf.«

»Ein letztes Leben? Was … was soll das bedeuten?«

»Ihr Leben, Herr Winter. Begreifen Sie denn nicht? Mir bleibt wohl nichts anderes übrig, als Sie nun zu töten, was mir ausgesprochen zuwider ist. Und der Geist darf ein letztes Mal den Kredit dafür übernehmen.« Er kicherte.

»Sie … Sie wollen mich töten und dem Geist die Schuld dafür …? Das … das wird Ihnen niemand abnehmen.«

»Nicht? Ich denke schon. Genau deshalb habe ich doch bis nach Mitternacht gewartet, um Sie umzubringen. Der Todeszeitpunkt stimmt mit den anderen Morden überein …« Krause schritt aus seinem Sichtfeld und Winter hörte, wie er hinter ihm einen Schrank aufmachte. »Und auch die Tatwaffe.« Der Bürgermeister trat wieder neben Winter. Er hatte nun schwarze Handschuhe an und trug eine Metallstange in der Hand. »Die Polizei hat die ursprünglichen Stangen zwar konfisziert, aber es ist mir gelungen, eine neue aufzutreiben. War nicht wirklich schwierig. Ich denke, das wird ein weiterer ungelöster Mord, der dem Geist in die Schuhe geschoben wird. Haben Sie noch einen letzten Wunsch, Herr Winter?«

»Ein Whiskey wäre nicht schlecht.«

»Tja, wissen Sie, Herr Winter, der Whiskey ist leider gerade alle. Aber das macht nichts, die Frage war sowieso nur rhetorisch gemeint. Ich fürchte, das wird nun etwas wehtun.« Krause holte aus und Winter schloss ergeben die Augen. Doch der Schlag folgte nicht. Dafür ertönte ein Geräusch.

Bumm, bumm, bumm.

Winter öffnete die Augen wieder und sah in Krauses Gesicht dieselbe Verwirrung, die ihn heimsuchte. Es klang, als ob jemand mit einem metallenen Gegenstand an die Tür klopfte.

Bumm, bumm, bumm.

Angst trat in Krauses Augen und er drehte sich langsam um. Als Winter seinem Blick folgte, gefror ihm schier das Blut in den Adern. Unter der Türe stand er.

›Der Stangenmann!‹

Er hatte kurze, schwarze Haare, einen schwarzen Bart, seine Haut hatte einen etwas dunkleren Teint als diejenige Winters, seine Augen schienen ebenfalls dunkel zu sein und er war auch ähnlich groß wie Winter, doch er blutete am ganzen Körper aus unzähligen Wunden. Am rechten Unterarm und Schienbein ragten gebrochene Knochen aus seinem Körper heraus und sein Gesicht war eine einzige breiige Masse aus Blut, Knochen und Hirnmasse. In der Hand hielt er eine Eisenstange, die er langsam gegen die Türe schlug.

Bumm, bumm, bumm.

Immer und immer wieder.

Bumm, bumm, bumm.

»Das … das darf nicht sein«, stöhnte Winter entsetzt. »Wir haben doch seine Leiche verbrannt!«

»Du etwas hast … gehört mir!«, stieß die Kreatur hervor und zeigte mit ihren blutigen Händen auf Krause.

»Oh mein Gott«, stammelte Krause und ließ die Stange fallen. »Nein, das … das kann nicht sein!«

»Was meint er damit?«, fragte Winter, doch Krause schien ihn nicht zu hören. Sein Blick war auf die Kreatur gerichtet, die langsam näher kam. Todesangst lag darin.

Bumm, bumm, bumm.

»Nein«, hauchte Krause, »bitte! Nicht!« Er zitterte am ganzen Körper. Sein Gesicht war leichenblass geworden.

»Du etwas hast! Gehört mir!«

Dann fuhr die Stange ein erstes Mal auf Krause herab und der Bürgermeister begann zu kreischen. Winter schloss die Augen und versuchte, die Schreie des Sterbenden auszublenden, doch das war nicht möglich. Sie fraßen sich durch seine Gehörgänge und in sein Gehirn, bis ihm selbst die Tränen in die Augen traten.

Es dauerte lange. Ewig.

Als die Schreie verstummten, öffnete Winter die Augen wieder.

Krause lag neben ihm am Boden, Rashid beugte sich über ihn und rammte ihm seine Faust in den Bauch. Winter keuchte erschrocken auf und musste zusehen, wie Rashids Hand sich durch Krauses Haut bohrte. Blut spritzte auf, während sie immer tiefer in Krauses Bauch eindrang. Dann zog der Stangenmann seine Faust mit einem Ruck zurück. Irgendetwas Blutiges baumelte darin. Winter wurde übel. Er drehte den Kopf zur Seite und übergab sich. Wieder und wieder, bis er das Gefühl hatte, sein Körper sei bar jeglicher Flüssigkeit. Als er den Kopf wieder auf die andere Seite drehte und aus tränenden Augen auf Krause herabsah, war der Geist verschwunden.

41

Eine Weile lag er einfach so da, den Blick starr auf die ausgeweidete Leiche zu seinen Füßen gerichtet, unfähig, irgendetwas zu tun oder auch nur zu denken.

Schließlich begann er ganz allmählich zu begreifen.

›Rashid hat ihm etwas aus dem Bauch gerissen. *Du etwas hast … gehört mir!*, hat er gesagt. Krause hat sich selbst etwas von dem Erschlagenen transplantieren lassen! Eine Niere vielleicht. Deshalb war der Geist nicht erlöst, als wir seine Leiche verbrannt haben. Ein Teil von ihm steckte noch im Bürgermeister!‹

Die Erkenntnis überwältigte ihn beinahe. Doch Winter war immer noch im Keller der Polizeistation gefangen und niemand wusste, dass er hier war. Die Polizei hatte den Raum bereits durchsucht und alle Beweisstücke mitgenommen. Es konnte Tage dauern, bis …

Probehalber rüttelte er noch einmal an seinen Fesseln und bemerkte dabei, dass die Liege hin und her wackelte.

›Sie ist nicht fest verankert!‹

Er sah sich um, ob es irgendwo etwas gab, was ihm helfen konnte und tatsächlich wurde er fündig: Aus Krauses Hosentasche ragte das Ende seines Smartphones hervor. Mit neuem Mut warf Winter sich von einer Seite auf die andere und versuchte damit, die Liege umzuwerfen. Nach ein paar Versuchen hatte er es geschafft und sie fiel um – mitsamt ihm. Er schlug unsanft mit dem Gesicht auf den Fliesen auf und stieß einen Fluch aus. Blut quoll aus seiner

Nase hervor, doch das war nichts im Vergleich zu dem, was ihm noch vor ein paar Augenblicken gedroht hatte. Er besah sich seine neue Situation. Er lag auf der Seite am Boden, nur eine Handbreit von dem blutigen Bündel entfernt, das einst Bürgermeister Krause gewesen war. Er war immer noch an die Liege gebunden, die ihm gleich einem Panzer einer Schildkröte am Rücken hing.

Winter warf sich nach vorne, zu Krause und seinem Smartphone hin. Er brauchte ein paar Anläufe und war völlig außer Atem, als er die Handbreit zurückgelegt hatte und direkt neben Krause lag. Er streckte die Finger seiner gefesselten Hand nach dem Smartphone aus, doch er war noch zu weit oben, als dass er es hätte ergreifen können. Also versuchte er, an Krauses Leiche entlang nach unten zu robben, die Liege immer im Schlepptau. Er war völlig nassgeschwitzt, als sich seine Finger endlich um das schwarze Mobiltelefon schlossen.

›Hoffentlich hat er keinen Sperrbildschirm!‹

Diesmal hatte er Glück. Als er auf den Menüknopf drückte, erschien der Home-Bildschirm mit den dazugehörigen Apps. Winter atmete erleichtert auf, drückte auf den Telefonhörer und besah sich das Protokoll der getätigten Anrufe. Die zweitletzte Nummer erkannte er sofort. Sie gehörte Schäfer. Er wählte sie, drückte den Lautsprecher-Knopf und wartete ungeduldig, während die Verbindung aufgebaut wurde. Es dauerte eine Weile, bis jemand das Telefon abnahm.

»Schäfer«, meldete sich eine müde, leicht verärgerte Stimme.

»Bin ich froh, deine Stimme zu hören, Anja. Hier ist Richard Winter.«

»Richard? Wo bist du? Ich habe mehrmals versucht, dich zu erreichen. Wieso hast du nicht zurückgerufen?«

»Das ist eine lange Geschichte. Ich würde nichts lieber tun, als sie dir von Angesicht zu Angesicht zu erzählen, das kannst du mir glauben. Wäre es dir vielleicht möglich, nach Dorum zu kommen?«

»Nach Dorum? Ja, aber natürlich. Wollen wir uns morgen um neun treffen?«

»Also, eigentlich meinte ich eher … jetzt gerade.«

»Jetzt? Bist du verrückt? Weißt du, wie viel Uhr es ist?«

»Ehrlich gesagt, nicht genau, aber …«

»Es ist halb zwei. Mitten in der Nacht! Moment. Ist etwas passiert? Die Patrouille hat keinen Vorfall gemeldet! Ist der … Stangenmann wieder aufgetaucht?« Plötzlich schien sie hellwach.

»Ja, irgendwie schon.«

»Irgendwie? Was ist mit dir los, hast du getrunken?«

»Nein, leider nicht. Ich liege nur gefesselt auf einer umgestürzten Liege und sehe einem Toten in die Augen.«

»Was?«

»Ich wäre dir sehr verbunden, wenn du mich befreien könntest. Ich bin im Operationsraum unter der Polizeistation Dorum.«

Er musste eine gute halbe Stunde in dieser ungemütlichen Position ausharren, ehe Schäfer endlich zusammen mit zwei weiteren Polizisten erschien. Zwischenzeitlich war er etwas von der Leiche weggerobbt, doch das hatte seine Situation nicht wirklich erträglicher gemacht.

»Halleluja«, stieß er erleichtert aus, als sie mit großen Augen in den Keller trat. »Ich war noch nie so froh, dich zu sehen wie gerade eben. Abgesehen von dem Moment, als du im Leuchtturm die Türe aufgeschossen und uns aus dem Inferno gerettet hast.«

»Was zur Hölle ist hier passiert?«

»Würdest du mich vielleicht erst losmachen, ehe wir darüber sprechen?«

»Natürlich. Entschuldige.«

Sie öffneten die Gurte, die ihn auf der Liege hielten, und halfen ihm dann aufzustehen, was gar nicht so einfach war, da sein ganzer Körper steif war und sich taub anfühlte. Dann stellte Schäfer die Liege auf und hieß ihn, sich darauf zu setzen. Schließlich begann er zu erzählen.

Als er geschlossen hatte, schüttelte sie nur ungläubig den Kopf und besah sich das blutige Bündel zu ihren Füßen.

»Unfassbar, was du mir da weiszumachen versuchst, Richard.«

»Du glaubst mir nicht?«

»Doch, ich glaube dir, aber …«, sie warf einen Blick auf die beiden Polizisten, die sie mit hochgezogenen Augenbrauen ansahen, »… die Leute, die den Bericht lesen, werden es nicht tun.«

»Das ist mir egal. Fürs Erste wäre ich einfach mal froh, wenn ich nach Hause könnte. Würdest du mich fahren? Ich fürchte, mein Auto steht immer noch vor dem Rathaus.«

»Klar. Ich gebe nur kurz den Kollegen ein paar Anweisungen.«

Sie ging mit den beiden Polizisten ein paar Schritte zur Seite und redete im Flüsterton mit ihnen. Winter konnte nicht verstehen, was sie ihnen sagte, und es war ihm auch egal. Er massierte sich seine tauben Glieder und versuchte, die Steifheit aus ihnen zu vertreiben. Als Schäfer zurückkam, verließen sie die Polizeistation und setzten sich in ihr Auto.

»Gratuliere, Richard«, sagte sie, als sie losfuhr.

»Für was?«

»Du hast den Fall quasi im Alleingang gelöst. Du hast im Prinzip meine Arbeit gemacht.«

»Das stimmt nicht. Ich hatte Hilfe. Ein junger Grufti und eine attraktive Polizistin haben mir sehr gut assistiert.« Er grinste.

»Dennoch – danke für die Hilfe.«

»Ich danke dir«, sagte Winter, »Du hast mir immerhin gleich zweimal das Leben gerettet. Ich stehe auf ewig in deiner Schuld.«

Schäfer winkte ab. »Ich habe nicht viel gemacht, kam beide Male zu spät, als die Action schon vorbei war.« Sie lächelte schief, während sie auf die Hagenorder Straße einbog und dann vor Winters provisorischer Bleibe parkte.

»Also, dann …«, begann sie, doch Winter unterbrach sie.

»Komm bitte kurz mit rein. Ich mache dir einen Kaffee, wenn du willst.«

»Um diese Zeit?« Sie sah auf die Uhr. »Ich muss morgen früh wieder raus, also …«

»Nun komm schon. Wir haben eben deinen aktuell vermutlich wichtigsten und dringendsten Fall gelöst. Gönn dir morgen etwas Schlaf. Ich bin sicher, dein Chef wird Verständnis dafür haben.«

»Du kennst meinen Chef nicht, aber … na gut. Aber nur einen Kaffee.«

»Geht klar.«

Sie stiegen aus.

»Sieh nur, Richard!« Schäfer zeigte nach oben. Winters Blick folgte ihrem ausgestreckten Arm. »Sagtest du nicht, dass heute Vollmond ist?«

Über ihnen war ein hell leuchtender Mond zu sehen, doch er war nicht voll. Nur gut drei Viertel waren zu sehen.

»Das ist eine Mondfinsternis.« Winter nickte überrascht. »Ich wusste, dass heute Vollmond ist, nicht aber, dass wir erneut einen Blutmond haben werden. Der Kreis schließt sich also.«

Schäfer nickte. »Er ist wunderschön, findest du nicht auch?«

»Ja, das ist er«, sagte Winter und sah dabei Schäfer an.

›Genau wie du.‹

Er schloss die Türe auf, ließ sie eintreten, ehe er ihr folgte und den Lichtschalter betätigte.

»Ich zieh mir nur rasch was anderes an«, sagte er und deutete aufs Wohnzimmer, »mach's dir ruhig in der Zwischenzeit im Wohnzimmer gemütlich.«

»Auf dem fleckigen Sofa, meinst du?«

»Auf dem fleckigen Sofa«, bestätigte er grinsend und ging nach oben ins Badezimmer. Dort zog er sich sein T-Shirt aus und schöpfte sich erstmal kaltes Wasser ins Gesicht, ehe er ein Handtuch nahm, es nass machte und sich damit den Schweiß und das Blut vom Körper wusch. Das eisige Wasser fühlte sich gut an auf seinem Körper. Es erinnerte ihn daran, dass er noch lebte.

›Dem Tod noch einmal von der Schippe gesprungen‹, dachte er.

Er nahm ein neues T-Shirt vom Stapel, der sich auf dem Badewannenrand befand, und streifte es sich über, ehe er wieder nach unten ging.

»Kaffee kommt gleich«, sagte er, ging in die Küche und schaltete die Kaffeemaschine ein. »Wie willst du ihn?«, rief er über die Schulter.

»Heiß«, flüsterte ihm eine Frauenstimme ins Ohr.

Er fühlte zwei warme Hände, die sich um seine Brust schlossen und dann presste sie sich von hinten gegen ihn. Ihre Hände wanderten über seine Brust, über seinen Bauch und dann zwischen seine Beine. Er griff hinter sich und streichelte ihren Rücken, während er es genoss, ihre Hände in seinem Schritt zu spüren. Dann drehte er sich zu ihr um und küsste sie. Erst langsam und zärtlich, doch sie packte seinen Hinterkopf und drückte ihn gegen sich, erwiderte seinen Kuss stürmisch. Sein Mund wanderte zu ihrem Hals, küsste ihn, dann weiter hinab zu ihrem Ausschnitt, während seine Hände ihren Körper erkundeten. Die rechte Hand umschloss ihre linke Brust und die linke glitt zu ihrem straffen Po.

»Lass uns … hochgehen«, keuchte sie leidenschaftlich und biss ihn leicht ins Ohr.

Er nickte, hob sie hoch und sie schlang ihre Beine um seine Hüften, während er sie die Treppe hinauf und in sein Schlafzimmer trug. Dann legte er sie sanft auf sein Bett. Sie zog ihn sofort zu sich herunter, zog ihm das Shirt über den Kopf und streichelte dann seinen Rücken.

»Scheiß auf morgen früh«, keuchte sie ihm ins Ohr.

»Scheiß auf morgen früh«, grinste er und knöpfte ihre enge Jeans auf.

42

Ein Geräusch weckte ihn. Es klang fast wie … schlurfende Schritte auf dem Gang.

›Michael?‹

Verschlafen sah Winter auf seine Uhr. 3:34 Uhr. Ein orangefarbener Lichtschein drang durch das offenstehende Fenster ins Zimmer und fiel auf Schäfers schlafende Gestalt, die – nur mit Slip und Shirt bekleidet – neben ihm lag.

›Der Blutmond.‹

Winter stand auf und trat ans Fenster. Da stand er: Hoch über ihm am Himmel thronte der Blutmond, ein gigantischer, blutroter Ball, der in Flammen zu stehen schien und auf ihn herabsah.

›Beim Blutmond vor fünf Monaten hat alles begonnen und beim Blutmond hört alles auf‹, dachte er, als die Zimmertüre hinter ihm leise quietschte.

Er drehte sich um. Im Schein des Blutmonds sah er die Umrisse von Michaels Gestalt, seinen kahlen Kopf, seinen dünnen Körper, seine schwarzen Fingernägel. Doch irgendetwas an ihm war anders als zuvor.

»Michael?«, wisperte er, um Schäfer nicht aufzuwecken. »Ist alles in Ordnung?«

Michael bewegte sich langsam auf das Bett zu, in dem Schäfer immer noch schlief. Seine Bewegungen waren irgendwie seltsam. Einerseits langsam und stockend, doch andererseits beinahe filigran und geschmeidig, katzengleich.

Bei Winters Worten legte er den Kopf leicht schief und Winter sah nachtschwarze Augen, die ihn anstarrten.

»Warum habt ihr das getan?«, wisperte Michael.

»Was? Was getan? Hast du schlecht geträumt? Wir …«

»Ihr habt mich aufgegeben!« Michael kam noch einen Schritt näher. Er legte den Kopf noch etwas schiefer, so dass er in unnatürlichem Winkel vom Hals abstand, während seine schwarzen Augen immer noch Winter taxierten. Und jetzt erst fiel Winter der Gestank auf, der das Zimmer ausfüllte. Es roch nach … Verwesung.

›Was zur Hölle …?‹

»Ihr habt mich aufgegeben!« Michael streckte seine Hand nach ihm aus und Winter sah, dass seine Fingernägel um mindestens das Dreifache gewachsen waren, seit er sie das letzte Mal gesehen hatte.

»Michael, was … was ist mit dir passiert?«

In diesem Moment erwachte Schäfer. Sie schlug müde die Augen auf und erblickte Michael, der direkt vor ihr stand. Sie stieß einen schrillen Schrei aus, griff nach ihrer Pistole, die im Halfter neben dem Bett lag und wollte sie herausziehen.

Doch Michael war schneller. Mit einer unglaublich geschmeidigen Bewegung sprang er über das Bett und trat Schäfer die Pistole aus der Hand.

»Michael, was … was tust du da? Was soll das?«, stieß Winter verwirrt hervor.

Doch Michael ignorierte Winter. Er fixierte Schäfer aus ausdruckslosen, schwarzen Augen und legte den Kopf auf die andere Seite.

»Du hast mich aufgegeben!«, sagte er dann ganz sanft und holte mit seinen langen Klauen aus.

Schäfer schrie auf und versuchte, sich von der Kreatur wegzurollen, doch sie war zu langsam. Winter stürzte sich auf Michael und stieß ihm die Hände vor die Brust, gerade als dessen Klauen nach unten fuhren. Der Stoß brachte die Kreatur aus dem Gleichgewicht und ihre spitzen Nägel fuhren Schäfer in die Schulter. Gepeinigt schrie sie auf und schlug und trat nach dem Monster, das dadurch vollends das Gleichgewicht verlor und vom Bett fiel. Winter rappelte sich auf, zog Schäfer auf die Beine und stieß sie nach rechts in Richtung Türe.

»Geh«, zischte er ihr zu, doch Schäfer schien sich in einem Schockzustand zu befinden. Sie umklammerte zitternd ihre blutende Schulter und starrte das Wesen fassungslos an, das bereits wieder hochkam und seine schwarzen Augen nun auf Winter richtete.

»Du hast mich aufgegeben!«, kreischte die Kreatur und diesmal klang es wütend. Blut tropfte von ihren langen Klauen zu Boden.

»Ich … ich habe dich nicht aufgegeben, das würde ich nie tun!«, sagte Winter eindringlich. »Wer bist du? Was hast du mit Michael gemacht?« ›Rashid – der Junge, der in der Blutmondnacht ermordet wurde‹, ging es ihm durch den Kopf. Irgendetwas in seinem Kopf klingelte bei diesem Gedanken, doch das letzte Puzzleteilchen schien immer noch zu fehlen.

»Du hast mich aufgegeben!«

Die Kreatur stieß ein seltsam krächzendes Geräusch aus – ein Lachen? – und trat langsam um das Bett herum und auf Winter zu. Und plötzlich dämmerte es ihm: Die Legende vom Blutbalg! Der Tod des jungen Rashid in der Blutmondnacht, die Veränderungen, die Michael in den letzten Wochen und Monaten durchgemacht hatte, der Blutmond heute Nacht …

›Es war die ganze Zeit schon hier. Der Gestank der Verwesung in Michaels Zimmer, die schwarzen Nägel und Augen, die Haarbüschel in der Dusche! Es war direkt vor meinen Augen und ich habe es nicht bemerkt!‹

Als ob es seine Gedanken gelesen hätte, hob das Wesen den Kopf, öffnete den Mund und bleckte die Zähne. Dabei gab es ein schauriges Krächzen von sich.

›Es ist viel mehr als nur eine Legende!‹

»Michael! Das bist nicht du!« Winter sprach nun eindringlich auf die Kreatur ein, während er sich verzweifelt nach einem Fluchtweg umsah. ›Durchs offene Fenster vielleicht?‹ »Kämpf dagegen an! Du bist stärker als dieses Blutbalg, das die Kontrolle über dich übernommen hat! Ich weiß, du bist noch irgendwo da drin. Kämpf dagegen an, ich bitte dich!«

Die Kreatur kniff ihre Augen leicht zusammen und legte ihren Kopf wieder etwas schief. Sie blinzelte ein paar Mal, als ob sie verwirrt wäre. Ihre Arme fuhren nervös auf und ab.

»Michael, du schaffst das! Du kannst es! Komm zurück!«

Das Wesen legte den Kopf in den Nacken und stieß einen schrillen Schrei aus, dann ballte es die Hände zu Fäusten und stürzte sich auf Winter.

Winter war einen Moment lang zu überrascht, um zu reagieren. Die langen Fingernägel rasten auf Winters Gesicht zu und er konnte sich gerade noch weit genug zurückwerfen, so dass sie nur seinen Hals streiften und fünf blutige Striemen darauf zurückließen. Dafür prallte er rücklings mit vollem Schwung gegen das offene Fenster, verlor das

Gleichgewicht und fiel über die Brüstung in die Tiefe. Er schrie überrascht auf und prallte einen Augenblick später unsanft auf dem Rasen darunter auf. Für einen Moment wurde ihm schwarz vor Augen.

Als er wieder klar sehen konnte, sah er über sich den Blutmond am Himmel stehen. Doch nur für einen kurzen Augenblick, denn ein Schatten sprang aus dem Fenster im ersten Stock seines Hauses und landete direkt über ihm. Er sah lange Klauen im Mondlicht blitzen und roch den Gestank der Verwesung, der ihm um Haaresbreite den Atem nahm.

»Du hast mich aufgegeben«, flüsterte die Kreatur und es klang beinahe liebenswürdig. Sie legte den Kopf schief und blinzelte. Ihre rechte Hand hob sich, die Klauen zuckten.

Winter bäumte sich auf und versuchte, sie von sich wegzuschieben, doch das Wesen wischte seine Arme lässig zur Seite und setzte sich auf seinen Brustkorb. Es war nicht schwer, doch unerbittlich stark. Seine Arme hoben sich erneut, ihre Krallen schossen vor und Winter packte die Handgelenke des Blutbalgs mit seinen eigenen Händen und versuchte, sie zur Seite zu schieben, doch es stieß wieder sein krächzendes Lachen aus und drückte seine spitzen Nägel noch weiter nach unten. Unablässig näherten sie sich seinen Augen.

›Und wenn es mit mir fertig ist, wird es bei Anja zu Ende bringen, was es angefangen hat‹, ging es Winter durch den Kopf, was ihn noch einmal seine letzten Kräfte mobilisieren ließ. Es gelang ihm, die Klauen noch einmal eine Handbreit zurückzudrücken, doch das Blutbalg verzog sein Gesicht zu einem hämischen Grinsen und intensivierte den Druck auf seine Hände noch einmal.

›Es tut mir leid‹, war Winters letzter Gedanke, bevor die spitzen Fingernägel seine Augen erreichten und – innehielten.

Das orangefarbene Licht des Blutmonds verschwand von einem Moment auf den anderen und wich dem natürlichen Licht des Mondes.

Als Winter zum Himmel blickte, sah er, dass die totale Finsternis vorbei war und der Mond langsam wieder aus dem Schatten der Erde trat. Das rötliche Licht war fort und die langen Klauen der Kreatur über Winter zerstoben im hellen Mondlicht, während Michael über Winter haltlos in sich zusammensackte.

43

Winter stand am Fenster des karg eingerichteten Büros seines zeitweiligen Heimes in Dorum und sah zu, wie draußen Schneeflocken miteinander tanzten und langsam zur Erde fielen.

Michael lag in seinem Zimmer oben und schlief.

Nachdem der Blutmond in der Nacht zuvor verschwunden war, hatten sich nicht nur Michaels Fingernägel wieder normalisiert, auch seine Augen hatten ihre ursprüngliche blaue Farbe angenommen. Winter hatte Michaels Puls überprüft, ehe er ihn in sein Bett getragen und zugedeckt hatte. Dann hatte er den Rettungsdienst für Schäfer gerufen.

Wieder richtete er seinen Blick auf die Schneeflocken und seufzte. Er wusste nicht, was er tun sollte. Ob Michael nun gänzlich vom Blutbalg befreit war, das ihn befallen hatte? Oder würde es ihn beim nächsten Vollmond oder Blutmond erneut heimsuchen? Er hatte das Sagen- und Märchenbuch aus dem fernen Orient zur Hand genommen und die Legende vom Blutbalg erneut gelesen, was ihn einigermaßen hätte beruhigen müssen – denn darin stand, dass das Blutbalg nach erfolgter Transformation zurück in die Leere ging, aus der es gekommen war –, doch das tat es nicht. Er und Schäfer hatten überlebt. Was, wenn das Blutbalg zurückkam, um zu beenden, was es angefangen hatte?

Er schüttelte hilflos den Kopf, lehnte sich zurück und schloss für einen Moment die Augen.

›Du hast mich aufgegeben‹, hörte er in Gedanken das Blutbalg sagen und ein kalter Schauer fuhr ihm über den Rücken. Die ganze Zeit über war es vor seiner Nase gewesen, hatte unter seinem Dach gelebt und er hatte es nicht bemerkt.

›Es wird von Gewaltverbrechen, die unter einem roten Mond an Jungen begangen werden, angelockt und befällt bevorzugt Kinder‹, ging es ihm durch den Kopf, ›das Dorumer Moor, wo die Leiche entsorgt wurde, ist direkt neben Sievern, wo Michael wohnt. Und vielleicht hat sogar der Energydrink-Konsum damit zu tun. Michaels Mutter sagte, dass er diese Energydrinks erst seit ein paar Monaten trinke. Vielleicht brauchte er zusätzliche Energie, um die beiden Seelen, die in ihm drin um die Vorherrschaft stritten, zu versorgen? Es passt alles zusammen.‹ Winter schloss die Augen und atmete bewusst langsam aus. ›Bis auf Michaels plötzliche Vorliebe für Honig.‹ Er stutzte und runzelte die Stirn. Ihm kam ein Artikel in den Sinn, den er mal in einem »mysteries«-Magazin gelesen hatte. Darin war es um Kulturen gegangen, die ihre Leichen in Honig eingelegt hatten, um sie länger zu konservieren. Mellifikation wurde der Prozess genannt und sogar Alexander der Große sei nach seinem Tod in Honig konserviert worden, erinnerte sich Winter. Was, wenn der Honig Teil des vergeblichen Versuches des Blutbalgs war, seinen eigenen Verwesungsprozess aufzuhalten?

Er startete seinen Computer, öffnete die Suchmaschine des Browsers und gab »Honig« und »Verwesung« ein. Dann scrollte er sich durch die Resultate, bis er in der Kurzbeschreibung eines Links las: *Aber der Honig widerstrebt auch der Verwesung …*

Neugierig geworden klickte er darauf. Ein kostenloses E-Book mit dem Titel »Allgemeine Oesterreichische Zeitschrift für den Landwirth, Forstmann und Gärtner« aus dem Jahr 1844 öffnete sich. Winter besah sich die gelb hervorgehobenen Stellen, welche die Wörter »Honig« oder »Verwesung« enthielten und sah seine Vermutung bestätigt, als er las: *Aber wenn wir den Honig als die einfach süße, hellsehend machende Götterspeise kennen gelernt haben, so dient er auch wiederum als Mittel, die thierischen Körper von der Verwesung zu schützen. Deshalb haben auch die Bienen wider Leichname, verwesendes Fleisch und Modergeruch einen Abscheu.*

Ungläubig schüttelte Winter den Kopf.

›Ich hätte es merken müssen‹, schalt er sich. ›Alle Hinweise waren da, direkt vor meinen Augen.‹ Er seufzte und fuhr sich mit beiden Händen müde über das Gesicht. ›Ich hätte es merken müssen.‹

44

»Richard!«

Sabine richtete sich in ihrem Krankenhausbett etwas auf und strahlte Winter an, als dieser eintrat.

»Wie geht's dir?«

»Diese Frage wollte ich dir auch gerade stellen. Du bist schließlich diejenige, die fast gestorben wäre.«

Sabine winkte ab.

»Ich bin auf gutem Weg. Die Operation ist gut gelaufen. Ich bin durch den schweren Blutverlust vielleicht noch etwas geschwächt, aber in ein paar Tagen bin ich wieder auf dem Damm.« Sie deutete auf die vielen Blumensträuße, die rund um ihr Bett herum aufgestellt waren. »Wenn es so weitergeht, verlaufe ich mich demnächst auf dem Weg zur Toilette in diesem Dschungel.«

»Von wem sind die denn alle?«, fragte Winter.

»Die meisten von Arbeitskollegen, sonstigen Kollegen, Familie. Nur du hast mir keinen geschickt.«

Erst jetzt wurde sich Winter bewusst, dass er gar kein Geschenk mitgebracht hatte. Er wurde rot.

»Ich … Tut mir leid, das war jetzt wirklich das Letzte, an das ich gedacht hätte.«

»Macht doch nichts. War nur ein Spaß. Ich weiß doch, was du durchgemacht hast.« Sie wurde übergangslos wieder ernst. »Wie geht es ihr?«, fragte sie dann und ergriff seine Hand.

Winter zuckte mit den Schultern.

»Ich weiß es nicht. Ich … Sie liegt ein paar Zimmer weiter den Flur hinunter. Ich werde nachher nach ihr sehen.«

Sabine nickte. »Wie ich hörte, hatte sie einen … Unfall?«

Winter zögerte. Schließlich nickte er, jedoch ohne Sabine dabei anzusehen.

Sie kniff die Augen zusammen. »Was ist wirklich passiert, Richard?«

Winter winkte ab. »Das würdest du mir nicht glauben.«

»Teste mich!«

Er seufzte.

»Hör zu, Sabine, vermutlich wirst du mich für verrückt halten, aber … das spielt nun auch keine Rolle mehr. Aber eines musst du mir versprechen: Wenn ich dir erzähle, was wirklich geschehen ist, musst du die Polizistin in dir ausschalten.«

Sabine überlegte einen Moment lang, schließlich nickte sie. »Fällt schließlich nicht in meinen Zuständigkeitsbereich.«

Winter atmete tief durch und begann.

Sabines Stirnrunzeln wurde immer größer, je länger Winter berichtete. Als er schließlich mit seiner Erzählung geendet hatte, schüttelte sie ungläubig den Kopf.

»Das Blutbalg, hm? Ich muss schon sagen, nach der Akte Harlekin hätte ich nicht gedacht, dass es noch verrückter werden könnte, aber das … «

»Ich weiß. Und nun verstehst du vermutlich auch, weshalb wir der Polizei nicht die ganze Wahrheit erzählen können. *Ein* Geist reicht für deren Verständnis mehr als aus, denke ich.«

»Aber … die Fingernägel von Michael … Die müssten doch eindeutig als Tatwaffe identifiziert werden?«

Winter schüttelte den Kopf.

»Ich kann es mir selbst nicht recht erklären, aber es scheint so, als ob der Blutmond die Klauen des Blutbalgs wachsen ließ, und mit ihm sind auch seine Klauen verschwunden. Niemand wird auf die Idee kommen, dass normale Fingernägel solche Wunden hinterlassen können. Selbst wenn Anja Schäfer Michael anzeigen sollte, die Spuren werden sich ziemlich sicher nicht zu ihm zurückverfolgen lassen.«

»Und was geschieht nun mit dem Blutbalg?«, wollte Sabine wissen. »Wirst du nun auch versuchen, seine Seele zu erlösen?«

Winter schüttelte den Kopf. »Das kann ich nicht. Selbst wenn ich es wollte. Die Legende gibt leider keine Einzelheiten über das Blutbalg preis. Keinen Namen, kein Grab. Ich kann ihm nicht helfen. Und auch nicht etwaigen zukünftigen Opfern.«

»Dann wäre es also möglich, dass es irgendwann zurückkommt?«

»Ja, das ist es wohl.« Winter seufzte. »Aber vermutlich werden wir es nicht mitkriegen. Es kann sich irgendwo auf dieser großen, weiten Erde manifestieren. Überall, wo während eines Blutmonds ein Verbrechen an einem Jungen stattfindet.«

Eine Weile schwiegen sie. Beide versunken in ihre eigenen Gedankengänge.

»Und wie geht's Michael?«, fragte Sabine schließlich, als die Stille immer schwerer auf ihnen zu lasten schien.

Winter zuckte mit den Schultern.

»Er … er ist noch schwach und braucht Ruhe, aber er ist wieder er selbst. Aber er … hat alles mitbekommen, was das Blutbalg getan hat. Ich denke, er braucht professionelle Hilfe, um über all das hinwegzukommen.«

Sabine nickte. »Du wirst dich um ihn kümmern, nicht wahr?«

»Natürlich. Er ist schließlich mein Partner.«

45

Anja Schäfers Krankenzimmer lag auf derselben Etage wie dasjenige Sabines, zwei Zimmer weiter hinten.

›Auch für sie habe ich keine Blumen dabei‹, ging es Winter durch den Kopf, als er an die Türe klopfte und eintrat.

»Richard.« Schäfers Stimme klang müde, aber erfreut.

Winter zog sich einen Stuhl heran und setzte sich neben ihr Bett.

»Wie geht es dir?«

Schäfer zuckte mit den Schultern und verzog unmittelbar danach schmerzerfüllt die Miene.

»Erinnerst du mich das nächste Mal daran, dass man nicht mit den Schultern zucken sollte, wenn man daran verletzt ist?«, keuchte sie.

Winter lächelte pflichtschuldig, wurde dann aber übergangslos wieder ernst. »Was passiert ist, tut mir leid, Anja.«

Schäfer schüttelte den Kopf. »Das muss es nicht. Es war nicht deine Schuld. Im Gegenteil, du hast mir das Leben gerettet.«

»Ich soll dich von Michael grüßen lassen und dir sagen, dass es auch ihm leidtut. Er ist noch sehr schwach und muss sich noch etwas ausruhen.«

Ihr Gesicht verfinsterte sich, als er den Namen Michael aussprach.

»Du weißt doch, dass das nicht Michael war, der dich angegriffen hat, oder?«

»Wissen?« Schäfer lachte auf und schüttelte gleichzeitig den Kopf. »Ich weiß gar nichts mehr. Zuallerletzt, was letzte Nacht passiert ist. Ich meine … Ich habe gesehen, dass es Michael war, und doch wieder war er es nicht. Er … er hatte … Klauen wie ein Monster und … Ich weiß nicht mehr, was ich noch glauben soll und was nicht.«

Winter seufzte. »Weißt du, was meine erste wirkliche übersinnliche Begegnung war?«

Schäfer sah ihn an und schüttelte den Kopf.

»Ich war fünf Jahre alt. Meine Eltern hatten erst wenige Monate zuvor Selbstmord begangen und ich war verzweifelt. Also hat Ben mit mir eine Gläserrücken-Séance gemacht. Er versuchte, die Geister meiner Eltern zu rufen. Doch beim ersten Mal hat es nicht geklappt. Dafür meldete sich ein anderer Geist. Es war ein Mädchen. Fünf Jahre alt – wie ich damals. Ihr Name war Céline und sie erzählte uns, dass sie vor drei Monaten an Leukämie gestorben war. Sie war sehr traurig, denn sie vermisste ihre Eltern und ihr Kuscheltier, einen kleinen, braun-weiß gefleckten Hund. Ben fragte sie, wo sie begraben war. Ich kann mich nicht mehr erinnern, wie die Ortschaft hieß, doch sie war nicht weit von Bremen entfernt. Am nächsten Tag sind wir dort hingefahren. Auf dem Friedhof fanden wir Célines Grab. ›1974–1979‹ stand darauf. Ich habe auf der Wiese neben dem Friedhof einige Blumen gepflückt und sie Céline auf das Grab gelegt. Ich weiß noch, dass mir der Gedanke durch den Kopf ging, dass ich und Célines Eltern uns zusammentun könnten, damit wir beide wieder eine Familie hätten.« Winter schmunzelte. »Wir sind danach zu ihren Eltern gefahren und Ben hat ihnen erzählt, dass wir mit ihrer Tochter gesprochen hätten, und dass diese ihr Kuscheltier vermisse. Der Vater hat uns nicht geglaubt und wollte uns rauswerfen, doch die Mutter begann zu weinen und versprach uns, Célines Kuscheltier auf ihr Grab zu legen.« Winter hielt inne und sah Schäfer an. »Damals habe ich begonnen, an Geister zu glauben und meine Sinne für alles, was wir Übersinnliches nennen, zu öffnen. Dass es dieses Blutbalg wirklich geben würde, wäre mir zuvor ebenfalls nicht im Traum in den Sinn gekommen. Doch wenn ich die Anzeichen für übersinnliche Vorgänge sehe, zweifle ich nicht mehr daran, ich akzeptiere sie. Ich habe mit fünf Jahren begonnen, an Geister zu glauben, Anja, doch es ist nie zu spät, damit anzufangen.«

»Du scheinst es irgendwie anzuziehen, was?«, sagte Schäfer leise.

»Was?«

»Dieses Geisterzeug. Warum passiert es immer dir?«

»Weil ich daran glaube.«

»Dann will ich lieber nicht daran glauben.«

Winter lächelte.

»Ich verstehe das, Anja. Und doch wirst du vielleicht irgendwann erkennen, dass dir diese andere, neue Wirklichkeit auch etwas geben kann. Durch den Kontakt mit den Seelen meiner Eltern konnte ich meinen Frieden mit ihnen schließen.«

Eine Weile war es ruhig.

»Kannst du bitte das Bild gerade rücken?«, fragte Schäfer in die unangenehm werdende Stille hinein und deutete auf das schiefe Gemälde, das eine Wiesenlandschaft im Abendrot zeigte. »Es nervt mich, seit ich hier drinnen aufgewacht bin, aber ich bin zu müde, um selbst aufzustehen.«

»Sicher.« Winter kam ihrem Wunsch nach und fragte sie über die Schulter hinweg: »Wirst du ihn anzeigen?«

Schäfer sah ihn einen Moment lang regungslos an. Dann schniefte sie und schüttelte den Kopf.

»Das kann ich nicht. Es würde mir niemand glauben, dass Michael mich mit seinen Fingernägeln derart verletzt hat. Ich würde mich lächerlich machen und vermutlich würden sie mich für verrückt halten und mich beurlauben. Zudem … auch wenn es mir schwerfällt, an all das zu glauben, glaube ich nicht, dass Michael – und ich meine den Michael, den ich kennengelernt habe – mich wirklich verletzen wollte.«

»Danke.«

Schäfer nickte und wieder lastete die Stille lange Zeit schwer auf ihnen.

»Hör mal, Anja«, begann Winter unbeholfen, »das, was letzte Nacht passiert ist …«

»Keine Angst«, unterbrach sie ihn, »da war nichts. Nach der langen Geisterjagd war mein Adrenalinspiegel wohl etwas zu hoch. Sorge dich nicht, du brauchst keine Unterhaltszahlungen zu leisten.«

»Das habe ich nicht gemeint, ich … habe eigentlich vom Blutbalg gesprochen …«

»Ach so, tut mir leid, ich …« Sie wurde rot und wandte ihr Gesicht ab. »Ich schaffe es wirklich immer, ins Fettnäpfchen zu treten, was?« Sie lächelte. »Ich bin wohl noch etwas müde und durcheinander. Ich denke, ich … werde jetzt noch etwas schlafen.«

»Ja.« Winter schmunzelte und erhob sich, »also, ich … ich melde mich. Gute Besserung!«

46

Als Winter die Türe seines Hauses an der Hagenorder Straße öffnete, streifte sich Michael gerade die Jacke über und schulterte den Rucksack mit seinen Habseligkeiten, die er hierher mitgenommen hatte.

Michaels Haut hatte wieder etwas mehr Farbe angenommen. Der schwarze Lack auf seinen Fingernägeln blätterte langsam ab, darunter kamen dunkle, ungesund aussehende Fingernägel zum Vorschein.

»Du gehst?«, fragte Winter überflüssigerweise.

Michael nickte. »Ja, meine Mutter holt mich ab. Sie muss jeden Augenblick eintreffen.«

»Wie geht's dir?«

Michael zuckte mit den Schultern, dann rang er sich zu einem aufgesetzten Lächeln durch. »Besser. Das gestern war … der Horror. Ich hatte Kopfschmerzen, mir war übel, ich musste erbrechen, hatte Schwindelanfälle. In mir rumpelte es und ich merkte, dass irgendetwas in mir drin … raus wollte. Als es Nacht wurde und der Mond aufging, zerriss es mich schier. Ich versuchte, es zu bekämpfen, zurückzudrängen und am Anfang dachte ich sogar, dass ich es schaffen würde. Bis die Mondfinsternis begann. Da verlor ich die Kontrolle über meinen Körper und …« Michael brach ab. »Es tut mir so leid, Onkel.«

»Das muss es nicht. Es tut mir leid, dass ich die Anzeichen nicht früher erkannt habe.« Winter schüttelte bedauernd den Kopf. »Wann hast du gemerkt, dass etwas mit dir nicht stimmt?«

»Ich weiß nicht so genau. Weißt du, Onkel, ich habe lange nicht gemerkt, dass dieses … Ding, dieses … Blutbalg – wie in dieser Legende! – in mir drin war. Als sich aber meine Fingernägel und meine Augen schwarz zu verfärben begannen und mir die Haare eines Tages büschelweise ausfielen, bekam ich Angst. Erst dachte ich, es handle sich um eine Krankheit, weshalb ich zum Arzt gehen wollte, und da habe ich … es zum ersten Mal gespürt.«

»Was hast du gespürt?«

»Irgendetwas in mir hat den Drang, mich untersuchen zu lassen, unterdrückt. Es ist schwer zu erklären. Einerseits wollte ich zum Arzt gehen und andererseits wollte ich es auch wieder nicht. Ich war hin- und hergerissen. Diese andere Seite von mir gewann schließlich die Oberhand und überzeugte mich davon, meine Nägel ganz schwarz zu lackieren und meine Haare abzurasieren, um nicht aufzufallen.«

Hinter ihnen erklang ein Hupen. Winter drehte sich um und sah, wie Lilliane aus dem Auto stieg und auf sie zu kam.

»Richard«, sagte sie fröhlich, streckte ihm die Hand entgegen und erstarrte, als sie ihren Sohn sah. »Was … was hast du mit ihm gemacht?«

Winter konnte sich ein Grinsen nicht verkneifen, als er antwortete: »Er … er hat sich dazu entschieden, den dunklen Pfad der Macht einzuschlagen.«

Michael konnte sich ein Grinsen ebenfalls nicht verkneifen, doch Lillianes Stirn umwölkte sich vor Zorn.

»Spinnt ihr?«, keifte sie. »Ich habe ihn dir anvertraut, Richard, im Glauben, dass du gut für ihn sorgen und zu ihm schauen wirst! Und so gibst du ihn mir zurück?« Sie schnappte nach Luft und ihre Stimme wurde beinahe hysterisch. »Ohne … Haare und … mit diesen widerlichen … Fingernägeln?«

»Das soll heutzutage in sein, hab ich gehört«, meinte Winter.

»Du …«

»Jetzt krieg dich mal wieder ein, Mama«, sagte Michael lachend. »Die Haare wachsen wieder nach und der Lack geht schnell ab. Onkel Richard nimmt dich doch nur hoch. Ich habe für den Fall undercover in der Gothic-Szene recherchieren müssen. Da muss man halt einige Opfer bringen. Aber hey, wir haben den Fall gelöst und die Mörder überführt! Hakuna matata!« Michael hielt Winter die Hand hin und dieser schlug lächelnd ein.

»Was? Das war alles nur … Tarnung? Also wenn das so ist, dann … gratuliere, das … Ich schätze, das hast du gut gemacht.« Sie sah verwirrt von Michael zu Winter und wieder zurück. »Also gut, dann … wollen wir mal, was?«

Sie ging zum Auto, drehte sich dann noch einmal um und rief: »Nichts für ungut, Richard, und vielen Dank, dass du ihn zu dir genommen hast.«

»Gerne«, sagte Winter. »Er kann jederzeit wiederkommen.«

»Ich glaube, für den Moment hat er genug«, sagte Lilliane.

›Ich glaube eher, du hast genug‹, dachte Winter grinsend.

»Auf Wiedersehen, Onkel.«

Michael hielt ihm die Hand hin und Winter drückte sie.

»Wiedersehen, Michael. Danke für deine Hilfe, du hast dich gut geschlagen.«

Michael grinste schief, dann ging er zum Auto.

Er winkte noch einmal aus dem Fenster, als Lilliane davonfuhr, dann war Winter allein. Er seufzte.

›Ich werde ein Auge auf ihn haben müssen. Vor allem während des nächsten Vollmonds. Und erst recht beim nächsten Blutmond.‹

Er drehte sich um und ging ins Haus.

›Zeit, meine Sachen zu packen und aus diesem unseligen Haus zu verschwinden‹, dachte er.

Er hatte seine Reisetasche noch nicht fertig gepackt, als es an der Türe klingelte. Winter runzelte die Stirn, da er sich nicht vorstellen konnte, wer das sein mochte, und öffnete. Draußen stand der alte Herr Wagner.

»Herr Wagner? Guten Tag.«

»Guten Tag, Herr Winter. Ich … ich habe gehört, was passiert ist. Dass unser Bürgermeister, unsere Polizisten und unser Arzt die Mörder waren und … Es ist ein Riesenskandal, ich kann es immer noch nicht glauben.«

»Da sind Sie nicht der Einzige. Möchten Sie reinkommen?«

Wagner winkte ab.

»Nein, nein, ich bin nur gekommen, weil … also, da Herr Krause Sie engagiert hat und der nun tot ist, da … also, wir haben gehört, dass Sie es geschafft haben, den Geist zu erlösen und … Also in der letzten Vollmondnacht haben wir kein Klopfen gehört und keine blutigen

Male mehr vorgefunden und … also … Wer bezahlt Sie denn nun, da der Fall gelöst, aber der Auftraggeber tot ist?«

Winter musste schmunzeln.

»Ehrlich gesagt habe ich keine Ahnung. Wahrscheinlich niemand. Aber nach allem, was passiert ist, bin ich einfach nur froh, noch am Leben zu sein.«

»Ja, schon«, sagte Wagner, »aber das ist nicht Recht. Deshalb habe ich mir erlaubt, in unserer Straße Spenden zu sammeln und … das Ergebnis ist hier drin.« Er zog einen Briefumschlag unter seiner dicken Jacke hervor und hielt ihn Winter stolz hin.

»Das … das kann ich nicht annehmen«, sagte Winter gerührt. »Es ist sehr nett, aber ich …«

»Natürlich können Sie! Nun nehmen Sie schon, oder wollen Sie etwa, dass ich mit meinen alten Beinen umsonst alle Häuser abgeklappert habe? Sogar Klein hat was gespendet, und das will was heißen! Was soll ich denn sonst mit all dem Geld machen?«

Als Winter erneut Anstalten machte, den Kopf zu schütteln, fuhr Wagner fort: »Nehmen Sie schon, Junge, sonst reiße ich Ihnen den Kopf ab!«

Winter zog die Augenbrauen hoch und Wagner begann zu lachen, drückte Winter den Umschlag in die Hand und ging.

»Danke«, rief Winter ihm nach.

»Wir haben zu danken«, rief Wagner über die Schulter und trippelte zu seinem Haus zurück.

Winter schmunzelte und öffnete den Umschlag. Darin lagen 11.000 Euro in bar.

›Wow, das ist mal ein sattes Salär‹, dachte Winter. ›Vielleicht sollte ich öfter dafür sorgen, dass meine Auftraggeber sterben …‹

Er steckte den Umschlag ein und sah zum Himmel hoch. Schon zogen wieder düstere Wolken auf, die Schnee versprachen. Winter fröstelte und ging zurück ins Haus.

›Zeit, nach Hause zu gehen.‹

Danksagung

An dieser Stelle möchte ich gerne einigen Personen und Institutionen meinen Dank aussprechen, ohne die dieses Buch nicht in dieser Art und Weise erschienen wäre: Dem Riverfield Verlag für sein Vertrauen in mich und das vorliegende Buch und die Umsetzung dieses Projektes, dem Kanton Freiburg für die Förderungsbeiträge für »Die Akte Harlekin« und »Blutmond«, Dr. Oliver Ihle für die vielen wertvollen Anregungen und Verbesserungen während des Lektorats, Thomas Jarzina für die tolle Gestaltung des Covers, Sonja Vaucher für das großartige Autorenfoto, Al Spicher für den grandiosen Buchtrailer und meinen fleißigen Testlesern Richard Hänzi, Michael Sterzik, Dr. Daniel Vaucher, Michèle Vaucher und Christina Weirich-Pfaff, die mir aufgrund eines sehr engen Terminplans in extrem kurzer Zeit viele hilfreiche Feedbacks gegeben haben. Mit euren Rückmeldungen habt ihr zudem einer Person das Leben gerettet, die euch auf ewig dafür dankbar sein wird … Danke!

Thomas Vaucher, Januar 2018

Thomas Vaucher im
Riverfield Verlag

Richard Winters erster Fall
DIE AKTE HARLEKIN

Ein Serienkiller versetzt die Bevölkerung der Hansestadt Bremen in Angst und Schrecken: Immer freitags mordet er, und er hinterlässt seine Opfer bizarr präpariert. Doch es kommt noch schlimmer: Stets wenige Tage nach den Verbrechen begehen die Angehörigen der Ermordeten Selbstmord.

Die Polizei tappt im Dunkeln und engagiert den ehemaligen Kommissar und Experten für Okkultes Richard Winter als externen Ermittler. Und tatsächlich: Winter macht eine grauenvolle Entdeckung, die ihn bald selbst ins Visier des Killers geraten lässt …

»Ein perfekter Mystery-Thriller!«
E. Lötscher / Leser-Welt

Thomas Vaucher | Die Akte Harlekin
352 Seiten
ISBN 978-3-9524640-0-7